Océanos de arena

Literatura Mondadori

Océanos de arena

Diario de viaje por Medio Oriente

SANTIAGO GAMBOA

MONDADORI

Bogotá, 2013

Primera edición: abril de 2013

© 2013, Santiago Gamboa
c/o Guillermo Schavelzon & Asoc., Agencia Literaria
www.schavelzon.com
© 2013, Random House Mondadori, SAS
Cra 5A No 34A - 09
Bogotá - Colombia
Pbx (57-1) 7430700

Diseño de portada: Álvaro Giraldo Buitrago
Diagramación: Claudia Milena Vargas López

Printed in Colombia – Impreso en Colombia

ISBN: 978-958-8640-58-7

Impreso en Nomos Impresores

ÍNDICE

A mis padres, Pablo Gamboa y Carolina Samper.
Por el primer viaje al Peloponeso y los paseos sobre
la Acrópolis, imaginando la cólera del pélida Aquileo. Por
Ulises, Unahpú e Ixbalanqué, por los orfebres quimbayas,
por el San Sebastián vendado, cubierto de flechas, y los
anónimos artistas de San Agustín y Tierradentro.

A MANERA DE PRÓLOGO...

Del *Boom* al *Note-Boom*

"Je hais les voyages et les explorateurs", dice Claude Levi-Strauss al comienzo de *Tristes trópicos*, frase que ha sido interpretada como una provocación o una *boutade*, pues el libro que sigue, la exploración de las costumbres de los pueblos selváticos y aborígenes del Brasil, es precisamente el resultado de sus viajes y exploraciones de los años 30, cuando el joven estudioso, loco de entusiasmo, escribía: "Estoy descubriendo el Nuevo Mundo con mis propios ojos".

Por eso *Tristes trópicos*, que sienta las bases de la etnología, es a la vez una narración de viajes, una autobiografía filosófica y humana, y por supuesto una obra literaria que dialoga con Montaigne, Conrad y Rousseau. Una de las grandes obras literarias y del pensamiento del siglo XX.

Porque la narración de viajes es una de las más fascinantes manifestaciones de la literatura, tal como lo fueron *Historia verdadera de la Conquista de la Nueva España*, de Bernal Díaz del Castillo, *El Millón*, de Marco Polo, *Utopía*, de Tomás Moro (viaje a un lugar que está más allá de la geografía), *El viaje a Egipto,* de Flaubert, y el *Viaje a Italia* de Goethe, e incluso los *Viajes de Gulliver*, de Swift, aunque a territorios morales de la fantasía. Y más recientemente obras como *Un bárbaro en Asia*, de Henri Michaux, *Memorias de un nómada*, de Paul Bowles, *La tentación de Occidente*, de André Malraux, *En la Patagonia*, de Bruce Chatwin, *El gran bazar del ferrocarril*, de Paul Theroux, *India*, de V. S. Naipaul, *Hotel Nómada*, de Cees Nooteboom, y en español *El sueño de África*, de Javier Reverte, o *Contra el cambio* y *El interior* de Martín Caparrós.

Esta mini antología, nada exhaustiva, muestra cómo en la literatura en español la narración de viajes ha sido un género poco tratado, y aún menos en América Latina. ¿Por qué? Puede pensarse que está ligada a los grandes imperios y el de nuestra lengua, en cierto sentido, ya produjo lo suyo hace siglos. También a un cierto apego a los temas cercanos y a la idea tradicional de que el escritor debía escribir sobre su propio país, hacerlo comprensible a los suyos y al mundo.

Por eso, tal vez, nuestro *Boom* fue de novelistas (se podría hacer una excepción si consideramos que *Persona non grata*, de Jorge Edwards, es también una narración de viajes, y con Sergio Pitol, siempre Pitol, por *El viaje*), aunque hoy, tres décadas después, las cosas están cambiando y con las crónicas de viaje de Caparrós *(Una luna, El interior,* por ejemplo) o Juan Villoro y unos cuántos más (también Juan Pablo Meneses), pronto podremos agregar al *Boom* novelístico un *Note-Boom* de escritores viajeros, ya sin fronteras entre la literatura y la crónica, y en donde este género, compartido con el periodismo, ayude a construir agudas y novedosas versiones de la comarca y del mundo.

En el prólogo de *Hotel Nómada*, Cees Nooteboom dice, hablando de los viajes: "Comprendí que este movimiento me permitía encontrar la calma indispensable para escribir, que el movimiento y la calma, en cuanto a unión de contrarios, se equilibran mutuamente, que el mundo —con toda su fuerza dramática y su absurda belleza y su asombrosa turbulencia de países, personas e historia— es un viajero él mismo en un universo que viaja sin cesar, un viajero de camino a nuevos viajes".

El escritor de viajes

¿Quién escribe todo esto? "Las raíces de los hombres son los pies", dice Juan Goytisolo, "y los pies se mueven". Echar raíces, detener el movimiento es apagar uno de los motores de la curiosidad, de la escritura, de la vida. Por eso viajar es también caminar hacia el centro oscuro de la creación. Entrar a ese misterioso país por una frontera solitaria, en el corazón de la noche. Ver el amanecer desde la ventana de un hotel de paso y entender que ese lugar es nuestra esquina del mundo. Estar solo frente a una mesa y un espejo, en alguna pensión, escuchando el goteo de una llave. Dice Nicholas Shakespeare que la soledad acentúa lo que hay dentro de uno. El creyente se entregará con más ardor a su dios, el bebedor se aferrará a la botella con fuerza, y el que escribe, escribirá más.

Las mesas de los hoteles, con su lámpara y su jarra de agua y su teléfono, su cenicero que ya no uso, me han visto llegar muchas veces, instalarme y conectar el portátil, y luego, en la noche, después de haber estado ausente todo el día y haber cenado y puede incluso que después de tomar algunos tragos, escribir durante un par de horas, contar lo que vi o creí ver, lo que habría querido ver y no pude o lo que imaginé que vi. Contar también lo que nunca he visto y, sólo algunas veces, muy pocas, lo que nadie jamás ha visto. En una entrevista reciente, Paul Theroux dio un único consejo a los jóvenes que desean ser escritores: "Lee muchos libros y lárgate de tu casa".

Un escritor viajero es básicamente un tipo solitario con los ojos bien abiertos, que escruta el mundo. Observa a sus compañeros de vagón, de compartimiento, de sillón. Come solo en restaurantes móviles o flotantes, y piensa y escribe porque está solo. Lee los periódicos y toma nota. Lee algún libro y lo subraya, puede que de autores del lugar por donde pasa. Desde la soledad los demás se ven no como individuos sino como tipos humanos (formas humanas). Y se encuentran cosas variadas, por ejemplo el amor. Todo el mundo ama a alguien que vino al aeropuerto o a la estación y les hizo, a lo lejos, un sentido adiós. Todos tienen una sobrina a la que compraron un vestido típico. Todo el mundo ama a alguien. En el fondo es lo más banal y al mismo tiempo único de nuestra experiencia.

Pero el escritor no viaja sólo para escribir, sino para que "lugares remotos y personas de otros mundos modifiquen su espíritu, lo transformen". Esto lo dice Paul Bowles, "y el libro es el resultado de esa transformación". Por eso la narración de viajes es una de las formas de la autobiografía, de la escritura intimista. El diario de una vida en movimiento.

¿Cuáles son sus armas? El poder descriptivo, acompañado de un buen glosario. El escritor francés Pierre Loti enseñó que cada cosa en este mundo tiene un nombre, y describir, muchas veces, consiste en encontrar ese nombre. Ya mencionamos la soledad, que hace más intensas las creencias y los credos estéticos. Tener buen oído. Los diálogos, lo que dicen los demás. Es necesario saber escuchar, estar atento. Y esto incluye saber elegir al que, hablando, nos muestra con más intensidad el alma de los lugares o las cosas. Y esto nos lleva al último punto: la intuición. Esta nos indica, ante dos caminos, cuál tomar. Ante dos compartimientos de tren con un puesto vacío, en cuál sentarnos. Ante dos o más conversaciones, a cuál acercar nuestra oreja. Pero nada de lo anterior tiene validez sin un arma fundamental, tal vez la única imprescindible: la vocación, la capacidad de hacer un esfuerzo sostenido, de llevarlo a término. Y esto en el fondo equivale a decir: un desmedido amor por los libros.

Roma, enero de 2013

I. EN SIRIA

Alepo

Creer que hemos llegado a Alepo en una noche especial, llena de fuegos y llamaradas lejanas. Así es el paisaje: árboles, montes y caminos iluminados por el resplandor de pequeños incendios. ¿Qué es?

Una auténtica noche de Valpurgis.[1]

Desde la ventanilla del avión vemos (Analía y yo)[2] centenares de hogueras en las parcelas que rodean los terrenos aledaños a la pista. Líneas o triángulos flamígeros que se pierden al fondo. Son los campesinos. Usan el fuego para limpiar la

---

1 La noche goyesca que veo al aterrizar por primera vez en Siria no tiene nada que ver con el *Inferno* de la guerra civil actual, pues estamos en 2004. Este *Diario* parte de mis notas de viaje a esa región en 2004 y 2005. Por supuesto muchos de los hechos y personajes han sido modificados por la Historia reciente, escrita por otro novelista o viajero cuyos textos, caóticos, son bastante difíciles de predecir.

2 Los viajes cuyo destino es la escritura deben hacerse solos, pues es en soledad donde ese conflicto entre un lugar y uno hace reverberar la página. Pero Analía, mi compañera de vida desde 1996, ha estado conmigo en tantos que todo lo que pienso y escribo (incluso cuando viajo solo) está arropado por su presencia. Una especie de soledad protegida.

tierra de malezas, algo que en muchos lugares está prohibido hace décadas.

El aeropuerto es una construcción de un solo piso. Apenas una fachada en madera con calados que dejan pasar el viento. Hay poca gente y hace calor. El nuestro parece ser el único avión del día que, tras descargar a unos pocos pasajeros, continúa su vuelo hacia Damasco.

Los policías sirios, de uniforme gris y rictus grave, nos disponen en fila delante de sus pupitres de madera y se preparan (sin ninguna prisa) para el ceremonial del sello de entrada y las preguntas.

Cada región tiene su prototipo físico y el de aquí parece ser, en el varón, un cuerpo delgado y alto, cara angulosa, bigote espeso. Tres de los que esperan con nosotros tienen estos rasgos, también dos de los policías. Y otros más en el avión. Ese bigote, además, tiene hacia el centro manchas de nicotina. Los sirios son grandes fumadores.

Cuando los uniformados acaban de ordenar sus sellos y cuadernos la fila comienza a moverse. Un hombre obeso y de corbata se suelta el botón del cuello y mira con disgusto las aspas del ventilador, que no se mueven. Dice algo en árabe y manotea hacia ellas. Tiene manchas de sudor en las axilas. Empieza el control de pasaportes y, como es de suponer, acabamos de últimos, requeridos por una larga lista de preguntas.

Nuestra nacionalidad no es muy frecuente por estos lares.

Es mi primera visita a Medio Oriente, aunque no a un país árabe. En 1995 estuve en Argel, enviado por *El Tiempo* a las elecciones en las que el general Liamine Zerual debía legitimar su poder contra los islamistas del Frente Islámico de Salvación (FIS). La verdad es que a *El Tiempo* no le interesaba el resultado de las elecciones, sino por qué Argelia tenía el primer lugar en algo que había en esos años (ignoro si se sigue haciendo) y que era una especie de "Lista EE. UU." de países más peligrosos del mundo, donde Colombia tenía el segundo puesto. Y yo traté de explicárselo (sólo diré que es el único lugar del mundo en el que he tenido, por obligación, dos guardaespaldas 24 horas toda mi estadía).

Pero volvamos a Alepo, pues ya un taxi nos lleva a la ciudad. Sobra decir que es un vehículo bastante destartalado, con olor a gases en su interior (debe tener perforado el tubo del exhosto). En lugar de tapicería, el asiento de atrás tiene una rugosa alfombra que pica a través del pantalón y, por el olor, diría que no hace mucho una cabra estuvo aquí durmiendo una siesta. La estructura parece haber sido, en algún momento, un carro japonés, sobre la cual se fueron agregando capas. Si sus amortiguadores pudieran hablar, exclamarían: "¡No más, por favor, no más!"

Las primeras imágenes recuerdan la entrada a ciudades departamentales colombianas —allá por los años 70—, algo así como Armenia, Pereira o Tunja, sólo que, en este caso, con torreones de mezquitas iluminadas de verde y coronadas por una resplandeciente media luna de neón. Hay bombas de gasolina envejecidas y sucias, el pavimento tapizado de huecos; a ambos lados de la vía se ven automóviles chocados, jóvenes en bicicleta avanzando con peligro al borde del camino y, sobre todo, poca iluminación, lo que cubre el ambiente con un extraño sudario, una mezcla simultánea de soledad y algarabía.

Ya lo había observado en Argel: las ciudades del mundo árabe, dejando de lado los centros históricos y el patrimonio artístico (y obviamente el idioma), son iguales a las latinoamericanas.[3]

---

3   Esa calle con una farmacia en la esquina en la que también se pueden comprar dulces, periódicos y cigarrillos; que tiene un muro repleto

El carro avanza lento por el tráfico y, a lado y lado, se ven edificios a medio construir que ya están habitados. Un rectángulo de cemento iluminado por un bombillo que cuelga de un cable, tubos esparcidos que anuncian la probable llegada de un tercer piso. Una cuerda de ropa de un lado a otro, en el segundo, y un perro parado al borde, impasible y con mirada lejana.

El calor es cada vez más fuerte y se acentúa en nuestro viejo taxi. Afuera, en la oscuridad, hay hombres de chilaba y albornoz parados en las esquinas. Conversan moviendo las manos y por los sonidos guturales del árabe parecen discusiones muy acaloradas, lo que no coincide con los gestos, pues todos sonríen. "El árabe tiene sangre caliente incluso cuando se divierte", me dirán después, y yo pensaré, ¿"el árabe"?, ¿existe algo concreto que podamos llamar así: el árabe, el latinoamericano, el europeo?

Nuestro hotel es el Diwan Ramsy, en la zona de Al-Baiadah, en el centro histórico, cuyo aire acondicionado lo hace valer oro ya que la temperatura, a pesar de la noche, ronda los treinta y cinco grados (es el mes de julio). Tiene además, desde su terraza en el tercer piso, una vista imponente de la *Ciudadela* de Alepo, un fuerte medieval elevado sobre un cerro. La ciudad está organizada a su alrededor.

Para llegar hasta la puerta del hotel hubo que hacer una parte a pie, pues las calles son peatonales, muy estrechas, encajonadas entre muros almenados que serpentean dando extraños giros. Arrastrando las maletas, en medio de la oscuridad, vemos tiendas con la mercancía colgada de la puerta, como en los

---

de anuncios en papel ya roto y enmohecido, con el andén en cemento y un automóvil Ford empolvado y de ruedas desinfladas que lleva años ahí, está por igual en Alepo, Lima, El Cairo o Bogotá.

mercados del Caribe. En una esquina nos embriagó el olor a pan recién horneado, emergiendo de un sótano.

Cuando uno llega de noche a un lugar desconocido todo parece inquietante. Sobre las paredes sucias de la calle había escritos que intenté descifrar (estudié árabe clásico en la facultad de Filología), pero a pesar de reconocer las consonantes estuve lejos de comprender el sentido.

Ah, los hoteles.

Analía va a darse una ducha y yo me siento en la terraza a leer algo de historia. El calor nos obliga a movernos con lentitud, como si temiéramos despertar a alguien o fuésemos ciegos. Los ruidos de la calle entran por el balcón atenuados por la distancia. Un ventilador de aspas se lleva el humo del cigarrillo.[4]

Alepo es una de las ciudades más antiguas del mundo. Su cronología empieza en el año 1780 a. C. como capital del reino de los Yamhad, una confederación de ciudades comerciales entre la región de Mesopotamia, Anatolia y el Mediterráneo. Durante su historia de bazar comercial fue dominada, conquistada, ocupada y asolada por multitud de pueblos. Por

---

4   Esto no es una pose al estilo Bogart. Hace siete años yo fumaba en esas situaciones, y en muchas otras. De hecho, casi no había situación en la que no fumara, excepto por las mañanas. Me molestaba el olor a ceniza fría y sólo después del almuerzo encendía un cigarrillo. También me gustaban los puros, que compraba en las tiendas de *duty free*. Recuerdo las ofertas de Montecristo # 4 y Romeo y Julieta del aeropuerto Houari Boumediene de Argel o del de Kuwait City, donde hice escala una vez. ¡Estaba muy influenciado por la literatura de viajes anglosajona! Adoraba los puros y los cocteles tanto como los puestos de frontera y los albergues de paso. No había cumplido aún los cuarenta, edad en que la vida nos obliga a prescindir de muchas cosas.

aquí pasaron los hititas con su famosa caballería, los asirios, los huritas, los egipcios, los babilonios y los persas. Vivió la dominación griega y posteriormente la romana. Luego vinieron los bizantinos y de nuevo los persas, que islamizaron el país, abriendo el camino religioso a los turcos, que llegaron en el 1150 d. C. y construyeron la mayoría de lo que hoy vemos en la ciudad: los muros, el *zoco* o bazar y las escuelas coránicas —*madrasas*— para la difusión de la ortodoxia islámica sunita.

En 1176 fue conquistada por el sultán Saladino, quien inició una dinastía entronizando a su hijo Malik. Fue una época de prosperidad, la ciudad se abrió al mundo y sobre todo a Occidente. El primer tratado comercial entre Alepo y la *Serenissima* República de Venecia es de 1207. Luego la ciudad fue asolada y destruida a medias por los mongoles y su rey Tamerlán, en 1400, cincuenta y dos años después de haber sufrido la devastación de la peste.

Mirar la historia de ciertas ciudades, a veces, es asistir a un catálogo de desdichas. Un martirologio. Supongo que la Historia con mayúsculas tiene tendencia a saltarse los periodos de calma. Cuando no pasa nada la Historia se retira y le da paso a la vida privada.

Por cierto: ¿qué no destruyó Tamerlán? Este rey mongol, con su palacio en Samarcanda, suena en todas las latitudes de Asia: de China a India y de ahí hasta Jerusalén. A lo largo de este viaje encontraremos la huella del rey mongol en muchas partes, siempre con el mismo verbo en pasado: "destruyó".

Pero Tamerlán no se quedaba en los lugares que asolaba, así que a los pocos años la ciudad se alzó del suelo y recobró su esplendor comercial, ya bajo el Imperio otomano. Los zocos y bazares se ampliaron, lo mismo que los *caravanserrallos* o *caravanserais*, esos albergues para las caravanas que venían del Éufrates y de más lejos, de Oriente.

La palabra *serrallo*, que el diccionario de la RAE define como "sitio donde se cometen graves desórdenes obscenos" (escondiendo aún cierta fobia hacia lo islámico), viene de *serraglio*, en italiano, y esta a su vez del turco *saray*, y este del persa *saray*, que quiere decir palacio. *Caravan*, también del persa, quiere decir viajero. Así, *caravanserai* o *caravanserrallo* es el palacio de los viajeros, o, si le damos el toque RAE: el "obsceno palacio" de los viajeros. Debían de ser lugares maravillosos.[5]

En medio de la islamización de Alepo, culminada por los turcos, hubo espacio para otras religiones. El cristianismo era la fe de los armenios y los maronitas, que jugaron un papel fundamental en las relaciones con los mercaderes de Europa.

Pero la Historia no les fue propicia. Y casi podríamos decir también que la geografía. La Geografía no les fue propicia. ¿Por qué?

El descubrimiento del Cabo de Buena Esperanza y los viajes de Vasco da Gama trazando nuevas rutas marítimas entre Europa, India y Oriente, cambiaron el curso del comercio. Era menos costoso llevar mercancías en barco y por supuesto más rápido que en esas caravanas bíblicas. Esto hizo declinar la prosperidad de Alepo, aun si logró mantenerse como el punto de encuentro —el *carrefour* dicen los franceses— entre Anatolia, Oriente y Persia con el Mediterráneo.

Salimos a dar un paseo por las callejuelas aledañas, siempre angostas y, de nuevo, poco iluminadas, en medio de viejos muros

---

5   Podemos recordar *Caravansary* (1981), de Álvaro Mutis, libro de poemas en prosa o de prosas poéticas. La idea del caravansary le sirve para reunir voces de personajes disímiles. "Ninguno de nuestros sueños, ni la más tenebrosa de nuestras pesadillas, es superior a la suma total de fracasos que componen nuestro destino", dice una de esas voces.

color arena. Hay olor a rancio y algo en medio de esta ausencia de luz se nos antoja triste o melancólico; toda persona que surge de la oscuridad perturba, cualquier movimiento es inquietante.

La iluminación nocturna es un estado de ánimo para las ciudades (París la frenética, intensa e híper iluminada; Roma la melancólica, con su luz amarilla desde el centro de la calle). Luego encontramos más gente. Hombres con turbantes de cuadros rojos y chilabas marrón deambulan, discuten agitando las manos. Al fondo de la callejuela, entre la oscuridad, vemos unos montículos que se mueven hacia nosotros. Al acercarse resultan ser mujeres cubiertas de pies a cabeza con sus paños negros, una imagen vista mil veces en la TV pero pocas al natural, en una calle, en medio del calor asfixiante. Es el *burqa*, aunque no el afgano (azul, con una red que cubre los ojos dejando pasar la vista), sino el tradicional, del sur de Irán, llamado *bandari burqa,* que es negro y deja los ojos afuera, como el negativo de una máscara.

Parecen fantasmas, seres irreales. Pero algo sucede: las mujeres se ríen, cuchichean entre ellas, bromean.

La mujer cubierta de negro, para nosotros —en Europa y en América, en eso que llamamos *Occidente*— suele estar asociada a una injusticia y por ende a una tristeza; por eso su risa parece fuera de lugar, aunque uno sepa que la vida es así, llena de momentos de todo tipo. Por desdichado que sea, nadie es infeliz cada minuto del día. A lo largo de este viaje encontraré opiniones muy variadas, inclusive de mujeres árabes que defienden la libertad y el anonimato que les da el velo en su sociedad, y que por eso lo prefieren.[6] Ya he estado en otros

---

6   En Irán, una mujer colombiana casada con un iraní, muy tradicionalista, me dijo una vez: Gracias al velo puedo salir a la calle y hacer lo que me da la gana.

países islámicos como Argelia, Turquía o Indonesia y nunca como ahora me había impresionado tanto esta costumbre.

¿Qué es lo que dice el Corán al respecto?

"Di a las creyentes que bajen la vista con recato, que sean castas y no muestren más adorno que los que están a la vista, que cubran su escote con el velo y no exhiban sus adornos sino a sus esposos" (Sura XXIV).

Esto no es muy preciso y sin ser un especialista supongo que el velo es el resultado de infinidad de interpretaciones sobre lo de "ser casto" y "sólo exhibir a sus esposos". El problema es que un texto sagrado es por definición estático: no se adecua a la modernidad, sino que es la modernidad la que debe acomodarse a él.

Analía lleva un pantalón corto y una camiseta, y al cabo de un rato me confiesa que se siente desnuda. Los hombres la miran con descaro. En un pequeño mercado alguien la insulta, o le dice algo que parece un insulto. Se promete no volver a salir con pantalones y, la verdad, nos damos cuenta del error. Al fin y al cabo estamos en su ciudad, en su mundo.

Dejando atrás el centro histórico de Al-Baiadah, en dirección contraria a la *Citadelle*, se llega al barrio armenio, cruzando un pequeño arco de mármol y azulejos que desemboca en una avenida peatonal, repleta de comercio. Este barrio fue creado por los sobrevivientes de la masacre de armenios hecha por los turcos en 1906. Más de un millón de muertos (otros dicen millón y medio, incluso dos), equivalente al primer genocidio del siglo XX. Pero ni siquiera hoy, en pleno siglo XXI, Turquía acepta que se use esa palabra, "genocidio", no negando que hubo un crimen contra la población armenia sino arguyendo que todo aquello fue endosable a la confusión creada por la Primera Guerra Mundial.

Cabe preguntarse, ¿cuál sería entonces la palabra para referirse a un ejército que ejecuta una política clara que consiste en aniquilar a un pueblo, a una etnia? Es en estos casos cuando el lenguaje muestra su valor.[7]

Los armenios que pudieron emigrar hacia el sur llegaron a Alepo y se instalaron. Deambulando al azar y mirando las vitrinas de los almacenes llegamos a una esquina donde ocurre una extraña escena: un grupo de mujeres, cubiertas de pies a cabeza, observa con escándalo y risa una vitrina de ropa interior que expone atrevidos calzones, ropa íntima sexy: tangas con flores en la parte delantera, tangas que acaban en diminutos triángulos, tangas rematadas en corazones que brillan con luz intermitente, quién sabe mediante qué extraño mecanismo.

Algo muy sugerente, créanme.

Yo creía haberlo visto todo en los *sex-shops* de París y Ámsterdam, pero esto me deja electrizado. Analía quiere tomarles una foto (y lo logra, no sé cómo). Yo imagino estupendos cuerpos debajo de la tela negra y empiezo a observarlas con otros ojos. Quiero decir: procuro detallarlas al máximo. Una de ellas es muy joven y debajo del velo está muy maquillada. Tiene unos ojos bellísimos. Usa zapatos de tacón con el pie desnudo y lleva las uñas pintadas de color fucsia hasta la mitad,

---

7 Discusiones parecidas viví en la UNESCO en torno al peliagudo tema del "retorno de bienes culturales a sus países de origen sustraídos en periodo de guerra". Alemania y Rusia se negaban a aceptar la palabra "robo" y proponían "desplazamiento", aunque es bastante obvio que durante la Segunda Guerra los nazis en Francia u Holanda y los rusos en Polonia hicieron algo más que "desplazar" esas valiosas piezas. Es curioso: la Alemania de hoy no es la Alemania nazi (en cierto sentido es una más de sus víctimas) ni la Turquía de hoy es el Imperio otomano. Por eso es sorprendente esa fidelidad.

completadas con azul turquesa. Las imagino con las tangas del almacén debajo de los velos negros y se apodera de mí un leve temblor (alguien me dirá poco después que por lo general están desnudas o con esas minúsculas tangas bajo las capas). Como en un filme, las imagino levantando el hábito y dejando ver, lentamente, sus bonitos cuerpos. Un hombre sentado al borde de una cama observando en silencio la tela que sube y sube hasta salir por su cuello, y luego ella se acerca...

De nuevo la imagen de la mujer me golpea, y de nuevo en una situación contradictoria. Habrá que seguir observando.

Al día siguiente, muy temprano, un joven caíd del Instituto Francés de Estudios Árabes viene al hotel para acompañarnos a la sede, que está también en el centro histórico pero al que jamás lograríamos llegar solos. Allá nos espera Nesrim Kabalka, el director, un hombre de cuarenta años, alto y entrado en carnes que, a pesar de su teatral amabilidad, parecía muy turbado por algo, o incluso muy apesadumbrado, con una expresión que parecía decir: "Mi infancia no fue sencilla y tal vez por eso tengo este aire de desasosiego que no siempre corresponde con la situación. Tampoco podría afirmar, sin matices, que soy *sólo* alguien que sufre, pues en gran parte eso corresponde a lo que en términos poéticos se llama un temperamento melancólico. No sé si me explico".

El Instituto es un edificio de una planta, muros almenados en piedra desnuda, con un luminoso patio y una fuente hexagonal bañada desde el centro por un chorro de agua. Las puertas tienen arcos ojivales y en la oficina hay un gigantesco ventilador que, además de refrescar el aire, levanta los mapas colgados de la pared como si fueran visillos.

¿Algo para beber? De inmediato traen agua fría con hojas de menta y té. Afuera el sol pega fuerte y el reflejo de la piedra enceguece.

Kabalka, sentado en su despacho, nos habla de la historia de Alepo y recomienda hacer unas cuántas visitas.

—Esta ciudad parece triste —dice—, pero es por los recuerdos. Han sucedido muchas cosas que el mundo no sabe.

Me quedo algo perplejo escuchándolo, sin saber si debo sentir culpa o preguntar. Lo mejor es observarlo y cerrar la boca. Analía hace fotos desde la ventana y, para su enorme tranquilidad, no debe enfrentar esta situación.

—Bueno, muchas cosas que el mundo no sabe o que no le importa —agrega Nesrim, mirándose la punta del zapato—. Qué le va a importar al mundo lo que ocurra en una pobre ciudad como esta…

—Bueno —le digo—, venimos de ciudades tristes…

—¿Ah, sí? —me dice, sorprendido, súbitamente interesado—. ¿Y qué tiene de triste la suya?

Pienso en Bogotá y hago una lista mental con lo primero que se me ocurre.

—Inseguridad, violencia, pobreza, inequidad, deterioro, corrupción, ¿sigo?

Y agrego, cometiendo un evidente error:

—En mi país hay mucha influencia árabe.

—Bueno, bueno… Le pido disculpas por eso —dice Kabalka, aún más melancólico—. Está bien. Déjeme hacerle algunas recomendaciones sobre Alepo.

Explica que la *Ciudadela* (o *Citadelle*), con el calor, es imposible hasta la noche. Sus piedras hirvientes se convierten en sartenes. Lo mejor a esta hora es el zoco, cubierto y subterráneo en algunas partes.

—Hay sólo dos bazares completamente cubiertos: el de Estambul y el de Alepo, pero el de aquí es el más original y antiguo.

Otra de las cosas que Nesrim recomienda, y que de inmediato pongo entre las prioridades, es la visita al *Hammam Al-Nassri*, el baño turco de la ciudad, uno de los más antiguos del país.

—Pero lo mejor es el zoco —nos dice en la puerta del Instituto, moviendo unos labios delgados que le dan apariencia infantil—. Sí, sí, vayan al zoco.

Y, en efecto, vamos.

La entrada más cercana es la Puerta de Antioquía o *Bab Antakiyah*, y al pasar por debajo nos caen encima los siglos y la historia. Las construcciones aledañas parecen derruidas, pero entre el polvo y los escombros enmohecidos algo va tomando forma hasta convertirse en un intenso, extraordinario mercado popular. A diferencia del zoco de Estambul, este parece seguir siendo el que usa la gente de la ciudad. Al principio es una especie de caverna entre enormes muros de piedra. Tiene a lo alto escotillas o respiraderos protegidos por barrotes y desde ahí entran chorros de luz muy cinematográficos, que crean un ambiente de penumbra y que, al menos para nosotros, los visitantes, acompaña muy bien la atmósfera del lugar; como un cuadro de Caravaggio, con su luz de caverna. Sumando todas sus galerías tiene doce kilómetros, una serpiente subterránea dividida en áreas de comercio: el callejón del oro, el de los animales vivos, las especias, el del famoso jabón de Alepo con fragancias de sándalo, el de los aceites, de oliva o girasol, el de los cueros, los nacarados o la herrería.

Antes de seguir pienso en el nombre "Puerta de Antioquía o *Bab Antakiyah*", que refiere a la provincia turca de ese nombre. En Colombia usamos ese mismo topónimo pero con otra acentuación, Antioquia. ¿Será el mismo? Al parecer, el nuestro es una voz indígena, supongo que de los aburráes, que quiere decir "montaña de oro". Pero es extraño que sea la misma palabra. Habrá que investigar.

En la zona central del zoco, a la altura de uno de los más grandes *caravanserrallos*, está el socavón de los hilanderos, los cuales tejen en telares tradicionales delante de sus clientes. Analía toma notas, conversa y hace preguntas, pide permiso para tocar, oler, comprender los tramados. Ese es su mundo. Al final nos llevamos una espléndida seda cosida a mano y muchos apuntes sobre el modo de tramar y enhebrar, lo mismo que algunas muestras de los tejidos de lona con que los beduinos hacen sus tiendas.

Desde el zoco, como es costumbre en las ciudades árabes, hay comunicación directa con las mezquitas, que funcionan como nichos laterales, y sobre todo con la Gran Mezquita de Alepo, que está en reconstrucción y que, a juzgar por lo que se ve desde afuera, entre andamios y morros de arena, es de una gran suntuosidad. Los fieles compran y rezan, o descansan. Se bebe el café turco y los grumos al fondo de la taza están mezclados con cardamomo. Se fuma y se conversa.

A diferencia de las iglesias, las mezquitas son lugares para estar, no sólo para rezar. Se charla, se lee, incluso he visto gente durmiendo una siesta.

El zoco y sus mil puestos, cada uno más curioso y lleno de productos que para nosotros son excéntricos y para ellos banales, como las montañas de especias, jabón artesanal o pistachos verdes y demás frutos secos. Curiosa la forma de los jabones de Alepo: paralelepípedos irregulares, parecidos a la panela de Colombia pero de color azul celeste si es de laurel o en tonalidad hueso con algo de rosado, o verde si es de aceite de oliva. Montañas de ellos a quince liras sirias, unos veinte centavos de euro. Los disponen en forma tubular y parecen chimeneas industriales. No es fácil bañarse con este jabón, que con el agua tiende a convertirse en grumo entre los dedos. Su olor, lejano al de cualquier fragancia comercial, impresiona un poco.

Por supuesto el zoco es también el lugar del *kitsch*, de una cierta modernidad *low cost* importada de China: llaveros con el mapa de la *Citadelle* en metal, la efigie de Siria con puntos que brillan para pegar en la puerta de la nevera, cubos Rubik del color de la bandera, narguiles y tambores de plástico que dicen *I love Aleppo*, bolígrafos con los arcos romanos de Palmira. A cada paso alguien sale al encuentro con el mejor precio del día, con ocasiones únicas. Ese modo árabe de vender saliendo al encuentro que a veces puede parecer agresivo, tan típico del Caribe colombiano.

Hay un grupo de italianos que compran *keffiyas* y las llevan puestas de forma ridícula, pegando gritos, coreando consignas de fútbol, un espectáculo que parece diseñado para poner al límite nuestra vergüenza ajena o simplemente rompernos los nervios. Hay italianos que, cuando están en grupo y aún más en viajes, sufren esas regresiones adolescentes. Una idea bastante pueril de la latinidad, o mejor, de la alegría latina, que se sienten obligados a representar.

Nos escabullimos por un recodo lateral buscando silencio y vamos a dar al patio de una *madrasa* (escuela coránica). Un grupo de niños con camisón celeste y gorro repite frases, mirando hacia arriba en expresión de arrobo, y un maestro, con un libro en la mano, les va corrigiendo.

Momento iluminador: en lo más profundo, de pronto, surgen chorros de luz que bajan desde lo alto de cúpulas con ventanales rectangulares, dándole a la atmósfera del zoco un ambiente onírico, teatral.

La ciudad vieja de Alepo, la que está dentro de los muros, es una especie de pentágono con diferentes entradas: Bab al-Faraj, Bab al-Maqam (ya habrán comprendido que "bab" significa puerta), hasta la Bab al-Hadid. La muralla desapareció en muchas zonas y sólo quedan algunos vestigios, por acá y por allá. Como suele verse en países árabes, nadie se preocupó por conservar el aspecto antiguo del lugar y, a veces, pegado a rampas de piedra del siglo XIII hay estridentes construcciones de cemento con ventanas de cristal polarizado y marcos de aluminio.

Para este tipo de ciudades,[8] en muchos casos, la cara de la modernidad es justo eso: una construcción de aluminio y vidrio que, por lo demás, ya está deteriorada, llena de moho u hollín, con un aviso luminoso que desciende por el filo, en tres colores, y que tiene algunos huecos y bombillos fundidos.

En el fondo lo que más aguanta el paso del tiempo son las viejas construcciones, las murallas de piedra y el mármol de ciertos palacios. Aunque algunos dan miedo: uno de los edificios históricos, el Bimaristain Argún al-Kamili, es una construcción medioeval con patios empedrados, fuentes y arcadas ojivales, pero, dios santo, ¡era un hospital psiquiátrico! Esas cosas quedan impregnadas en los muros y preferimos alejarnos.

Un capítulo aparte merece el parque automotor de la ciudad.

A juzgar por lo que se ve, podríamos decir que cuando los carros mueren en Europa o Japón, vienen a vivir a Siria: viejos Honda Celica reciclados, carros Peugeot 604 convertidos en mini camiones, con corral atrás. Si uno mira con atención

---

8 Aquí podríamos, de nuevo, evocar el parecido con nuestras presuntuosas urbes latinoamericanas, que también son galerías abiertas y permanentes de lo "lobo" o cursi o "huachafo" o "naco" o "siútico", según el país.

descubre el esqueleto de una Renault Espace en un extraño zigurat de latas oxidadas. ¿Quién dijo que un carro necesita tener vidrios? Muchos andan sin parabrisas delantero y con gente sentada hacia afuera, con las piernas colgando sobre la guantera; así hay más espacio útil.

Y algo muy latinoamericano, al menos de una Latinoamérica de los años setenta: la libertad conceptual a la hora de modificar los modelos de base. Si un carro tiene el techo abollado, no hay problema. Se compra el techo de otro. Basta con tener bien las medidas y el resto lo hace el soplete.

Vale la pena recordar a Ibn Jubayr, uno de los grandes viajeros árabes, nacido en Valencia en el año 1145, pues su libro sobre el Medio Oriente (*Relation de voyages*, Gallimard, 1995, La Pléiade, en el volumen *Voyageurs arabes*) será uno de los pilares de este viaje. Ibn Jubayr llegó a Siria procedente de Iraq, escribiendo en su cuaderno todo lo que veía, de un modo tan sencillo y certero que su texto se convirtió en referencia obligada para otros viajeros, incluido Ibn Battuta, quien lo cita permanentemente.

El viaje de Ibn Jubayr comenzó en Alepo, y es él quien da las claves que explican el nombre de la ciudad. Según su narración, el montículo en el que se erige la *Citadelle* fue nada menos que una colina en la que vivió Abraham (Ibrahim para los árabes),[9] pastor de ovejas, cuya leche él daba como limosna

---

9   Recordar que cada uno de los dos hijos de Abraham es el padre de una estirpe religiosa y cultural de la región: Isaac (judaísmo, cristianismo) e Ismael (árabes o *ismaelitas*). Sobre cuál de los dos hermanos fue el que Abraham llevó al sacrificio hay aún polémicas eruditas: estudiosos árabes dicen que no fue Isaac sino Ismael.

a los más pobres. La leche, en árabe clásico, es *halab*, y de ahí, del nombre Halab, se llegó a Alep o Alepo. De hecho, hay en la *Citadelle* un monumento funerario a Abraham, uno de los túmulos más visitados por los viajeros.

Como es lógico, Ibn Jubayr habla también del bazar y lo señala como uno de los mejores que ha visto, sobre todo por el hecho de ser cubierto, de estar en torno a la Gran Mezquita (la original que él alcanzó a conocer) y de que la mayoría de los puestos de venta están recubiertos con maderas finas, adornados y abiertos al público de forma armoniosa. Novecientos años después esto ha cambiado, pero los puestos, algunos en madera y otros en latón, siguen abiertos, ofreciendo su mercancía al paseante.

De la Gran Mezquita de los Omeyas, construida en el año 715 d. C., queda poco: la devoró un incendio en 1169 y fue reconstruida mucho después. Sólo quedó el alminar. Estas mezquitas omeyas, como se verá también en Damasco, están emparentadas con la de Córdoba, construida en 786 d. C. por el emir Abd el-Rahmán I, único de la familia que sobrevivió a un banquete ofrecido por los abasíes o abasidas (como una cortesía, después de haberlos vencido militarmente) y que acabó con la decapitación de toda la estirpe omeya, menos este joven Abd el-Rahmán, que huyó al norte de África y luego entró a España.

En esa época fiera de la humanidad los banquetes tenían ese problema: nunca se sabía qué iba a pasar después de los postres. Los cuchillos que trinchaban la carne de los corderos, súbitamente, podían clavarse en el lomo de los comensales.

Dice Ibn Jubayr en tono poético, haciendo un drástico examen de la relación entre el hombre, su vana gloria, y la de las ciudades:

He aquí el palacio real y su corte, pero, ¿dónde están los príncipes y sus poetas? Sí, todos desaparecieron, sólo quedan los edificios. Ciudad sorprendente que permanece, cuyos padres ya murieron, pero ella no desaparecerá. Alepo fue deseada por muchos tras la era *hamdanita* (de Ibn Hamdán, su primer rey), y no les fue difícil obtenerla... ¡Tal es Alepo! ¡Pero cuántos de esos reyes fueron rechazados y cuánto ha preferido lo durable a lo efímero! Es femenina y se adornó con el valor de las damas virtuosas. Ha sido pérfida con los traidores y se presentó con el esplendor de una novia ante su Sayf ad-Dawla Ibn Hamdán.

El otro gran viajero árabe fue Ibn Battuta, un beréber nacido en Tánger (1304-1377) que dedicó cerca de veinticinco años a recorrer el mundo, y a escribir sus impresiones. En 1325 partió como peregrino a La Meca y sólo regresó hasta 1349, después de viajar cerca de ciento veinte mil kilómetros. Sus vagabundeos lo llevaron a los parajes más lejanos, desde la Rusia meridional hasta Constantinopla y la China, desde Persia hasta la isla de Java, Sicilia o el reino de los Francos, Ceilán o el norte de África. Hedonista y mujeriego, tuvo esposas en medio mundo y muchos hijos, que casi siempre abandonó para continuar sus viajes, los cuales parecían complementar una gran pasión religiosa, ya que hizo seis veces la peregrinación a La Meca (el llamado *Hajj*, en árabe; lo he visto en poesía medieval española como "el aljache"). Al final de su vida regresó a Damasco con la idea de conocer a un hijo tenido con una damascena, pero al llegar, este había muerto.

En su extraordinario libro *Viajes y periplos* (*Voyages et periples*, Gallimard, 1995, La Pléiade, en el volumen *Voyageurs arabes*), cita unos versos del poeta Abú al-Fityan ben Jabus:

Amigos míos, cuando ya no puedan curar mis males,
llévenme a respirar la brisa de Alepo,
de la ciudad en la que el viento del Este sopla siempre,
pues el viento puro es mi único deseo.

Ibn Battuta hizo una rápida descripción de la ciudad, cuyo nombre, confirmando lo que dice Ibn Jubayr, quiere decir "leche de Abraham". Esto fue lo que vio al llegar:

> Alepo está entre las ciudades más extraordinarias; es incomparable por lo pintoresco de su ubicación, la perfección de su urbanismo, sus enormes mercados bien distribuidos entre sí y cubiertos por un techo, de modo que el habitante está siempre protegido del sol. El zoco, que posee una belleza y grandeza sin par, rodea la mezquita, y cada una de sus galerías está ubicada delante de una de las puertas del santuario.

Poco más escribió Ibn Battuta, pues al parecer lo que más le llamó la atención fue la poesía dedicada a la ciudad, y el trato con intelectuales y poderosos locales, como aquel a quien llama "rey de los emires", un tal Arghún al-Dawadar, o ese otro imam y profesor, Nasser al-Adim, de extraordinario temperamento, en cuya alabanza escribió: "Cuando vas a solicitarle algo lo encuentras siempre tan lleno de alegría que pareciera que fueras a darle lo que en cambio le vas a pedir".

En un hermético verso, Shakespeare le hace decir a una de las brujas, en al acto I de *Macbeth*, refiriéndose a una mujer cuyo marido se fue a Alepo, lo siguiente: "*husband's to Aleppo gone / master o'th Tiger*". La edición de 1986 de las *Obras completas* de Shakespeare en Aguilar, a cargo de Luis Astrana Marín, lo traduce así: "Su marido ha partido para Alejo, como patrón del *Tigre*". Extraño eso de "Alejo", no hay antecedente en español de que la ciudad haya tenido ese nombre.

De todos los baños turcos de Alepo, el más codiciado por los adoradores de esta actividad concupiscente (entre los que me cuento) es el *Hammam Al-Nassri*, uno de los más antiguos del Asia Menor.[10] Está en uno de los costados de la *Citadelle*, un imponente edificio rectangular coronado por una cúpula amarilla que resplandece bajo el sol como una alhaja en la arena. Adentro la atmósfera es fresca: una sala de reposo hexagonal en torno a una fuente con las paredes enjalbegadas de cal, azulejos y mosaicos, en un dibujo como de almenas dentadas similar al que se ve en los muros de las mezquitas.

En cada uno de los lados del salón de reposo, que rodea una fuente, hay sofás cubiertos de sedas y cojines para reclinarse y beber un té a la menta, charlar o fumar narguiles. Cerca de los muros hay pequeños reservados en madera labrada (parecen confesionarios) para cambiarse. Es temprano y aún llega poca gente, así que nos dejan entrar a echar un vistazo en los salones de vapor. Las cámaras son esplendorosas, con enlosados, paredes de mármol e inscripciones talladas del Corán.

Analía se queda leyendo y ordenando sus notas en la sala de reposo, así que me cambio para un baño rápido, dejando que un hombre de piel oscura me envuelva en toallas de flecos blanco y negro ("como el turbante de Arafat", dice mi cuaderno) y me conduzca al interior de las cámaras.

La inminencia del placer produce exaltación, así que me voy dando saltitos sobre el suelo de baldosín, con gran riesgo, pues debo calzar unos suecos de madera que ellos llaman *qa-*

10 Como suele pasar con los nombres en árabe al ser transcritos, hay varias posibilidades según el idioma. En la transcripción al francés, por ejemplo, este baño turco se llama *Al-Nassri*, mientras que en inglés es *Al-Nahhaseen*. Por supuesto, cada uno busca reproducir el sonido original de acuerdo a su fonética.

bqabs, y que, en realidad, parecen patines de hielo medievales: en el lugar de la suela tienen una especie de quilla, un delgado filo sobre el que uno debe sostenerse.

La atmósfera cálida se deja sentir después de la primera puerta y empiezo a sudar, y al llegar a la cámara central, también en forma de hexágono, me tiendo sobre una gigantesca mesa de mármol que recibe el calor desde abajo, por contacto con el agua hirviente.

Ahí, en medio de esos efluvios maternales, dejo discurrir la mente al ritmo del antojo: enumero problemas, intento filosofar, echo globos, me pregunto quién soy y de dónde vengo, revivo escenas de mi adolescencia, invento diálogos disparatados, hago cálculos, remato (y gano) alguna antigua discusión, trato de imaginar cómo sería mi vida si hubiera nacido en Islas Tonga o si fuera sordomudo, intento ser consciente del devenir, me pregunto para qué sirve la literatura y cómo será estar muerto o no haber nacido nunca.

No hay problema o dolor que no pueda resolverse en medio de estos vapores. Luego paso a una cámara lateral, más pequeña, donde un empleado acaba de aumentar la temperatura, así que muy pronto hay una acogedora tiniebla blanca. En la pared hay un recipiente de piedra con dos llaves de agua para mezclar temperaturas al gusto y luego, con un cuenco metálico, refrescarse la cabeza. El agua fría en medio de esa atmósfera cálida es bendita.

Después de un rato regreso a la mesa central y veo que han entrado otros bañistas, cada uno dedicado a sus abluciones al modo propio.

Qué placer abandonarse sobre esa mesa de mármol rodeado de desconocidos cuyos rasgos, en medio del aire denso y blancuzco, apenas pueden verse. Los jóvenes árabes se enjabonan entre sí con esmero, en medio de grandes carcajadas; a ellos el contacto físico no les provoca malestar o recelo. A la luz de lo que he visto en los baños turcos de París o Bogotá, por citar dos casos conocidos, este comportamiento entre hombres sería considerado equívoco, pero aquí no es así. Tal vez por la separación que el Islam impone a hombres y mujeres, este tipo de acercamientos entre varones son normales, como normal es ver, por la calle, amigos agarrados de la mano mientras caminan (incluso entre soldados).

Y la verdad es que tampoco me importaría si fueran homosexuales.

En la mesa marmórea un hombre de tez oscura se acerca para el masaje. Cuando estoy listo me cubre de jabón. Luego, con unos dedos tan robustos que parecen pintados por Guayasamín, procede a amasar mi poco desarrollada musculatura, aplastándola como si fuera harina, provocando tales punzadas que varias veces estoy a punto de gritar. Enseguida vuelve a rociarme la cara con agua caliente y pasa a la segunda parte del masaje: las articulaciones. El asunto consiste en descoyuntarlas, doblarlas hasta que los huesos emitan un *crack* aterrador.

El paroxismo llega después, con el hombre trepado a mis espaldas, intentando plegar mi columna hacia atrás, algo que sólo he visto hacer en los circos chinos. Para terminar, en una especie de ceremonia del perdón, el musculoso genio de la lámpara me frota con un estropajo rugoso so pretexto de limpiar la epidermis y retirar las pieles muertas, con el inconveniente de que a uno le parece que lo están desollando.

Terminado todo, una alucinada sensación de bienestar se apodera del cuerpo, el cual parece flotar por los aires densos de la cámara de vapor, así que sólo me queda regresar a la sala de reposo a beber un té de menta muy azucarado, servido en tetera de plata, y rematar con una siesta reparadora.

A la caída de la tarde vamos al hotel Barón, el histórico albergue donde se alojaba Lawrence de Arabia durante sus viajes de exploración a la zona del Éufrates.

Esto fue en 1910, cuando Lawrence tenía 22 años y formó parte de una expedición arqueológica del Museo Británico a la región, concretamente a Karkemich. Allí aprendió de los árabes todo lo que más adelante le serviría para unirse a ellos y participar en su rebelión. La gran rebelión del desierto. No voy a entrar acá en muchos detalles,[11] pero en dos líneas diré que Lawrence, especialista en el mundo árabe, enamorado del mundo árabe, místico y políglota (hablaba varios dialectos), ganó la confianza de los beduinos, comandados por el rey Faisal, y los ayudó a organizarse contra el Imperio otomano con la ayuda de Inglaterra y Francia, con la promesa de que luego serían independientes.

Pero Londres y París los engañó a todos: una vez que lucharon contra los turcos y los debilitaron, abriéndole las puertas al ejército de Su Majestad, todas las regiones fueron adscritas al Imperio británico y a Francia. De ahí que Lawrence regresara a Inglaterra desencantado, rechazando cualquier honor militar (le propusieron ser virrey en India, le ofrecieron las más altas condecoraciones y todas las rechazó). Entonces se dedicó a escribir sus memorias poéticas de la rebelión, *Los siete pilares de la sabiduría*.

Su muerte en condiciones muy sospechosas y la extraña desaparición de la primera versión del libro darían para varias novelas negras. Seguro que no pasará mucho antes de que algún novelista anglosajón de éxito se decida a encarar el tema.

---

11 Doy por hecho que los lectores conocerán, como mínimo, la película *Lawrence de Arabia* (1962), de David Lean, con Peter O'Toole, Alec Guinness, Anthony Quinn y Omar Sharif.

En sus primeras visitas a Siria, Lawrence recorrió a pie miles de kilómetros, conoció de cerca a los beduinos y aprendió su lengua. Con el tiempo regresó al hotel Barón muchas veces, siendo ya el personaje que conocemos.

El hotel es una construcción de fines del siglo XIX. Un cubo de piedra con ventanas rectangulares rematadas en arco ojival, sin ningún otro adorno, y una terraza sobre la avenida Barón, que hoy se ha convertido en una calle ruidosa, llena de vendedores informales, voceadores de diarios y desocupados, espectros que van de aquí para allá buscando algo o alguien que les modifique el rumbo.

El interior del albergue no parece haber cambiado desde las épocas de Lawrence y ese es uno de sus atractivos: sillones de cuero Chesterfield color tabaco en los salones aledaños a la recepción, cuadros publicitarios del Orient Express —el cual tenía parada en Alepo antes de llegar a Damasco, para luego dirigirse a Bagdad, donde terminaba el viaje—, paredes blancas, puertas de madera pintadas en el tono del lienzo, una escalera de época que sube a las habitaciones, corredores de baldosín, una vieja central telefónica de enchufes y dos locutorios de madera.

A un lado está el bar, donde tomamos un par de cervezas, y al frente una sala de lectura con una vitrina dedicada a Lawrence. En ella se exhibe una caricatura suya con una *keffiya* cubriéndole la cabeza, y un volumen de su correspondencia privada abierto en una carta escrita y fechada en el hotel. La pieza central del altar es una factura con su firma, resaltada por una lupa.

Por todo ello no es difícil imaginarlo aquí, paseando por estos salones, solo, con esa expresión de extrañamiento con la que lo describe Robert Graves en su libro biográfico *Lawrence y los árabes*.

El libro de Robert Graves es extraordinario y según los críticos de la época, muy cercano a la verdad. El propio coronel Lawrence lo autorizó a escribirlo y le facilitó a Graves una lista de fuentes fidedignas. Sobre su personalidad solitaria y esquiva, casi ascética (una de las formas, por cierto, que adquiere en los europeos la pasión por el mundo árabe), Graves escribió el siguiente episodio que ocurre en el desierto, a pocos kilómetros de Alepo:

—Ven a oler el mejor perfume de todos (le dice un beduino).

Fueron a la sala principal, donde absorbieron el tranquilo, limpio y constante viento del desierto.

—Éste es el mejor —dijo el hombre—. Carece de calidad.

El beduino, comprendió Lawrence, vuelve la espalda a los perfumes, lujos y mezquinas actividades de la ciudad, porque se siente libre en el desierto: ha perdido todos los nexos materiales, casas, jardines, posesiones superfluas y complicaciones similares, y ha conquistado la independencia individual al filo del hambre y la muerte. Esta actitud le conmovió mucho, y por eso, a mi juicio, desde entonces su naturaleza se ha dividido en dos y es contradictoria: la del beduino que suspira por la desnudez, simplicidad y dureza del desierto, estado de ánimo que éste simboliza, y el del europeo supercivilizado (…). Esos yoes se destruyen mutuamente, y por eso Lawrence ha acabado cayendo, por la influencia contraria de los dos, en un nihilismo que no halla siquiera un dios en el que creer (*Lawrence y los árabes*. Seix Barral, Barcelona, 1991, 18-19).

Por la noche cenamos con Nesrim Kabalka en un restaurante del barrio armenio. Por no estar en la zona islámica, los locales pueden servir bebidas alcohólicas, lo que me parece motivo más que suficiente para haber elegido ir ahí. Un patio interior muy fresco, cubierto por un emparrado. Las mesas son de hierro forjado y tabletas de cerámica decoradas con azulejos.

—Aquí hay gran agitación y mezcla —nos dice—, y eso ha enriquecido la ciudad. La mayoría de los armenios son ortodoxos y algunos protestantes. Muy pocos son musulmanes. También hay inmigrantes ex soviéticos emparentados con armenios que vinieron a parar acá, y por eso el ruso es lengua bastante común.

Lo primero que llega a la mesa, tras una jarra de agua fría con ramas de menta, es el arak, que en árabe quiere decir "sudor" y que se sirve, como el pastis francés o el ouzo griego, con hielo y un poco de agua. Esta lo convierte en turbio líquido blancuzco. Bebida fuerte, de 40 grados de alcohol, que se hace poniendo jugo de uvas maceradas (mosto, del árabe *mestar*) en el alambique de cobre y luego volviendo a destilarlas con anís.[12]

La expresión melancólica de la mañana ya no está en la frente huesuda de Kabalka. Tal vez el demonio romántico lo abandona a la hora de comer, pues Kabalka no deja de sonreír mientras llena jirones de pan de pita con crema de garbanzos y los introduce velozmente en su boca.

Vale la pena hacer una mención a lo que va saliendo de la cocina, una forma de comer que ellos llaman *mezzé*, y que se compone de una entrada de pequeños platos que, literalmente, cubre la mesa: verduras y legumbres cortadas en pedazos pe-

---

12 Tiene cierto parentesco con el pisco de Perú y Chile, que también se hace de la fermentación de jugo de uva en alambique de cobre, pero sin el agregado del anís en la segunda destilación. En Perú el mosto se extrae con la antigua técnica del "pisado" de la uva, que recuerda el pasaje de Odiseo en la caverna de Polifemo.

queños, condimentadas con especias, jugo de limón y aceite de oliva. Es el *taboulé* o *fattouche*, si tiene trozos de pan tostado. También platos con *hummus*, la crema de garbanzos que se unta en el pan de pita, un triturado de garbanzos con aceite de oliva, ajo y un poco de hierbabuena. Otra crema más oscura es el *moutabal*, hecha con berenjenas, y por supuesto que no falta el *kibbe*, muy conocido en la costa Caribe, un rombo de carne con pinolis o nueces. También las *yalandji*, hojas de parra enrolladas y rellenas.

El plato principal (todo es muy típico, nos dicen) está compuesto por algo que se llama *bourghoul* (una especie de sémola) y carne de cordero cocinada a fuego muy lento. La otra opción es el *mechwi*, los kebabs o brochetas de cordero. Y arak encima, todo el tiempo.

Kabalka se interesa por lo que hicimos durante el día después de visitarlo en su oficina, y nos cuenta —con cierta frialdad— que la policía (la Seguridad) lo interrogó en la tarde sobre nosotros.

Analía y yo nos miramos sorprendidos y, a decir verdad, algo inquietos. ¿La policía? Pues sí, al parecer les llamó la atención que una pareja de colombianos llegara a la ciudad y decidieron echar un vistazo. Los hoteles tienen la obligación de reportar diariamente sobre sus huéspedes, en el fondo esto pasa en todo el mundo. Al interrogar a los empleados del hotel alguno mencionó al mensajero del Instituto Francés de Estudios Árabes, y por eso, más tarde, la policía se presentó en el despacho de Kabalka.

—Este país es una furibunda dictadura militar, no lo olviden —nos dice—. Todo está controlado y bajo escucha. Hay micrófonos por todas partes, se controla el Internet y no hay nada libre: ni prensa, ni partidos políticos, ni televisión, nada. Al que agarren haciendo la más mínima crítica lo meten a la cárcel, lo golpean, lo torturan. Hay personas que han quedado lisiadas de por vida después de una sesión con la policía. Incluso leen tu correo electrónico y puedes ir a la cárcel diez años por una opinión escrita ahí.

Y luego agrega, con un pellizco de nostalgia.

—Eso es lo que nadie sabe. O lo que nadie quiere saber...

Supongo que la tranquilidad en el rostro de Nesrim está por expirar y que esa expresión de fastidio cósmico volverá. Pero no. Kabalka se limita a seguir comiendo a bocanadas y a explicarnos lo que considera el ABC de la política siria, aunque al hablar mira hacia los lados y baja la voz.

—El gobierno de Bashar Assad es uno de los peores de la región, créanme —dice antes de ingurgitar una enorme cucharada de arroz con tomate, tan grande como un zigurat—, y eso que este, el segundo hijo de Hafez al-Assad, no estaba destinado a ser presidente. ¡Iba a ser oftalmólogo![13]

En 1994, con la muerte accidental de su hermano mayor, Basel (conducía al aeropuerto a más de 200 kilómetros por hora, a punto de perder un vuelo de Lufthansa, y en la última curva se volcó, un hecho que despierta dudas en los sirios, que dicen que fueron los servicios secretos israelíes), este joven debió dejar sus estudios en Londres y regresar a Damasco a prepararse en una academia militar. Hoy Bashar es el presidente vitalicio de Siria y suyo es el rostro que vemos en la mayoría de los taxis, oficinas públicas y almacenes, detrás de las cajas

---

13 Los miles de muertos de la revuelta siria iniciada en 2011 confirman que el ex estudiante de Oftalmología sufre de una fuerte presbicia histórica. ¿Qué fue del joven aprendiz en Londres? Respuesta: el poder lo convirtió en un asesino. En un asesino de masas. El video del cuerpo de Gadafi, arrastrado por el suelo como un animal, debería hacerlo reflexionar sobre el destino de los que atacan a su propio pueblo.

registradoras. Su figura espigada y sus bigotitos, junto al padre y al hermano mayor, son realmente omnipresentes.

A pesar de sus críticas al régimen de Bashar, Kabalka defiende a Siria. Dice que los medios de prensa europeos no entienden lo que sucede aquí por tres razones básicas: mala fe, desinformación y, sobre todo, por la incapacidad siria de manejar correctamente su propia imagen. No es difícil percibir, cuando se refiere a la mala prensa, una acusación a Israel, el gran enemigo, el Satán de los países árabes del Medio Oriente.

Kabalka está ofuscado por la política norteamericana y porque Washington los incluyó en la lista de países que apoyan el terrorismo. Según EE. UU., Siria acoge y brinda ayuda a los grupos radicales palestinos en el sur del Líbano, un país que controla a su antojo. Pero Kabalka dice que ni Bush[14] ni el congreso norteamericano conocen la historia de la región.

—¿A qué te refieres? —le pregunto.

—Llamar terrorismo a las acciones militares palestinas es un modo tendencioso de razonar —dice, degustando un pepinillo en vinagreta—. Si ellos hacen operaciones de martirio es porque no tienen un ejército. Caen soldados y civiles de los dos lados. Es una guerra que empezó en 1948 y se acentuó a partir de 1967, y todos los árabes estamos al lado de los palestinos. Siria está en estado de beligerancia hacia Israel, que hoy controla ilegalmente nuestra meseta del Golán, y Estados Unidos es su aliado, ¿por qué acusarnos de terrorismo? Basta con decir que somos sus enemigos, lo que es cierto.

—Bueno —le digo, probando el exquisito puré de berenjena—, las acciones contra civiles son tremendamente

14 Sí, lamentablemente era así: en el presente de esta historia aún estaba George W. Bush en el poder, y lo peor es que le faltaba un segundo mandato.

impopulares, sean del lado que sean. En Colombia la guerrilla perdió el apoyo de la población cuando empezó a secuestrar, a extorsionar a la gente simple de las ciudades, a hacer reclutamientos forzosos de menores.

—Pero eso no sucede aquí —dice Kabalka, molesto por mi comparación con algo que desconoce—. Esto es una guerra entre naciones y pueblos diferentes, con religiones y lenguas distintas. Lo único común es el pasado. Bush no sabe cuándo empezó todo esto, ni por qué empezó. No sabe quién tiró la primera piedra y tampoco le importa. No somos antisemitas. Los que expulsaron a los judíos de Jerusalén fueron los romanos y los que hicieron el Holocausto fueron europeos: alemanes, italianos, franceses, polacos, austríacos... Europeos. Cuando Jerusalén estuvo en manos islámicas los judíos siempre pudieron volver.

La comida parecía no tener fin: unos platillos se continuaban en otros. Kabalka ordenaba arak sin parar, lo que me parecía un gesto no sólo de cortesía, sino de sentido común.

—Para Estados Unidos —dice Kabalka—, terrorismo es todo lo que hacen sus enemigos. Incluso en Iraq, donde hay una guerra, los ataques a sus soldados son "actos terroristas". Desconocen que nunca, en la historia de los conflictos humanos, una sociedad oprimida por otra se ha quedado con los brazos cruzados. Los nazis les decían "terroristas" a los partisanos italianos o a los maquis franceses que mataban agentes de la Gestapo. Tito era para ellos un terrorista. Todo el que se opone a un poder es llamado terrorista.[15]

---

15 Esto ha sido rigurosamente cierto a lo largo de toda la historia. Assad, por ejemplo, califica de "terroristas" a las fuerzas que lo combaten hoy en Siria.

—Eso es cierto —le digo, bajando el picante con un sorbo de arak—, y cuando llega el cambio los antiguos "terroristas" pasan a ser la nueva élite: como Fidel en Cuba o Nelson Mandela en Sudáfrica.

Por esta situación, dice Kabalka, la población siria siente tanto rechazo hacia Estados Unidos.[16] Es uno de los pocos países del mundo donde no hay Coca-Cola ni McDonald's. Si se encuentran marcas de cigarrillos provenientes de Estados Unidos es por el contrabando, que los trae del Líbano. Los sirios son grandes fumadores y hacen una excepción con el tabaco rubio norteamericano.

Este rechazo sólo es comparable al que sienten hacia Israel. Tanto que para obtener el visado hay que demostrar que uno no ha estado en el Estado hebreo. En las calles son comunes los afiches con fotografías que denuncian y combaten los crímenes de Israel en Palestina, e incluso en la propia Siria. Uno de los más violentos reproduce una gigantesca hamburguesa. En el lugar de la carne se ve el cadáver de un niño palestino. El anuncio dice: "Hamburguesa *kosher* de McDonald's".

Kabalka nos dice que en la periferia de muchas ciudades sirias, pero sobre todo de Damasco, hay enormes campos de refugiados palestinos, que están allí desde hace años. ¿Por qué el gobierno no regulariza la situación de estas familias?

—Muy sencillo —responde—, el gobierno no puede darles la ciudadanía, pues hacerlo equivale a reconocer, de facto,

---

16 Por esos años Bush, refiriéndose al mundo árabe, puso de moda una pregunta retórica: "¿Por qué nos odian?", que iba unida a una especie de respuesta-eslogan prefabricada en Washington, que decía: "¿Porque odian nuestro modo de vida, odian nuestra libertad?". Era común escuchar esto en reportajes, sobre todo en las zonas rurales o en las capas más culturalmente atrasadas de EE. UU.

la ocupación definitiva de sus territorios, algo que ni Siria, ni ningún otro país árabe de la zona aceptará jamás.

El conflicto palestino-israelí es el eje central de todo. Los líderes árabes echan mano de él cada vez que necesitan enardecer a su propio pueblo, pero la benevolencia no siempre es sincera.

—Si hubiera un consenso real en el mundo árabe —dice Kabalka—, ya Israel tendría que haber liberado los Territorios Ocupados. Pero no lo hay. Los países árabes, o mejor, sus líderes, son muy individualistas. Todos han mirado su provecho personal y por eso nunca lograron contener a Israel.

—Cualquiera sea el origen y la historia del conflicto, ¿te parece justo desear hoy la destrucción del Estado hebreo? —le pregunto.

—No, no, por favor… —dice Kabalka—. Yo no discuto su derecho a existir, e incluso creo que son muy pocos quienes lo discuten, aun en el mundo árabe. Los árabes somos muy encendidos con las palabras, pero luego se baja el tono. Es la tradición. Israel ha humillado a los palestinos, a Egipto y a Siria. Debe devolvernos las tierras que nos quitó. Y basta. Cuando la devuelvan viviremos tranquilos. Pero ellos se sienten amenazados y sobre esa amenaza justifican lo que hacen. Tienen un gran poderío militar.

Alguien en la mesa vecina estira el cuello y Kabalka se inquieta. Hace una señal de silencio con el dedo y se lleva un cigarrillo a la boca. Me susurra que puede ser la misma policía secreta de la mañana. Tal vez lo siguieron y ahora nos están espiando.

Miro hacia la mesa y veo a un cliente haciendo contorsiones para llamar al mesero.

—No es nada, Nesrim, ¿qué decías?

Él no está seguro y vuelve a ponerse un dedo en medio de los labios. Luego se levanta y me susurra algo al oído, "quédense aquí, voy a darme una vuelta por el baño".

Lo vemos irse. Influenciado por mi experiencia de exiliado latinoamericano en París se me ocurre algo absurdo: que es una triquiñuela para evadir la cuenta.[17] De cualquier modo pensaba invitarlo así que no me molesta, pero al verlo de lejos veo que está ocurriendo exactamente lo contrario: se levantó para pagar sin tener que discutir. Luego regresa a la mesa y nos dice:

—El salón está limpio, podemos hablar tranquilos.

Al día siguiente emprendemos el viaje hacia Damasco, donde nos espera un grupo de personas de diferentes nacionalidades que participan en un festival cultural organizado por la Comisión Europea. Analía tendrá algunas citas de trabajo (relacionadas con el festival y la Comisión) pero no hay afanes, así que decidimos alquilar una camioneta con conductor que nos lleve por tierra, deteniéndose en algunos lugares importantes como la ciudad de Hama o la fortaleza del Krok des Chevaliers.

La camioneta, una potente Isuzu con aire acondicionado y adornos religiosos en el interior, llega puntual en la mañana hasta la esquina del hotel (ya dije que este quedaba en una calle peatonal), así que llevamos nuestras cosas y saludamos a Ahmed, el conductor, un hombre de unos cincuenta años al que se podría describir con las palabras de Vargas Llosa en *La tía Julia y el escribidor*: "Frente amplia, nariz aguileña, rectitud y bondad en el espíritu".

---

17 La más célebre, en esos años arduos de París, era levantarse al baño y no volver. Otra consistía en ofrecer pagar con un cheque y recoger de los demás comensales su parte en efectivo, sin dar nunca el cambio.

Ahmed, eso sí, se muestra reservado y parco en los saludos, limitándose a alzar nuestro equipaje como si estuviera hecho de plumas. Tras fugaz apretón de manos a los conserjes del Diwán Ramsy (que se habían visto obligados a denunciarnos), subimos a la Isuzu e iniciamos la salida de la ciudad.

Al salir de la ciudad aparecen los beduinos. Sus tiendas están instaladas en los campos de cultivo y al lado mantienen sus propios corrales de ovejas. El interior de las carpas está separado en varios espacios. Uno cerrado, el dormitorio, y otros abiertos y comunes donde hay lugares para reposar, comer o cocinar. Sobre el suelo extienden alfombras de colores, lo que da un aire confortable a sus volátiles viviendas.

Durante el verano, estos beduinos se desplazan a las zonas de cultivo y se contratan como jornaleros. Viajan en tractores, de los cuales arrastran carromatos de madera con enseres y animales, una imagen que recuerda los circos de pueblo o las caravanas de gitanos. Su turbante es de color blanco y rojo, parecido al de los árabes de Jordania.

El estatuto legal de estos beduinos ha sido uno de los retos del Estado, pues en su origen eran tribus nómadas que se desplazaban por la "estepa desértica" y los campos de pastoreo de cabras, de los que eran propietarios en cabeza de sus jefes de tribu o *cheiks*. Su organización social se basaba en el linaje y las relaciones de parentesco, con un sistema legal propio que se transmitía de generación en generación. Así, era difícil acercarlos al Estado y su legalidad. Durante el dominio francés conservaron la propiedad sobre territorios y pozos de agua a cambio de estar sujetos al código penal en los asuntos legales individuales. A los *cheiks* se les dio incluso un puesto en la Asamblea Nacional.

Con la independencia se complicaron las cosas, pues los beduinos quisieron volver a su tradición, así que los regímenes militares que siguieron los obligaron a sedentarizarse, a veces usando la violencia. En 1963, cuando el partido Baas (o Baath)[18] llegó al poder, se abolieron las tradiciones tribales que aún persistían y se continuó con la sedentarización a través de la donación de tierras a las familias, mientras que la estepa desértica fue declarada propiedad del Estado. Se crearon cooperativas para incentivar en los beduinos el sentido de pertenencia al Estado, pero estas resultaron ser contrarias a sus tradiciones de reparto de tierras de pastoreo y manejo de rebaños de acuerdo a las necesidades familiares o de clan.

En 1979 el gobierno tomó de nuevo el control del reparto de tierras y creó subsidios, lo que sí funcionó e hizo que al fin las cooperativas fueran atractivas para los beduinos. El Estado perforó nuevos pozos de agua, les dio atención médica y veterinaria y les dio ayudas económicas en caso de sequía. El cuadro se completó con la imposición estatal de la educación obligatoria y la lucha contra el analfabetismo, que llevó a los beduinos a una fórmula semi nómada y, más o menos, los convirtió en campesinos.

El camino es siempre plano. A pesar del calor y una cierta aridez, la tierra parece muy fértil. Se ven franjas verdes de sembrados. Girasoles y olivos, hermosos olivos que pintan una sombra verdosa sobre los cerros. Cada vez que nos detenemos una ola de calor llena la camioneta. A los lados del camino se ven conos de trigo apilados en los campos y beduinos trabajando la tierra.

---

18 *Baas*, el Partido Árabe Socialista, de ideología nacionalista y panarabista, significa en árabe "renacimiento" y fue el movimiento político laico de Hafez al-Assad y Saddam Hussein en Irak. En su momento recibió entusiasta apoyo de EE. UU., que vio en él un rompefuegos de la política nacionalista islámica representada por Teherán.

Tras remontar un valle aparece una inmensa hilera de montañas que resulta ser la cadena del Antilíbano. Soberbias moles erigidas hacia lo alto y cimas tenuemente cubiertas de nubes. Supongo que desde ahí habrá una vista de centenares de kilómetros. Del otro lado está la ciudad de Latakia (también llamada Laodicea), uno de los principales puertos sirios sobre el Mediterráneo, fundado por fenicios y convertido por Alejandro Magno en paso comercial.

A lo lejos, absorbidos por el color oscuro de las montañas y el viento fresco que baja de ellas, aparece un antiguo acueducto romano, los pilares filiformes y sus arcadas. Se trata de los vestigios arqueológicos de la ciudad de Apamea, y hacia allá nos dirigimos.

Ahmed nos deja al inicio de una de las avenidas y nos explica que estará esperándonos del otro lado, cuando acabemos la visita.

Apamea, como la mayoría de ciudades grecorromanas, se construyó sobre una antigua población hitita, durante el reinado de Seleuco I, soberano de Siria en el 301 a. C., y fue parte de la llamada Tetrápolis junto con Antioquía, Seleucia y el puerto de Laodicea (Latakia). Luego los griegos la destinaron como fortaleza militar hasta que llegó Pompeyo, el romano (63 a. C.), y la conquistó para el Imperio. Cuando ya Roma era cristiana y llevaba su fe hasta el más remoto de sus confines, Apamea mantuvo la tradición griega. En el siglo II d. C. fue la sede de la escuela neoplatónica y conservó un templo a Zeus Belos, cuyo oráculo era famoso, consultado por peregrinos que venían desde los cuatro rincones de Siria, y en su época de esplendor, dicen, llegó a tener medio millón de habitantes. ¿Será posible esa cifra?

Impresiona imaginar esa multitud (si es que la Historia no exagera) en medio de esta ciudad abandonada, deteriorada, muerta. Hay que verla con la imaginación, pues lo que queda es un inmenso vacío. Las ruinas están ahí, esparcidas en medio del campo, y hay algo melancólico en su abandono. Difícil no pensar en lo efímero de la vida y la gloria en estos pastizales sembrados de mármol: pedazos de columnas, capiteles cubiertos de maleza, piedras talladas con musgo y lagartijas. Nada las protege. No hay un muro, ni siquiera una cerca.

El pasado griego o romano es casi siempre así: un fragmento acá, un capitel tirado allá, mármol y ladrillo por doquier. Por donde pasaron los romanos y los griegos hay acueductos y teatros, pero muchos deben verse con la imaginación.

Caminamos por lo que debió ser la avenida central de esta ciudad de espectros, desolada y sin un alma (somos los únicos visitantes a esta hora). Bordeamos columnatas semidestruidas, cruzamos arcos en medio de la nada, puertas abiertas al cielo.

Puertas al campo.

A cada paso decenas de lagartijas brincan sobre la piedra de forma nerviosa, huyendo hacia la sombra. La maleza cubre el mármol y crece en medio del empedrado. Maleza y hierbas espinosas. "¿Será este el destino de toda grandeza?", me pregunto de nuevo, en actitud presocrática, cuando un ruido distrae mis reflexiones.

¿Qué es?

Detrás de una piedra aparece un joven y hace un tímido saludo. Se acerca y nos ofrece un puñado de piezas esculpidas en piedra, diciendo que son antiguas. Hijo de arqueólogo y antropólogo, me basta una mirada para comprobar que son falsas, pero eso es irrelevante y pienso en su arduo trabajo, bajo un sol que rompe las piedras, esperando a improbables turistas con la esperanza de vender alguna figura. Le ofrezco un cigarrillo y le compro una estatuilla bastante bien pulida.

Él agradece y vuelve a su lugar, detrás de la roca. Elige un capitel y fuma, y yo lo miro de lejos con una mezcla de compasión y curiosidad.

Ese joven, sentado en un fragmento de columna, recuerda a uno de los personajes de esta región: san Simeón el Estilita, el asceta que decidió acercarse a dios viviendo en lo alto de una columna. Esto ocurrió cerca del Éufrates —a una hora de Alepo— y por el año 400 fue la gran atracción de todos los peregrinos: siempre subido allá arriba, cada vez más alto, viviendo de lo que los curiosos le tiraban.

San Simeón o Simón, el loco de dios. El borracho de dios al que Buñuel dedicó un film, *Simón del desierto*. Pero en fin, volvamos al presente.

Cuando el joven desaparece continuamos hacia el final de la triste avenida de Apamea, un cementerio de mármol y piedras talladas, corroído y tragado por los hongos.

Ahmed duerme en la camioneta. Tiene un cigarrillo apagado en la boca y oye música, aun si son sus ronquidos lo que mejor se escucha desde lejos. Una mosca revolotea alrededor de su nariz, pero esto no parece turbarlo. El ruido de las piedras al llegar, en cambio, sí lo despierta, dándole un sobresalto, y con gran prosopopeya baja para abrir la camioneta, invitándonos a subir moviendo un brazo hacia adelante. Ese gesto de inusitada elegancia en medio de esas soledades y con personas sudorosas y cubiertas de polvo parece realmente teatral. No hablamos árabe. No hay cómo explicarle que, al menos con nosotros, puede dejar por un día sus aparatosos modales.

Continuamos por una carretera más grande que bordea las montañas, internándose en una llanura desértica. Al no poder charlar me dedico a estudiar los adornos de la camioneta, recordando los que usaban los transportes populares colombianos.

De nuevo, surgen las comparaciones entre diversos mundos, lo árabe y lo latinoamericano, esta vez por algo que forma parte esencial de nuestra cultura: el *kitsch*.

Hace algunos años, en Bogotá, había dos calcomanías sin las cuales, creo yo, ni un bus, taxi o colectivo podía obtener el permiso de circulación. Una decía: "Me 109cito", y se veía a un tipo levantándose de una cama en la que dormía una voluptuosa rubia. La otra mostraba a un conocido héroe en taparrabo, en la selva, colgado de un bejuco, y a una mujer colgada de su miembro por debajo del taparrabo. La frase decía: "El primer grito de Tarzán". A estas se unieron dos: "Dios es mi copiloto" y "Te llevo pero sola".

La camioneta de Ahmed también está decorada con calcomanías en el techo, aunque aquí se trata de citas del Corán en relieve. También tiene un estupendo reloj despertador de plástico en forma de Gran Mezquita de los Omeyas, clavado con tornillos sobre el espejo retrovisor, algo que, de repente, me parece esencial, que me prometo buscar en cuanto mercado visitemos.

Un rato después llegamos a Hama, capital de la tradición ortodoxa sunita a orillas del Orontes, en la región central de Siria.

Es más pequeña que Alepo, bastante caótica y a primera vista no tiene nada de particular. Construcciones nuevas y empolvadas muestran hasta qué punto la ciudad fue destruida en 1982, durante lo que se conoce como la "masacre de Hama", cuando el ejército sirio, al comando del general Rifaat al-Assad, hermano menor de Hafez y por supuesto tío de Bashar, reprimieron a sangre y fuego la revuelta islámica sunita que, desde 1976, se oponía al gobierno. Entre los grupos exterminados estuvieron los Hermanos Musulmanes y otros grupos sunitas. La estimación de Amnistía Internacional es que hubo entre 10.000 y 25.000 muertos, la mayoría civiles.

Antes de entrar, el ejército sirio le dio un ultimátum a la ciudad y dijo a todos que se fueran, pues consideraría a toda persona un rebelde. Y así fue: se bombardeó el centro histórico, los tanques aplastaron las antiguas casas, e incluso se llenaron de gasolina los túneles de la ciudad vieja y se encendieron, ametrallando a todo el que saliera.[19]

Ahmed detiene la camioneta al lado de un parque, baja y nos abre la puerta. Le doy una palmada en el hombro por su insistencia, pero él, muy serio, continúa con sus gestos de cortesía.

Desde ese lugar se ve, en el centro de un parque bien cuidado, una gigantesca noria, la llamada *Muhammadiya*, una enorme rueda de madera de veintiún metros que sube el agua del río hasta un acueducto y que lleva girando desde el año 1361 por medios completamente mecánicos, es decir, por el peso del agua que la hace girar. Es algo realmente increíble, ¡cien años más joven que la *Summa teológica* de Tomás de Aquino!

---

19 Esto hacían el padre y el tío de Bashar, y lo menos que se puede decir es que el joven aprendió la lección, pues Bashar también bombardeó profusamente la ciudad, golpeando incluso un hospital y dejando centenares de muertos. Su gobierno quiere hacer ver al mundo que la revuelta (que en su origen fue pacífica) tiene el apoyo de Al Qaeda y es aliada de los Hermanos Musulmanes, lo que es rigurosamente cierto, aunque no justifique los bombardeos a civiles. Tampoco debe omitirse que el ejército rebelde, financiado por Arabia Saudita y Qatar, no tiene la más mínima intención de crear en Siria un Estado democrático sino todo lo contrario, una teocracia islámica.

Damos una vuelta, bebemos un reconstituyente jugo de naranja helado, compramos golosinas y, al regresar a la camioneta, nos vemos envueltos en una de esas aventuras sin heroísmo que a veces ocurren en los viajes.

Ahmed, nuestro conductor británico, conversa con dos robustos policías, pero en su modo de charlar y sobre todo de mover los brazos detecto que hay problemas. Y en efecto, hay un gravísimo problema. Tan grave que los policías suben a sus motos con los documentos de Ahmed y le piden que los siga. No entendemos de qué se trata, así que interpreto que Ahmed estacionó en zona prohibida y ahora le harán pagar una multa, aunque su expresión indica que es algo más serio. Tras un breve trayecto escoltados por los agentes llegamos a una estación de policía. Un guardia bastante poco amigable señala dónde hay que parquear la camioneta (el lugar con menos sombra que he visto en mi vida) y a continuación Ahmed entra a una oficina con el rostro descompuesto y las manos temblorosas (no sé si de miedo o de rabia). Supongo que deberá pagar una mordida (*bakshish* en árabe) a los agentes, lo que lo privará de una parte sustancial de sus ganancias, y que luego podremos continuar. Intento saber qué pasa con la idea de pagar yo la multa, pero Ahmed, al verme con la billetera en la mano, dice que no moviendo el dedo muy rápido y haciendo gestos de asco, como si yo tuviera en la mano una lagartija muerta.

Por fin entendemos qué es lo que pasa. Algo en los documentos de la camioneta está vencido y es ella, la pobre Isuzu abollada, la que debe quedarse. Nosotros, incluido Ahmed, podemos irnos.

Extraordinario, pero, ¿y a dónde? Cada rayo de sol es un alfiler en el cerebro, así que la idea de ir a pie a cualquier lado parece alocada y fantasiosa.

Uno de los policías que pasa por allí, con botas y charreteras, saluda a Analía y le dice "Welcome to Siria", pero ella responde hecha un basilisco: "No welcome", dice, expulsando llamaradas por lo ojos, y señala furiosa a Ahmed y a la camioneta. Al verla otro agente de mayor rango parlamenta con Ahmed y un rato después nuestro conductor sale de la estación sin decirnos (o intentar decirnos) nada. Así que no queda otro remedio que esperar en esos horribles parqueaderos viendo la entrada y salida de motocicletas y policías uniformados con gafas oscuras y botas —parecen policías de la serie norteamericana *Chips*— en medio de un calor de cuarenta grados.[20]

Por fin Ahmed regresa, sonriente, y nos explica que llamó por teléfono a la compañía en Alepo y que ya está en camino otro vehículo, pues este, definitivamente, no puede moverse hasta que no se renueve el permiso de circulación. No es culpa de él, pero tampoco puede dejar el carro allí, así que seguiremos a Damasco con otro conductor.

Una hora después, cerca del desmayo por el calor y los tubos de escape de las motocicletas, llega el segundo vehículo.

El nuevo conductor se llama Derar, un joven con cuatro pelos sobre el labio, peinado al estilo erizo y delgado como un lápiz. Parece simpático y, a pesar de que habla poquísimo inglés, se comunica moviendo los brazos y con palabras sueltas. La nueva camioneta es igual a la anterior, aunque sin mezquita de plástico. A cambio tiene una especie de alfombra color burdeos en torno al timón y una bola de luz rosada en la barra de cambios.

---

20 No es improbable que ese mismo lugar hoy, en este preciso momento, sea uno de los muchos centros de tortura del ejército y la policía.

En ella continuamos el viaje, dirección sur, y poco antes de llegar a la ciudad de Homs[21] hacemos un desvío hacia el oeste, dirección al mar, para subir hasta el Krak des Chevaliers, una imponente fortaleza en lo alto de una montaña, construida por Ricardo Corazón de León para albergar a los caballeros británicos que venían a combatir en las Cruzadas contra los turcos. Según dicen, Robin Hood durmió en uno de sus aposentos antes de luchar por la liberación de Jerusalén.

Esto es lo que dicen los jóvenes en la puerta de la fortaleza, pero la Historia tiene una versión distinta y habla más bien de un castillo árabe del siglo XII en el cual el emir de la ciudad de Homs destacó a un grupo de milicianos kurdos, de ahí su antiguo nombre de Hisn al-Akrad (Fortaleza de los Kurdos). Tras ataques, tomas y recuperaciones por parte de los francos, comandados por el caballero Raimundo de Saint-Gilles, el fuerte cayó en manos de la orden militar y religiosa de los Caballeros de Malta (que en realidad se llamaba "Soberana Orden Militar y Hospitalaria de San Juan de Jerusalén, de Rodas y de Malta"), para posteriormente pasar de nuevo a manos turcas.

El Krak des Chevaliers es algo grandioso, una fortaleza que parece inexpugnable con una vista que domina kilómetros de distancia sobre un terreno desnudo. Difícil imaginar cómo pudo ser tomada militarmente con los medios de la época, pues tiene dos murallas almenadas con aspilleras para mirar a lo lejos sin ser visto y enormes torreones con depósitos de armas. Aparte de los aposentos de los caballeros, tiene establos para caballos y ganado, gigantescas despensas para provisiones que le permitían soportar largos asedios (dos mil personas podían estar

21 Una de las ciudades más martirizadas en esta revuelta.

encerradas cinco años), salones de entrenamiento y esgrima, capillas, enfermería, cocinas, una verdadera ciudad amurallada.

Ya entrada la tarde continuamos la ruta hacia Damasco por una autopista amplia y bien asfaltada. A medida que nos acercamos, alejándonos de las montañas del Líbano, los retratos y estatuas de Hafez al-Assad se hacen más frecuentes, y llega también, lentamente, el desierto.

Colinas y dunas color amarillo, océanos de arena oscurecidos hasta el tono naranja por la luz del atardecer.

Entramos a la ciudad a las siete de la noche, cansados por la travesía y, sobre todo, por la absurda espera en Hama. A pesar de ello, el más emocionado parece ser Derar, pues es la primera vez que viene a Damasco. Lleva en un papel la dirección de nuestro hotel y unas cuantas indicaciones, pero en cada esquina se detiene a preguntar. Cuando pide que lo orienten reconozco en su voz un timbre de angustia. Está superado por la experiencia. ¡Llegar a Damasco! Se ríe y al tiempo mueve la boca haciendo muecas trágicas o levanta los brazos al cielo al ver que entramos a una calle cuyo nombre no corresponde con el plano. Procuramos ayudar con el mapa, pero no es fácil, pues los nombres están en árabe. Los barrios de entrada son bastante feos y empolvados, como suelen ser los cinturones urbanos, pero al caer la noche las luces se encienden y el espectáculo es hermoso. Las mezquitas se iluminan, brillan sus alminares con la media luna sobre la torre, en verde, y sus altoparlantes a los lados. En las cúpulas se ve el perfil de las palmeras.

Derar está al borde del llanto, su voz suena quebrada. Le ofrezco un cigarrillo y le doy dos golpecitos en el brazo. Tranquilo, hombre, ¿qué puede pasar? Al máximo estaremos perdidos por un rato, no tiene importancia.

No sé si capta lo que intento decirle.

Analía le habla con una expresión que es toda sonrisas, pero el joven parece inconsolable. Estamos completamente perdidos. Le pido que se detenga al lado de una cafetería para tomar un refresco. Ya encontraremos el camino. En el peor de los casos podremos parar un taxi y darle la dirección del hotel. Pero él no sabe si debe sonreír, se siente culpable. Lo alberga el temor de que nos quejemos a la compañía, así que le digo que todo está bien. Analía asiente y le toma fotos, tratando de animarlo; le señala el reloj haciendo un gesto con los hombros que quiere decir no importa, así la cosa es mucho mejor, qué aburrido habría sido llegar directamente al hotel.

Por fin, después de grandes esfuerzos, Derar esboza una sonrisa. Bebemos unos refrescos supremamente azucarados, con el mapa de la ciudad desplegado sobre la mesa, hasta que Analía encuentra el lugar y traza un camino más o menos directo hasta el hotel, el exclusivo Cham Palace que la Comisión Europea paga para ella y en el que, con un suplemento a mi cargo, podremos estar juntos.[22]

De este modo logramos llegar a la calle Shari Maysalun, con Analía leyendo su personalísima interpretación del nombre árabe de las calles, y con Derar, ahora sí, muerto de risa. Mientras nos ayuda a bajar las maletas le pregunto dónde piensa pasar la noche, y su respuesta, o lo que yo entiendo como respuesta, es "en la casa de un pariente", frente a lo cual me surge un interrogante y es cómo diablos piensa llegar hasta allá dada su pésima orientación, pero prefiero no decir nada para no generar más nerviosismo, así que nos damos un abrazo y lo vemos irse entre el tráfico de la noche, que no es poco.

---

22 Por esos años trabajaba en un proyecto cultural llamado Babelmed, financiado por la Comisión Europea, que ponía en contacto las culturas de ambas orillas del Mediterráneo.

Damasco

Se suele llamar el "camino de Damasco" a la comprensión súbita de un destino. Del propio destino. Le sucedió al soldado romano Saulo de Tarso cabalgando por la *via Recta*, una de las calzadas romanas que entran a Damasco, mientras perseguía cristianos. Cayó del caballo, vio a Dios y fue iluminado, convirtiéndose en el apóstol San Pablo.[23]

Recuerdo este episodio al verme absorbido por el caos del tráfico, pues la Damasco que veo a mi alrededor es una ciudad moderna, rápida, ruidosa. Los autos aceleran y hacen sonar el claxon. Las motocicletas se introducen por todos los resquicios. Antes de llegar al centro histórico tengo de nuevo la sensación de estar en una América Latina de los años 70. Algarabía, gritos, transeúntes que cruzan las calles por cualquier lado; sus taxis —amarillos, miles y miles de ellos— están reple-

---

23 Esta escena está magistralmente ilustrada por Caravaggio en uno de sus mejores cuadros, *La conversión de Pablo*, en la iglesia Santa María del Popolo de Roma. Allí se ve el momento en que Saulo abre los brazos, enceguecido por la fe (de la que emana la luz del cuadro), y cerca del caballo vemos acercarse a Ananías, el cristiano que le devuelve la vista.

tos de imaginativos adornos. Reliquias como el Renault 4 o el Renault 12 o el Citroën Tiburón evolucionan por sus calles. Los vendedores informales pregonan sus productos en esquinas y semáforos, hay fruterías que preparan deliciosos batidos de fruta por precios irrisorios, la gente es amable y generosa, se fuma en todas partes, la mayoría de los teléfonos públicos no funciona, los policías de tráfico cobran "comisiones" que van a parar a sus bolsillos, en fin. Ese edificio envejecido color cemento, ese comercio de verduras que hace esquina, esa tienda de telas con vitrinas empolvadas, esa farmacia con escaparates de madera, no son, en realidad, de Damasco, ni siquiera árabes, sino de cualquier urbe alocada y nerviosa del Tercer Mundo.

La diferencia, claro, es que Damasco es una de las ciudades más antiguas del planeta. Las pruebas de su existencia se remontan a los inicios del segundo milenio antes de Cristo. ¡Qué cantidad de historia contenida en un espacio de terreno! Hititas, persas, turcos, griegos, franceses, bizantinos, muchos pueblos dejaron aquí su huella. El mongol Tamerlán la asoló e incendió en 1401, destruyendo parte de las murallas. Los franceses la bombardearon en 1926 y dejaron perforaciones de bala en los techos de latón del zoco. La dinastía de los omeyas, en el siglo VII d. C., la convirtió en el centro religioso, político y cultural más importante del Islam, erigiendo la Gran Mezquita. Ibn Jubayr, nuestro ya mencionado viajero, la comparó con el Paraíso. Antiguas leyendas la llaman la "ciudad del hijo de Noé", y afirman que el día del Juicio Universal Dios descenderá a la tierra por el alminar de la Gran Mezquita para combatir al Anticristo.

Pero detengámonos de nuevo en Ibn Jubayr, el más entusiasta viajero a la hora de narrar las bellezas de Damasco, y que la compara con una mujer recién casada.

Así describió el efecto que le produjo su visión:

Damasco, paraíso de Oriente, punto desde el cual se eleva la
luz más clara, joya de los países del Islam que hemos visitado,
novia que hemos admirado tras levantar su velo. Como una
mujer que se adorna con flores y plantas aromáticas, ella
aparece con el vestido de brocado verde de sus jardines. Es
muy bella, sentada sobre el lecho nupcial, vestida con sus más
finos adornos. A Damasco le honra haber acogido al Mesías
(Jesús, según el Corán, estuvo en Damasco con María) y a
su madre —¡que dios los bendiga!— sobre una colina. (...)
La ciudad se muestra a quien la contempla en su belleza y
le dice: "¡Ven a este lugar donde habita el afecto!" (285).

Casi todos los viajeros posteriores citan las palabras de Ibn
Jubayr sobre Damasco (tradición que por ningún motivo
pienso incumplir), pues estas describen la vieja ciudad al interior de los muros, antes de la peste y las destrucciones de
que fue objeto a lo largo de la historia, y la verdad es que su
semblanza evoca el paraíso, un lugar en medio del desierto
regado por ríos, una tierra fértil repleta de árboles frutales,
lugar de convivencia de diversos credos religiosos, razas y
nacionalidades, como esas apacibles poblaciones que aparecen,
en tonos azulados, al fondo de los cuadros renacentistas.

Salem tiene 47 años y es de Damasco. Está sentado en el café
Al-Rawda, un tradicional lugar cerca del centro y de la Shari
29 Ayyar, con un patio interior enlosado y adornado con
mosaicos en el que se juega al *backgammon* y se fuman narguiles, esos graciosos pebeteros en los que se queman pastillas
de esencias con sabor a menta o frutas, y en los que se inhala
a través de una boquilla alargada, previo paso del humo por

el agua de un contenedor, lo que convierte el fumar en una especie de misteriosa alquimia.

Varios árboles de limón y un emparrado le dan sombra a este patio y se escucha el sonido del agua. Es viernes por la tarde y el café está lleno. Mi amigo el pintor Jaber Salman y su esposa Rabbia, ambos iraquíes (venidos de Roma), nos han hablado muchísimo de este café. Cuando Jaber, viejo militante del partido comunista iraquí, emigró de Iraq por razones políticas (relacionadas, por cierto, con un cierto señor llamado Saddam Hussein), vino a vivir a Damasco, allá por el año de 1978, y aquí se quedó cerca de seis años. Por eso conoce la ciudad. En ese tiempo el café Al-Rawda fue su segundo taller y, según nos dice, se conserva intacto, con las mismas mesas de madera y mármol, las mismas sillas desvencijadas. Nos presenta a los meseros y al dueño y saluda a algunos asiduos a quienes conoce por sus frecuentes visitas. Entre ellos está Salem. Nadie bebe alcohol. Supongo que se trata de la prohibición islámica.

—No se bebe porque es viernes y es temprano —dice Jaber—, pero si quieres una cerveza o un arak puedes pedirlo. Cada cual decide. Yo voy a tomarme un vino tinto.

—A pesar de la prohibición de beber alcohol —me dice Salem—, aquí la sociedad es más tolerante. Los únicos lugares de Damasco donde está realmente prohibido son los alrededores de la Gran Mezquita. Allí sería un irrespeto.

Como tantos varones sirios, Salem es delgado y alto, de cara afilada y ojos claros. Lleva un poblado bigote sobre los labios y usa camisa blanca.

—Muchos kuwaitíes, saudíes o de Emiratos Árabes vienen a Damasco a beber alcohol y a acostarse con mujeres en lengua árabe —agrega Khadim, también nacido en Bagdad, residente en Damasco desde la Guerra del Golfo—. Podrían pagarse mujeres europeas pero prefieren hacerlo en su lengua, por eso vienen aquí. O van al Líbano, allá hay buena prostitución y libertad con el alcohol, bares y esas cosas. Es el costo de ser una ciudad cosmopolita. Sucede en todas partes.

Uno de los jugadores de *backgammon* se interesa por mi nacionalidad. ¿Colombiano? Acto seguido llama a un mesero y, entre varios, me bombardean con preguntas. Todos tienen amigos o parientes en Colombia. Les explico que la inmigración sirio-libanesa, a principios del novecientos, trajo al litoral Caribe la cultura árabe.

—Hay una pequeña ciudad llamada Maicao, al norte —les digo—, que está llena de madrazas, mezquitas, escritos en lengua árabe en los muros y mujeres con velo islámico.

Se ríen, les gusta. Se sienten orgullosos del origen sirio-libanés de la cantante colombiana Shakira, éxito mundial por el modo en que mezcla resonancias árabes con pop moderno. Las novelas de García Márquez están pobladas de personajes árabes a quienes en Colombia, erróneamente y de modo genérico, se llama "turcos", pues al llegar (siglo XIX) tenían pasaportes del Imperio otomano. La mayoría son comerciantes de telas. Ellos llevaron, además, su comida, platillos exquisitos como el kibbe, los purés de ajo y berenjena, los envueltos de vegetales y carne, el kebab...

—Gran país, Colombia —dice Salem, cruzando ambas manos sobre el pecho y bajando la cabeza—. País que ha sufrido y debe luchar contra la tiranía de Estados Unidos.

Le explico que en Colombia hay más enemigos: la corrupción, la guerrilla, los paramilitares, el ejército. Le pregunto si los generales sirios son millonarios, como los colombianos, y me responde que más o menos. Le cuento que en Colombia los generales retirados tienen apartamentos de lujo en Bogotá y en los balnearios de Cartagena y Santa Marta, cuyo costo es superior a la suma total de sus sueldos en toda la carrera, y que nadie parece inquietarse por eso. Le digo que lo mismo ocurre con la gran mayoría de la clase política, al punto de que en mi país se percibe como normal que un senador o congresista sea millonario.

—Bueno, aquí también hay mucha corrupción —dice Salem, hablando bajo y mirando hacia fuera—. Los mejores contratos del Estado son para los jefes del ejército o sus familias. Todos tienen empresas. Los policías de tránsito alquilan esquinas o plazas. Hay sitios que valen dos mil dólares al mes, como la esquina de Shari An Nasr con Ath Thawrah, frente al zoco. Es una de las más caras porque ahí se ponen muchas multas.

"Los musulmanes", como escribió Colin Thurbon en su excelente *Semblanza de Damasco*, "que creen en la primera tradición cristiana, han considerado durante siglos que Damasco era el Jardín del Edén. Dios hizo a Adán con barro del río Barada, Adán recorrió la montaña (el monte Qasiyun, al lado occidental de la ciudad), y en ella levantó Abraham un altar al Señor; Moisés, Lot y Job oraron en esta cima y Cristo en persona pisó estas tierras. La ladera está acribillada de tumbas y guaridas de ladrones, con los sepulcros de cuarenta mártires griegos y huesos de profetas musulmanes: lugares de peregrinación para turcos y paquistaníes, que dejan inscritos sus nombres en los muros". Y más adelante agrega: "En otros tiempos, los hombres ubicaban el paraíso en las misteriosas antípodas de su mundo. Los chinos se imaginaban el suyo en las fuentes de un río perfumado en el Himalaya. Los griegos concebían el Jardín de las Hespérides en el eje de la tierra. Homero y Estrabón soñaron con un continente allende las

Columnas de Hércules; en los remotos mares del norte de Gran Bretaña, los enemigos y los héroes habitaban en las islas de los Muertos. Séneca situó el cielo más allá de Thule, en el norte helado, y Virgilio colocó los campos elíseos bajo la capa terrestre. Los musulmanes han descrito un lugar en Persia, Samarkanda, Ceilán o en el jardín de una montaña rodeada por el mar. Los damascenos son los únicos que aran y riegan su Edén, viven y mueren en él y continúan relacionándolo con el paraíso." (En *Entre árabes*, Península, 2002, 22-23).

Este monte sagrado al lado de Damasco (el Qasiyun) está repleto de leyendas. Pero no es el único. El río Barada nace en las montañas del Líbano y en todas ellas hay historias. Más al norte hay un pico que se levanta sobre el río y al parecer fue allí, en una de sus cuevas, donde Caín mató a su hermano Abel (en la aldea de Zabadani). Ahí está su tumba, a cuyos pies los griegos construyeron una antigua ciudad llamada Abila (o Abilene), un lugar estratégico entre Heliópolis, Balbek y Damasco por donde luego circularía una de las calzadas romanas más importantes de la región, un camino que iba desde los contrafuertes del Antilíbano hasta el Mediterráneo. Un poco más al occidente, en el monte Shiit (ya en el Líbano), está la tumba de Set, el tercer hijo de Adán y Eva.

Estas tierras son, claro, la geografía de la Biblia.

La tumba de Abel es la que mejor se mantiene, con una gran cúpula y los muros tallados, pues, entre otras cosas, es lugar de peregrinación de los drusos, esa extraña devoción que pregona que tanto Adán como Cristo fueron reencarnaciones de Dios, y que cuenta con devotos en el Líbano y Siria. Por cierto que los drusos son una de las religiones más misteriosas que existen, considerados una secta en el interior del Islam. Su doctrina se basa en la idea de que Dios es uno, unitario, y que se ha manifestado en varias ocasiones encarnando en diversas personas, entre ellas Abel.

Tienen fama de ser buenos guerreros, condenan el divorcio aunque los hombres pueden repudiar a la mujer con una sola frase; se abstienen de las bebidas alcohólicas y del uso del tabaco, creen en la transmigración de las almas y en la batalla de Armagedón, aunque para ellos esta será la lucha final entre cristianos y musulmanes. Una de sus tradiciones más curiosas es el modo en que un fiel es aceptado como *ákil* o neófito, pues está obligado a superar tres complicadísimas pruebas: después de un prolongado ayuno debe resistir el hambre frente a una mesa colmada de manjares apetitosos (como Tántalo); luego de cabalgar tres días en el desierto, no debe tocar una jarra de agua fresca; y por último, no puede ceder a los encantos y la voluptuosidad durante una noche a solas con una bellísima mujer... ¿Valdrá la pena?

Por cierto que la figura de Abel, muy desdibujada con el tiempo, también inspiró en su época a los llamados "abelianos", una secta herética que sostenía que Abel no quiso tener hijos para no traer criaturas pecaminosas a este mundo sucio e injusto.

Es en el centro histórico donde está el alma verdadera de Damasco. Una de las puertas de la Ciudad Vieja, Bab Tuma o Puerta de Tomás —ya vimos que Bab, en árabe, quiere decir puerta—, conduce al barrio cristiano, célebre por sus anticuarios y joyerías. Allí se encuentra la Capilla de Ananías, el viejo devoto de Cristo, discípulo de Jesús, que le devolvió la vista a San Pablo y que lo bautizó.

Toda esa parte de la ciudad, al igual que el catolicismo sirio, está impregnada de la gesta del apóstol Pablo, que de soldado tenía el nombre de Saulo de Tarso. Al desertar del ejército romano y convertirse a la fe cristiana fue perseguido por sus antiguos compañeros. Según se cuenta en la Biblia —la historia está narrada en la segunda carta a los Corintios—, Pablo evitó la detención saltando al vacío por la ventana de una casa. Sus huesos no se rompieron gracias a una cesta de mimbre que el arcángel Gabriel colocó, piadosamente, en el lugar donde debía caer el futuro santo. Tal demostración de riesgo y pericia circense es hoy recordada. La historia no perdió de vista la casa y hoy se erige allí una capilla.

Cerca de la puerta hay un religioso que parece un sacristán, pero que en realidad es un joven estudiante. Barre los peldaños de la entrada con una escoba mientras fuma, con el cigarrillo colgando del labio. Nos acercamos y, al saludarlo y escuchar sus primeras frases, comprendo que no es sirio. Se llama Konstantinos y es griego, algo obeso (obesidad mórbida) y de calvicie incipiente. Vive hace ocho meses en Damasco.

—Acabo de terminar una especialización en Propedéutica de la Fe —me dice—, y ahora estudio la figura de San Pablo, por eso estoy aquí. Soy cristiano ortodoxo.

El apóstol San Pablo.

Oyéndolo me viene a la memoria un extraño personaje que conocí en París, hace años, un "buscador de naufragios" que trabajaba para compañías norteamericanas de rescate. Los ubicaba en las bitácoras de los barcos hundidos (estas eran el equivalente de la "caja negra" y muchas, increíblemente, se conservaban, pues el capitán, al hundirse, se la llevaba consigo en las balsas de rescate), y así pasaba el tiempo en bibliotecas navales, leyendo sobre hundimientos y tratando de establecer, con documentos de época, en qué punto exacto se hundió y sobre todo a cuánto ascendía el valor de lo que cada barco hundido transportaba, pues era justamente ese valor lo que podía justificar la costosa operación de rescate. Pero el sueño de este "buscador de naufragios" era, precisamente, encontrar la balsa de San Pablo, que debía estar hundida en algún lugar cerca de la costa de Chipre.

—¿Cómo es la relación entre cristianos y musulmanes acá en Siria? —le pregunto al joven estudiante.

—No hay ningún problema —me dice—, convivimos en medio de un gran respeto. Las dos religiones forman parte de la historia de la ciudad y están entremezcladas. Damasco es grande, hay espacio para todos.

Es verdad que en los países árabes e islámicos, en general, ha primado siempre una gran tolerancia, tanto con los católicos como con los judíos. Basta saber que hasta 1956 hubo casi un millón de judíos en Bagdad, y que aún hoy, a pesar de los conflictos, 26.000 judíos siguen viviendo en Teherán, siendo una comunidad muy importante para el comercio.

Dicho esto el joven se disculpa y cierra las puertas de la capilla, así que proseguimos nuestro paseo por el barrio cristiano, cerca de la iglesia de Azaria, donde hay una gran cantidad de joyeros.

La mayoría de los habitantes de esta zona son viejos comerciantes damascenos, de recursos medios o bajos, razón por la cual son más tradicionales en sus atuendos de lo que puede verse en los sectores modernos, y no digamos en los ricos, donde todos tienen pantalones Calvin Klein y ropa de marcas internacionales. Las mujeres que deambulan por los alrededores del zoco y la mezquita van vestidas de negro, con guantes, medias oscuras y el rostro cubierto, lo que de nuevo contrasta con los atrevidísimos calzones y tangas multicolores expuestos en las vitrinas. Entre los hombres es común la chilaba —o túnica— y el turbante, así como las sandalias.

Aún vale la pena leer, a pesar de que fue escrita en 1965, la descripción física que Thurbon hace de los damascenos. Dice así:

Los rasgos de los damascenos de ciudad son más complejos y variados. El cimiento es el cráneo braquicéfalo aborigen y amorreo. Luego llegaron los hititas y los arameos, los filisteos (un pueblo primitivo griego), los conquistadores de Mesopotamia y, de vez en cuando, algunos fenicios, que regresaron con una mezcolanza racial de esposas de todo el mediterráneo. Los beduinos también fueron dejándose caer desde el desierto a lo largo de varios milenios. Una *melange* así, más una pincelada de saqueadores escitas, dio como resultado el damasceno preclásico. A lo largo de las épocas helenística e islámica, cien variedades de sangre asiática, africana y europea pasaron a sus arterias, desde las violaciones de los mogoles hasta los matrimonios de los turcos y la influencia de los refugiados palestinos.

Probablemente no haya otra ciudad que aliente tal fárrago de género humano. Hay mujeres que miran con ojos castaños o gris claros, o con la mirada morena de las coptas. Los hombres pueden tener las mejillas cetrinas como los mogoles u oscuras como un árabe saudí, el cabello rojo brillante y los hijos rubios como ángeles. Los negros descienden de esclavos beduinos o de los nubios o los turcos. Las muchachas de clase alta, herederas de los andares y actitudes de las odaliscas circasianas, todavía presumen del cabello trigueño de sus abuelas (238-239).

En la zona donde está nuestro hotel no hay nada bello, ni tiene por qué haberlo. Es un barrio de clase media alta como cualquier otro, mezclado con oficinas, comercios, sedes bancarias y edificios de la administración pública. Estamos sobre la Shari Maysalun, muy cerca de la glorieta de Midan Yusuf al-Azmah. En este sector de Damasco se ve un laicismo mayor que en otras partes, incluso que en Alepo. Las mujeres parecen libres. Sólo de vez en cuando se encuentra alguna cubierta de negro. En Damasco las mujeres ocupan cargos importantes en la administración del Estado, las oficinas públicas y la banca, lo que me hace pensar que, al menos en este aspecto, el gobierno de Bashar Assad ha logrado un cierto nivel de modernidad, del cual carece, por cierto, en otros temas como la libertad de prensa, los derechos humanos o la independencia de la justicia.[24]

Muy temprano en la mañana, Analía se va a cumplir sus citas de trabajo a la sede de la Unión Europea (reunión con seis periodistas de países mediterráneos, concretamente Malta, Chipre, Siria, Líbano, Turquía y Marruecos), así que un poco más tarde y después del suculento desayuno en el buffet del hotel (con algo jamás visto para esas horas matutinas: ensalada con queso y olivas), salgo a dar una vuelta con el fotógrafo italiano Alberto Muciaccia, quien trabaja en una exposición sobre la ciudad para un centro cultural de Alepo.

Nos dirigimos hacia uno de los barrios de la periferia, en lo alto, un lugar que, visto desde el hotel, parece humilde, esculpido sobre un sector del monte Qasiyun, pero desde el lado de Al-Muhajirin.

A medida que avanzamos hacia el lugar vamos encontrando un porcentaje mayor de mujeres veladas. Como en el mundo católico, el conservadurismo se acentúa al bajar en la escala social o internarse en los medios rurales (muchos de los que viven en estas zonas de Damasco son inmigrantes del campo), y

---

24 A esta lista de lo que le falta podríamos agregar hoy: respeto por la vida de sus connacionales.

en cambio se diluye en las zonas favorecidas, ricas y cosmopolitas, pues las oligarquías árabes (igual que las latinoamericanas) tienden a imitar modelos europeos o estadounidenses, y sobre todo estos últimos cuando el patrón de riqueza más cercano son las opulentas monarquías del golfo pérsico.

Continuamos la escalada, Alberto tomando fotos y yo detrás, acezante (el camino se hace cada vez más empinado), parando de vez en cuando a tomar yo también alguna foto, pero al internarnos en el barrio nos damos cuenta de algo sorprendente y es que lo que de lejos parece una típica periferia humilde, casi una "favela", en realidad no lo es, o al menos no de un modo tan lacerante. Las casas son espaciosas y cómodas y los vecinos que se ven por ahí visten de un modo que no se podría calificar de "pobre"; sobre los techos, casi sin excepción, ondea la omnipresente antena parabólica.

Ni Alberto ni yo estamos buscando miseria (tan grata a la mayoría de reporteros gráficos, con más mercado en la prensa internacional), sólo conocer y comprender la ciudad, así que damos una vuelta por sus calles escarpadas, vemos olivos y brevos en jardines interiores y descubrimos cosas esenciales y muy sencillas de la vida damascena, tales como una escuela, una *madrasa*, una mezquita y una planta de tratamiento de aguas. También la imagen aérea de Damasco desde el cerro, el valle en torno al río y las cúpulas de las mezquitas, los grandes edificios del poder y el desierto en torno, cercándolo todo, asediándolo todo.

Más allá, en una de las calles, encontramos a un grupo de niños jugando fútbol con una dificultad enorme, pues cada vez que golpean la pelota alguno tiene que correr cuesta abajo para recuperarla. Si la dejaran ir llegaría hasta el río Barada. Al contemplarlos me parece verme hace treinta años, en el barrio Calderón Tejada de Bogotá, que también tenía cuestas muy pendientes y por eso era tan difícil practicar cualquier deporte. Ahí la afición al fútbol fue muy escasa.

Los niños se divierten, sudan, ríen a carcajadas y de vez en cuando nos observan, hasta que uno de ellos se acerca y nos saluda en un inglés aproximado. Alberto les hace fotos y todos quieren ver su cámara.

Nos dicen sus nombres: Alí, Yussaf, Mahmud... Entiendo que están de vacaciones y por eso no están en la escuela. Alberto les dice que es italiano y de inmediato Yussaf dice algo así como "Bayu", y todos repiten "Bayu, Bayu", hasta que comprendemos que quieren decir "Baggio", el futbolista italiano Roberto Baggio, y a partir de ahí se animan y empiezan a soltar una ristra de nombres, "Del Piero", "Totti", "Vieri"... Para mi gran tristeza ninguno conoce futbolistas colombianos, pues para el mundial de Corea y Japón Colombia no logró clasificar, y en el anterior, el de Francia, los niños estaban demasiado pequeños (la verdad, había poco que recordar de ese equipo).

Mientras charlamos en media lengua uno de ellos trae naranjas y nos las ofrece. Siento una inmensa ternura y empiezo a buscar algo en mi maletín, algo para dejarles, para que recuerden ese día como algo especial, y por suerte encuentro una caja de chicles italianos. Se las entrego, pero es poco. Alberto les muestra fotos de su casa, de su mujer y de su perro. Yo les muestro una foto de Analía que llevo en mi pasaporte. Se ríen y dicen cosas en árabe mientras se comen los chicles. Luego uno nos indica el fondo de la calle y nos insta a seguirlo, así que vamos con todo el grupo. El niño toca a un timbre y una mujer joven, de unos treinta años, aparece en la puerta cargando un bebé. Se dicen algo y ella nos saluda. "Dice mi hijo que ustedes son amigos europeos". Sí, respondemos, más o menos. Le explico que yo no, aunque vivo en Roma.

Entonces nos invita a seguir a su casa. "¿Desean beber algo fresco? Hace calor". Aceptamos dos vasos de jugo de naranja.

La mujer nos cuenta que es palestina, que su hijo Mahmud y la pequeña Najaf nacieron en Damasco, pero ella y su marido son de Nablús, al norte de Al-Quds (de inmediato nos explica que es el nombre de Jerusalén en árabe, y se disculpa).

"¿Cuándo emigraron?", me atrevo a preguntarle, y ella dice que lo sabe pero que no lo recuerda de forma directa. Salió siendo una niña, después de la guerra de 1967, cuando Israel ocupó los Territorios Palestinos.

—¿Y nunca has vuelto? —le pregunta Alberto.

—No podemos. Para ir siendo palestino hay que tener pasaporte jordano y esperar los permisos que Israel da muy de vez en cuando, una vez al año.

—¿Pero tienes parientes allá? —pregunto.

—Sí, mis abuelos y algunos tíos. La mayor parte de la familia está en Ammán.

—¿Te gustaría volver?

—No —dice—, a vivir no. Me gustaría llevar a Mahmud y a la niña, pero no más. La vida de los palestinos es muy difícil y no hay mucha esperanza. No quiero eso para mis hijos.

—¿Vives bien aquí? —pregunto.

—Sí, mi marido trabaja en una fábrica de calzado. Es contable. Tenemos suerte porque pudimos estudiar. Otros palestinos viven muy mal. Muchos sólo tienen la ayuda de refugiados. El gobierno sirio hace muchos esfuerzos.

—¿Y la población siria cómo los ve? —pregunto.

—Bien, aunque hay fricciones. Los palestinos reciben recursos del Estado y las personas humildes nos miran con recelo. Dicen que vinimos a quitarles. Lo mismo pasa en Jordania y el Líbano. El tiempo pasa y la situación no cambia. Ese es el problema.

—¿Pero tienen los mismos derechos de los sirios? —pregunta Alberto.

—No, la mayoría sigue teniendo el estatuto de refugiado. Y eso es algo terrible, porque hay que acostumbrarse a vivir con la idea de que uno está de paso. De que es una vida transitoria. Pero no se ve el cambio en el horizonte. Yo a mis hijos los he criado como sirios. No quiero que vivan esa perplejidad.

El bebé que tiene en brazos comienza a llorar, así que nos levantamos, agradecemos el refresco y salimos a la calle.

Mahmud y sus amigos nos acompañan hasta la esquina. Cuando iniciamos el descenso nos hacen adiós con la mano y continúan jugando fútbol.

Bajamos la cuesta en silencio, pensando en las palabras de la mujer. Yo vivo (aunque con bastante fortuna) desde hace años la experiencia de ser un ciudadano de segunda clase en Europa, un inmigrante de un país del Tercer Mundo, que carece de plenos derechos dentro de la sociedad en la que vive y cuya situación adquiere infinidad de nombres según donde se encuentre. Pero esto, de cara al drama de los refugiados palestinos, es frívolo, pues mi caso no es un exilio forzado. Yo he elegido vivir así. Ellos no.

Por la tarde vamos a pasear al centro histórico y quedamos subyugados por la belleza del zoco, el Suq al-Hamidiyah. No tiene el toque de mercado popular de Alepo pero conserva un extraordinario sabor. Es una línea recta (con ramificaciones laterales) que va desde la *Citadelle*[25] a la plazoleta de la

25 El nombre francés que se le sigue dando hoy a las viejas fortificaciones militares de Damasco y Alepo evidencian la historia colonial de la región.

Gran Mezquita de los Omeyas, al lado del Templo a Júpiter Damasceno.

Fue construido a fines del siglo XIX por el sultán Abdul Hamid II (de ahí su nombre) y, como el de Alepo, está dividido por actividades: oro, tejidos, especias, comida, cueros, herrería, los joyeros, los perfumes... Caminar por él es una excelente lección sobre cómo funciona el mercadeo árabe en una ciudad medianamente turística.

Los vendedores hablan todos los idiomas y tienen un ojo adiestrado para intuir nacionalidades y procedencias. "¿Españoles?", nos dicen, "hola, ¿cómo estás? ¿Quieres visitar mi tienda?". "Somos colombianos", dice Analía, y el hombre esboza una gran sonrisa, "¡Colombia!, ¡qué gran país!, vengan, amigos, sin compromiso, los invito a un té, ¿en qué puedo ayudarlos?".

El pueblo árabe es el más acogedor y generoso del mundo, pero es difícil dar dos pasos en esta maraña de manos y brazos que despliegan frente a nuestros ojos sedas, sandalias, jaulas de animales, narguiles, tableros de ajedrez y de *backgammon*. Hay que endurecer el alma para avanzar y estar muy seguro de querer algo antes de acercarse a tal o cual escaparate, pues la envolvente labia de estos fieros comerciantes adormece la voluntad y va creando un sentimiento que al principio es de forzosa reciprocidad y al final acaba siendo de culpa, sobre todo si uno decide no llevarse aquello sobre lo cual posó los ojos por más de dos segundos.

Recorriendo este y los demás zocos aledaños vemos que la mercadería se repite con las especialidades artesanales de la ciudad. Es el caso de los mosaicos de madera con incrustaciones romboidales de nácar, expuestos bajo la forma de tableros de *backgammon*, mesas auxiliares, bandejas, joyeros o taburetes.

Son muy bellos, pero la repetición del nacarado al infinito cansa o distrae el nervio del gusto. Lo mismo pasa con los cobres engastados en plata, oro y algunas aleaciones, visibles en copas, bandejas, adornos religiosos o brazaletes de todo tipo y tamaño, así como en broches y peines. Este trabajo del metal, por cierto, es una de las celebridades damascenas y se encuentra prácticamente en todas partes, no sólo en los zocos.

Tema aparte son las alfombras y tejidos de seda, aun si mucho de este material es traído de otras zonas de Siria, Turquía e incluso Irán. Deambulando por aquí y por allá, Analía y Alberto son interceptados por un simpático vendedor que habla perfectamente el italiano y que, en un abrir y cerrar de ojos, les aplica sendas tazas de té de menta.

Yo me había rezagado en la caminata para beber un jugo de naranja helado y acompañarlo, ya que iba a abrir la boca, con algo de mayor enjundia (un kebab en pan de pita), así que cuando los alcanzo ya están sentados a una mesa frente a dos docenas de alfombras. Alberto llora de emoción por encontrarse tan lejos con su amada lengua (la nostalgia es así cuando recae sobre un italiano nacido en Puglia), y Analía, a su lado, está hipnotizada por los tejidos.

Soy más bien reacio a comprar en los viajes con la protectora teoría de que es hermoso que en el mundo existan cosas bellas, pero no hay ninguna necesidad de que esas cosas sean mías. "Noble filosofía", me dice siempre mi graciosa compañera, "¿pero por qué no la aplicas en las librerías de viejo y de ediciones raras?".

De repente observo mi mano y veo en ella una humeante taza de té, así que no me queda más remedio que sentarme y observar el *performance* de nuestro anfitrión, hasta que sucede lo previsible, y es que unos billetes de cincuenta euros que antes estaban en mi bolsillo salen de él, cruzan el aire damasceno y van a parar a la mano de nuestro anfitrión, y a cambio nos llevamos una alfombra rectangular, bonita, sobre la que siempre estoy a punto de resbalar, aquí en la casa, cada vez que me levanto del computador para ir a servirme un café.

El máximo esplendor de Damasco se dio a partir del año 635 d. C., cuando volvió a ser tomada por los árabes, tras un largo periodo de dominación bizantina (395-612 d. C.) y una corta ocupación persa (612-627 d. C.). Fue entonces que el gran Muawiya, del clan de los omeya y descendiente directo de Mahoma se proclamó califa, convirtiendo a Damasco en la capital del imperio árabe, pues desde ella podían controlar el avance de la religión mucho mejor que desde la ciudad de Medina o de La Meca.

Por esos años el Islam y el dominio del califa se extendieron por el mundo. Las fuerzas musulmanas llegaron a la actual Túnez y desde allí continuaron por la costa atlántica hasta Marruecos, para luego cruzar el estrecho y desembarcar en España. Hacia el lado opuesto del mundo lograron incursionar en el noroeste de India. Damasco fue el lugar ideal para mantener una gran corte, un gobierno y un ejército, y con el tiempo se convirtió en uno de los centros de confluencia de las rutas comerciales, tanto de Europa como de Asia Menor y el Extremo Oriente.

Como suele suceder, el esplendor económico generó un gran desarrollo en las artes y las letras y la ciudad fue un faro cultural que iluminó el Medio Oriente. Entre las grandes obras de arquitectura hechas por los omeyas está nada menos que la mezquita del Domo de la Roca, en Jerusalén, y luego, ya en el califato de Walid I, la Gran Mezquita de Damasco.

Nuestro viajero Ibn Jubayr, entusiasta por excelencia de la ciudad, se refiere al colosal edificio erigido por los omeyas en estos términos:

> Es la mezquita más célebre de todo el Islam por su belleza, la solidez de su construcción y la originalidad de su arquitectura, también por su soberbia elegancia y exquisita decoración. Su fama nos evitará la necesidad de describirla. Entre las cosas sorprendentes relacionadas con la mezquita, citemos ésta: ninguna araña ha tejido en ella su tela y ninguna golondrina ha entrado y se ha posado en sus muros. Al-Walid ibn Abd al-Malik —¡que dios le dé su misericordia!— fue el encargado de construirla. Él envió al soberano de los Rum, en Constantinopla, un mensaje pidiéndole que enviara doce mil artesanos de su país, amenazándolo en caso de no hacerlo. Entonces el rey de los Rum aceptó con docilidad poco después de que se estableciera un intercambio de embajadores entre ambos (...). Y así Al-Walid empezó a construir la mezquita, decorada de un modo extraordinario. Los muros fueron cubiertos con los cubos de oro que llamamos mosaicos. Se mezclaron toda suerte de tintes maravillosos y se representaron frondosos árboles con sus ramas, así como figuras compuestas en cubos de acuerdo a un trabajo elegante que me siento incapaz de describir. Los mosaicos deslumbran por su luminosa belleza (285).

La historia de la mezquita tiene un episodio que opuso a musulmanes y cristianos, pues esta fue construida sobre la iglesia que santificaba la tumba de Juan Bautista (en realidad, de su cabeza). En un primer momento, el califa Walid anexó la mitad de dicha iglesia a los muros de la mezquita, lo que hizo que esta quedara dividida en dos: la parte oriental para los musulmanes y la occidental para los cristianos. La situación se mantuvo por un tiempo hasta que un emisario de Walid inició tratativas con los cristianos, ofreciéndoles una compensación económica si cedían su parte, con la idea de ampliar la mezquita. Los cristianos continuaron negándose, así que Walid usó ese argumento tan típico de la antigüedad (y de hoy, en ciertos países) que consiste en sacar la espada y cargar. Los cristianos, como última defensa, dijeron que quien demoliera una iglesia se volvería loco, así que Walid, levantando un pico y empezando a golpear uno de los muros, gritó: "¡Entonces seré el primero que enloquece a causa de dios!". Y fue así que la mezquita se amplió, aunque conservando en su interior el cenotafio de san Juan Bautista, que los musulmanes, por cierto, veneran con el nombre de Yahia.

Tiempo después los cristianos llevaron su queja al siguiente califa, Abd al-Aziz, haciéndole ver los acuerdos firmados, pero no hubo nada que hacer. La solución propuesta por el califa, que al final los cristianos aceptaron, fue la de una reparación económica.

Por cierto que tiempo después, en el 750, las luchas por el poder acabaron con el califato omeya. Los abasíes o abasidas (seguidores de Abul-Abbas, provenientes de Iraq) saquearon Damasco y establecieron el centro político y cultural árabe en Bagdad, después de una feroz y sangrienta campaña militar.

A pesar de la derrota, la dinastía omeya no fue diezmada[26] y un joven heredero pudo escapar, atravesando el Éufrates, para instalarse en Andalucía. Se llamaba Abd al-Rahmán y fue el fundador del califato de Al-Andalus, y quien hizo construir la mezquita omeya de Córdoba, inaugurando uno de los periodos de esplendor cultural más importantes de la península. Como es de todos sabido, la influencia omeya convirtió esa

---

26 Recordar el peligroso banquete que los abasíes ofrecieron a los omeyas, después de vencerlos militarmente, mencionado en la página 38.

región en una de las más prósperas y refinadas del mundo. Lo atestiguan sus templos y bibliotecas, sus escuelas de traductores (se tradujo a Platón y a Aristóteles), su tradición filosófica (Aberroes y Avicena), su extraordinario concepto de la "tolerancia", su convivencia fértil con los judíos (que luego serían expulsados por Isabel de Castilla y Fernando) y su capacidad para transmitir a Europa saberes de culturas lejanas, de la India, el Medio y el Lejano Oriente.

Pero volvamos a Damasco.

Para entrar al conjunto de la Gran Mezquita, Analía debe cubrirse con una tela oscura que la administración alquila en la Bab al-Barid, y una vez enfundada, con todo y capucha, podemos ingresar al patio: una llanura de baldosas relucientes cubierta de palomas, niños que juegan, familias que se pasean observando los mosaicos, que deambulan entre las columnas o en torno a la Cúpula de las Abluciones, la del Reloj o la del Tesoro, ubicadas sobre un eje que va de la Sala de Hussein a la de Othman.

Hemos estado en mezquitas muy bellas, como la Azul de Estambul, pero aquí hay algo superior, como dijo Ibn Jubayr.

A pesar de las reconstrucciones recientes, se nota que esta debía señalar el centro de un imperio muy vasto, el vértice de una devoción más allá de las fronteras de un solo país. El interior es algo grandioso. Su altura es tal que uno tiene la sensación de estar a cielo abierto. En el inmenso pabellón que es la sala del rezo y que está cubierto de alfombras se descubre una vida extraordinaria, al menos a ojos de quien no vive en ciudades de religión islámica, pues hay personas conversando,[27] sentadas en el suelo o leyendo, ocupando el

27 Tal como se había visto en Alepo.

lugar con absoluta libertad. Hay también quien reza o quien duerme, de todo se ve en este espacio común. En uno de los costados está el cenotafio con la cabeza de san Juan Bautista. Los árabes lo consideran uno de los profetas que, al igual que Jesús, precedieron la llegada de Mahoma.

En uno de los tramos centrales del Suq al-Hamidiyah está el *caravanserrallo* de Khan al-Jumruk, llamado también "de la Aduana", uno de los más suntuosos, cubierto por seis cúpulas, y viéndolo en la penumbra del bazar no es difícil imaginar a los peregrinos y comerciantes que hace cinco siglos atravesaban los desiertos del Asia Menor y llegaban a Damasco, para continuar el viaje hacia Egipto, La Meca o el Mediterráneo. La cercanía del mercado, como en Alepo, les permitía descargar la mercancía en las bodegas de sus clientes y continuar la marcha. Con la expansión religiosa del Islam hubo devotos provenientes del Cáucaso, Bujará y Estambul, de India y de Persia, e incluso de más lejos, los cuales paraban una o dos noches en estos albergues para unirse a los comerciantes, llegando a formar convoyes de hasta veinte mil personas.

Juan Goytisolo, en su libro *De la Ceca a La Meca*, cita unos versos de autor anónimo, pertenecientes a las *Coplas de Puey Monsón*, donde se habla de una caravana que partió hacia La Meca:

> *De allí se partió el alhache,*
> *por cierto gran compañía*
> *de hombres y mujeres*
> *con mucha camellería;*
> *caminando nuestra vía*
> *por los montes y los valles*

y muy viejos arenales
así noche como día...
(Alfaguara, 1997, 157).

Los peregrinos a La Meca.

Es difícil pensar en ellos sin recordar *Lord Jim*, la novela de Joseph Conrad, pues es precisamente en un barco de peregrinos donde él realizó la bellaquería de la que intentó escapar toda su vida huyendo a Oriente, trazando la gran metáfora de la culpa.

En una ocasión vi llegar al aeropuerto de Jeddah un avión cargado de peregrinos a La Meca. Jamás había visto algo semejante. Centenares de hombres de todas las edades envueltos en extrañas toallas blancas hacían fila en el salón de llegadas para recibir el sello de la policía e ingresar a Arabia Saudita (llevaban sus documentos y billeteras en bolsas de cuero colgadas del cuello). Vestidos así, mostraban al mundo fláccidas barrigas y prominentes torsos, vientres modelados por toneladas de grasa de cordero y crema de garbanzos (prefiero no intentar describir, por pudor, lo que había en materia de papadas). Esta corte de pachás me hizo creer, en medio del delirio y la ignorancia, que estaba a punto de entrar al Maravilloso País de los Baños Turcos, o algo por el estilo, hasta que un viajero de la India que hacía fila a nuestro lado me sacó de dudas.

De nuevo es Goytisolo quien mejor nos explica quiénes eran estos hombres y el porqué de su atuendo:

El hábito del peregrino varón se compone de dos piezas blancas, semejantes a dos toallas nuevas y sin costuras, una de las cuales se echa sobre la espalda dejando al descubierto el brazo y hombro derechos mientras la otra se ciñe desde la cintura a la rodilla. Todas las prendas de vestir deben carecer de cosidos. El calzado no cubre en ningún caso el empeine y tiene que respetar las mismas normas tocantes a la sutura. Hasta hace pocos años, la asunción del atuendo de los peregrinos se realizaba en su correspondiente *mikat* o punto de cita: instruidos por su *mutauif* o guía, procedían a la ejecución de sus ritos de aseo, al término de los cuales recitaban: "Heme aquí, Señor, heme aquí, heme aquí. Tuya es la alabanza y tuyos son la gracia y el mando. No tienes asociado". Hoy día, la multiplicación vertiginosa del número de peregrinos y desaparición de los antiguos puntos de encuentro de las caravanas han originado una fatua que convierte a la inmensa ciudad de los peregrinos, de millares de tiendas de lonas sujetas por pilares y cables de acero, creada por las autoridades saudíes junto al aeropuerto de Jeddah, en el lugar de la sacralización (*op. cit.,* 160).

Toda la zona antigua de Damasco está rodeada por los viejos muros romanos, los que le dieron unidad a los trazados griego y arameo, y a pesar de que en muchos tramos fue destruida o incorporada a construcciones, no es difícil seguirla.

Del lado norte reaparece el río Barada, una especie de caño bastante oscuro que, a juzgar por su aspecto, se ve que ha hecho un largo recorrido bajo la ciudad. Sus aguas no parecen ser las mismas de las que hablan las leyendas. ¡Triste destino el de los ríos que cruzan ciudades! Pero en fin, ahí está el Barada,[28] corriendo paralelo a la línea de las antiguas murallas de la ciudad hasta la Bab Tuma, erigida en el Medioevo en el lugar de la antigua Puerta de Venus. En este punto, la avenida al-Kassa cruza el río por un puente moderno, erigido sobre los restos de un viejo puente romano que funcionó hasta 1930.

---

28 Recordemos que según una de las leyendas, Dios habría creado a Adán y a Eva con el barro de las orillas de este río.

Las construcciones en madera recuerdan las viviendas medievales de la Bretaña francesa: madera y tierra apisonada. Otras, con fachadas en cedro y teca, parecen de estilo otomano. En Damasco, como en otras ciudades antiquísimas, se tiene la impresión de que la Historia está aún presente, contenida en los mismos espacios, deambulando por ahí.

Recorriendo estas calles que parecen tejidas intento recrear uno de los episodios más extraordinarios del libro de Ibn Battuta: la magistral narración de la peste que se cernió sobre la ciudad en julio de 1348, y de cómo los habitantes de la ciudad lograron detenerla:

Fui testigo, durante la peste que asoló a Damasco al final del mes *rabí* II del año 49 (la fecha no es exacta), de actos admirables, que testimonian la veneración que tienen los habitantes por esta mezquita. El rey de los emires, teniente de sultán, Arghun Shah, le ordenó a un vocero público que proclamara en toda la ciudad la necesidad de ayunar tres días y la prohibición de cocinar cualquier tipo de plato en el mercado durante el día, ya que la mayor parte de la población se alimentaba de lo que vendían en el mercado. Así que se ayunó durante tres días consecutivos, hasta el jueves. Luego los emires, los cherifs, jueces, juristas y todos los estamentos de la sociedad se reunieron en la mezquita, llenándola, y allí pasaron la noche del jueves al viernes, rezando, invocando a dios e implorando. Luego hicieron el rezo de la aurora y salieron de la ciudad a pie, con copias del Corán en la mano, y los emires lo hicieron con los pies descalzos. Detrás salieron todos los habitantes, hombres y mujeres, niños y adultos. Los judíos con su Biblia y los cristianos con su Evangelio, acompañados de sus esposas e hijos, todos llorando, implorando y suplicándole a dios en nombre de sus libros sagrados y de sus profetas. Todos fueron a la mezquita de Al-Adqan (que está fuera de los muros) y permanecieron suplicando hasta el mediodía, y luego volvieron a entrar a Damasco para la oración del viernes. Y entonces dios alivió sus miserias. En Damasco, el número de muertos nunca llegó a los dos mil por día, mientras que en Cairo y en Egipto llegó a veinticuatro mil (458).

Vagando al azar, alrededor de la Mezquita, entramos a varios restaurantes cruzando sus puertas festoneadas, sólo por ver los patios de las antiguas casas. Tienen fuentes en el centro y extraordinarios artesonados, columnas, enlosados y mosaicos. Arcos de medio punto y bóvedas en madera. Al final recalamos en el restaurante Al-Jabril, que sin embargo no vende licores por estar cerca del edificio sagrado, así que los comensales no pueden acompañar la cena con arak.

Malki, a los pies de la colina de Qasiyun, es uno de los barrios elegantes de Damasco. Ahí están las grandes residencias burguesas, edificios relucientes con entradas ojivales de mármol, revestimientos de cerámica con mosaicos, pisos embaldosados o con rebordes de azulejo, jardines de palmeras y flores bien regadas, comercios de lujo y una gran modernidad en las avenidas.

Paseo un poco al azar, constatando las diferentes mutaciones que adquiere el concepto de elegancia de una cultura a otra, pues la mayoría de los adornos al exterior de las casas son algo *kitsch*. Hay ánforas griegas adornando balcones, palmeras enanas de cemento muy variopintas en su colorido a la entrada de los jardines o colgandejos de oro y cobre en las puertas.[29]

---

29 En el fondo los barrios de este tipo, en las ciudades del Tercer Mundo, también se parecen. Además de la comodidad se pretende también "mostrar", lo que equivale a decir: diferenciarse. Es lo que los sociólogos llaman "gasto conspicuo", típico de sociedades en desarrollo.

Lo que más sorprende es la profusión de vidrios opacos en los ventanales de las casas, como los cristales ahumados que usan los mafiosos de Colombia en sus automóviles o los de los carros de guardaespaldas de las embajadas de EE. UU. en ciertos países.

Algo nunca visto en una casa.

Fascinado por esa estética, Alberto saca su cámara y empieza a hacer fotos a diestra y siniestra. Analía hace lo mismo con la suya mientras yo tomo algunas notas. En esas estamos cuando de la nada aparece una legión de gorilas sumamente serios (y sirios), no menos de diez, con gafas oscuras y traje oscuro y sobre todo con caras oscurísimas, muy parecidos a los malos de *La guerra de las galaxias*.

El más fuerte se dirige a Alberto con paso decidido, le pone una mano en el objetivo de la cámara y con la otra le atenaza el hombro, mientras vocifera algo que, a juzgar por su expresión, debe querer decir: "Baja esa cámara, perro extranjero, o te rompo los huesos". El que detiene a Analía es menos agresivo, aunque tampoco exagera con los modales, lo mismo que un tercero que se abalanza sobre mí, un tipo de aspecto feroz que, por decir lo menos, tendría ínfimas posibilidades de ser contratado como *babysitter* en la casa de un rabino.

Luego muestran acreditaciones que deben ser de la policía (secreta) y nos instan a alejarnos de la zona de un modo bastante expedito. Para apresurar las cosas, uno de ellos se para en medio de la avenida y detiene el tráfico, obligándonos a cruzar e irnos de ahí, así que bajamos en dirección al centro, algo aturdidos por la experiencia, con la idea de que todos los paseantes que cruzamos son agentes de seguridad, hasta que Analía, gran observadora, recuerda que los que nos detuvieron tenían en la corbata una medalla con la cara del presidente

Assad, lo que permite reconocerlos, así que pasamos un buen rato mirando corbatas y cruzando infinidad de calles, sin saber muy bien hacia qué dirección ir.

Más tarde se nos dirá que en el barrio de Malki, y probablemente en la misma calle en la que tomábamos fotos, viven algunos familiares del presidente Assad y muchos de sus ministros, e incluso nos sugieren que salimos bastante bien librados, pues no nos decomisaron las cámaras ni nos detuvieron.[30]

El episodio nos acabó de abrir los ojos a la realidad de la dictadura militar, es decir, dejó de ser algo que le "pasa a ellos". A partir de ahí me doy cuenta de hasta qué punto la cara de Bashar Assad es omnipresente en la ciudad. Pareciera que el ciudadano, bajo pena de convertirse en sospechoso, está obligado a sentir adoración por el líder, y esta debe expresarse colgando su retrato en la oficina o poniendo calcomanías en el vidrio trasero del carro. Este tipo de devociones, que casi nunca son sinceras y, las más de las veces, responden a criterios acomodaticios o defensivos, son típicas de sociedades donde el miedo al propio Estado es parte de la vida cotidiana.

Nosotros, silencioso triunvirato, continuamos barrio abajo caminando con nerviosismo, sintiendo las miradas de la gente como punzadas hostiles. Es difícil no quedar un poco paranoico, al menos por unas horas. Ya empieza a atardecer cuando escuchamos un lamento, una letanía o extraña prosodia que vuela por los aires, de calle en calle, hasta el último rincón de la ciudad: es el llamado del almuédano a los fieles, reprodu-

---

30 Tuve una experiencia parecida (aunque más peligrosa) en Colombia, en la Circunvalar, con unos guardaespaldas. Un carro me adelantó, pero al no dar paso al carro que lo seguía me cerraron y por poco voy a chocar contra el muro de un edificio. Los tipos siguieron como si nada.

cido y amplificado por el *mikrufun* que corona los alminares de todas las mezquitas. Ese sonido profundo nos embarga de tranquilidad y, de algún modo, nos devuelve a la ciudad.

Las zonas de la periferia de Damasco, por su aridez, contrastan con los jardines y la fertilidad de la parte baja. Sobre el parque Tishrin, en cuyo anfiteatro suena un concierto del grupo Oriental Mood (curiosa agrupación de música árabe contemporánea formada por marroquíes, sirios y daneses), está una de las colinas más visitadas por los damascenos. En lo alto hay un mirador para ver las luces de la ciudad y las familias suben a hacer picnics nocturnos a la orilla de la carretera, con aparatoso despliegue de mesas, sillas y sillones. Parecen carros de trasteos, con el comedor amarrado al techo del carro. La noche del viernes es imposible encontrar un metro cuadrado libre. Hay gran animación y los automóviles encienden sus radios a todo volumen.

Nos sentamos allí a beber un poco de arak en vasos plásticos. Poco después Rabbia (la amiga iraquí) recita poemas de Adonis, el gran poeta de Damasco, que al día siguiente leerá en el palacio Azem, donde se realiza el Festival Cultural.

Uno de los poemas, que habla sobre Siria, dice más o menos así:

He creado una tierra
Que se rebela conmigo y traiciona
Creé una tierra que palpé con mis venas
Dibujé sus cielos con mi trueno
La adorné con relámpagos

Sus fronteras son el rayo y el vacío
Los párpados, sus banderas

La visión triste de Adonis sobre su patria acompaña unos buenos tragos, en la noche damascena:

Esta es la tierra del dolor
Tierra sin mañana
Que ningún viento ilumina

¿Qué voz llegará,
queridos míos,
a esta tierra de ausencia?

Como suele suceder en las noches de arak (y de cualquier bebida por encima de los diez grados alcohólicos), muy pronto un poema llamó a otro, y así la noche, una noche toda llena de perfumes, de murmullos y de música de alas, se fue llenando de versos y de imágenes: luces verdes sobre la ciudad, el resplandor del desierto en los áridos cerros, el humo de las narguiles, las camionetas repletas de gente feliz, subiendo para mirar su esplendorosa ciudad, y nosotros en medio de esa caravana, creyendo asistir a una escena de la vida privada, algo para ellos banal pero que nos llenó de sentido.

II. EN LA ANTIGUA PALESTINA

Jerusalén

Aeropuerto David Ben Gurión, Tel Aviv. 4:30 a. m.[31]

¿Por qué un horario de vuelo tan estrambótico? A esta hora la gente de bien suele estar durmiendo, sin embargo aquí el aeropuerto está repleto de aviones, luces y pasajeros somnolientos que suben y bajan, llevando sus maletines con cierta tristeza, como si acabaran de perder una violenta discusión. Tal vez están sólo cansados. Parece un aeropuerto militar en plena faena.

La imagen es justa para lo que sucede en Israel. El salón recibidor recuerda la entrada a un hipódromo. Las baldosas del suelo están muy opacas por el uso y las paredes se han ennegrecido en los ángulos. Hay extrañas máquinas que parecen dispensadores de refrescos o café, con una pantalla donde los residentes posan sus documentos. Nada de eso es para nosotros, así que nos acercamos a una de las filas y esperamos.

La joven policía de inmigración inicia las preguntas de rutina. Nuestra inquisidora es rubia y tiene ojos bonitos.

---

31 En este primer viaje aún está el viejo aeropuerto Ben Gurión, que luego fue ampliado y convertido en terminal ultramoderno, con señal WiFi gratis y notable arquitectura.

—¿Propósito del viaje? —pregunta—. ¿Personas conocidas en Israel?

Nos habían alertado sobre este interrogatorio diciendo que era desagradable, y en efecto lo es. A pesar del candor que emana del aspecto de la joven (hay en sus rasgos algo de Europa Central) su tono es autoritario. Le muestro la dirección de María Leonor, la hermana de Analía (barrio Arnona, calle Beit Haarava, Jerusalén Oeste), pero la bella e implacable policía dice que nunca ha oído hablar de esa calle y que es muy raro porque conoce muy bien Jerusalén, donde vivió años. No tenemos nada que decir. La situación es ridícula. No hemos siquiera llegado y ya somos culpables de algo.

Me empieza a fallar el genio y le digo que llame por teléfono a María Leonor o que venga con nosotros a la salida de pasajeros, pues sin duda estará ahí, esperando. Podríamos almorzar juntos. La joven me crucifica con la mirada y continúa con las preguntas. "¿Qué lugares piensan visitar?". Le digo que el Mar Muerto, la ciudad vieja de Jerusalén y los lugares de turismo habitual. "¿Y cuáles son esos lugares de turismo habitual?". Insiste. Respondo con peor humor diciendo que María Leonor y Pedro los saben y que son los mismos que están en las guías de turismo. Yo no los sé de memoria (no quiero decírselos). "¿Cuál es su profesión?". Soy escritor. Esto es algo que casi nunca digo, pues no lo considero una profesión (en su lugar suelo decir "periodista"),[32] pero me habían

32 Recuerdo al desaparcido amigo y colega R. H. Moreno-Durán, quien siempre ponía "ginecólogo" en la casilla de Profesión, hasta que una vez lo llamaron en la madrugada para atender un parto. Desde ahí empezó a poner: "diseñador de ropa interior femenina". (Hoy habría dicho: "perito en tangas").

recomendado evitar cualquier mención a la prensa, que en Israel no es muy querida.

"¿Y qué cosas escribe?", sigue diciendo. Novelas, le digo con sequedad. "¿De qué tratan sus novelas?". La vida en general. "¿Cuál es el título de su última novela?". Esta vez soy yo quien le pregunta:"¿Habla español?", y ella dice no, así que le explico que el título *es* en español, pero ella insiste y me hace escribirlo en un papel que luego estudia con atención, comprobando con ojo perspicaz que no se trate de algo tipo *La destrucción de Israel y el degüello de sus habitantes* o cosa por el estilo.

Luego continúa:"¿Tiene planeado encontrarse con palestinos?". No, le digo. "¿Ha conocido o tiene amigos árabes?",[33] le digo que no pensando en Khadim, en Jaber y Rabbia, en fin, me muerdo la lengua. "¿Los parientes de su mujer, son judíos?". No. "¿Entonces por qué viven en Israel?". Porque trabajan en instituciones internacionales. "¿Cuáles?". La AFP y Naciones Unidas. Al escuchar AFP la jovencita hace una mueca de disgusto. Sabe que es una agencia periodística y, tal como me dijeron, frunce el ceño.

Llama a un número de teléfono y dice algo. Luego se levanta y se dirige a nosotros:"Síganme". Los problemas empiezan. La joven nos acompaña hasta una maloliente sala de espera. En la puerta hay una placa del Ministerio del Interior. "Esperen aquí", dice, y se lleva nuestros pasaportes. Observo a las personas sentadas en las bancas y trato de establecer un

---

33 En mi novela *Necrópolis* (y pido excusas por la auto cita) hago una recreación de este tremebundo interrogatorio de llegada al aeropuerto de Tel Aviv para el que hay que tener un gran control, estar "operado de los nervios", como dicen en Chile, o saberse de memoria *Inteligencia emocional* de Goleman.

rasgo común entre ellos y nosotros. Una pareja de orientales (podrían ser malayos o singapurenses), tres jóvenes rusos con aspecto deportivo, una pareja de chinos.

El rasgo común: provenir del Tercer Mundo.

Los muros, desconchados por la humedad, son de color gris, y un violento olor a meados emana de una puerta en la que una mujer muy gorda trapea sin convicción. Al lado hay un carrito de aseo. Varios agentes de seguridad nos miran, pero nada en sus gestos permite adivinar lo que va a suceder.

Diez minutos después la misma funcionaria devuelve los pasaportes sellados y regresa a su puesto, delante de las filas de llegada. Al pasar al salón del equipaje un joven nos vuelve a interrogar, pero esta vez con tono amable. Respondemos las mismas preguntas, buscamos las maletas y salimos.

¡Al fin! Son la seis de la mañana y el aire está cubierto por una densa capa de vapor. María Leonor y Pedro están ahí. Tras el saludo vamos al parking y veo un Land Rover blindado. Este hecho me inquieta.

—¿Tan grave está la situación?

—No —dice Pedro—. Es el *jeep* de la agencia. Mi carro está sin batería.

María Leonor y Pedro llevan sólo unos meses en Jerusalén, donde fueron trasladados por la agencia francesa AFP[34] después de vivir dos años en Nairobi. En su estadía africana Pedro hizo fotos de todos los conflictos, golpes de Estado

---

34 En enero de 1991, en París, la AFP me contrató por unos meses en el Servicio América Latina como refuerzo, a causa de la Guerra del Golfo. Ese contrato me sacó de la indigencia en la que vivía; recordar el edificio de la Place de la Bourse y la fría oficina de personal donde me hicieron un montón de entrevistas, aún hoy, me abre un hueco en el estómago.

y masacres posibles, y ahora, en Israel, es jefe de la sección fotográfica. Es chileno y mexicano (como Roberto Bolaño), aunque mucho más chileno, o como él dice: "shileeno po' ". En África, María Leonor trabajó con Naciones Unidas en el norte de Somalia, en la región de Somaliland, en un proyecto para reconstruir las estructuras judiciales y de policía de la zona, devastada por la guerra civil. Buenos viajeros y amantes del mundo en sus zonas menos convencionales (al menos a ojos de Occidente),[35] cada vez que nos encontramos le agregamos un capítulo —entre rones, dry martinis y empanadas— a lo que María Leonor llama "nuestra personal teoría de la globalización", que consiste en creer que el mundo es tan rico y variado que quienes en Europa se arrancan los pelos por la supuesta uniformidad, es sencillamente porque no lo conocen, no han viajado lo suficiente y confunden los países con el *duty free* de sus aeropuertos.

La distancia de Tel Aviv a Jerusalén es de apenas sesenta kilómetros, y al recorrerla en este amanecer veraniego observo con atención la topografía y la señalización de los pueblos.

Es emocionante ver nombres como Bab el Wad o Latrún, con grandes resonancias históricas de la guerra de 1948. Es temprano y hay algo de vapor en el aire. Entonces nos viene encima un terrible espectáculo. Al empezar el ascenso hacia Jerusalén se forma un pequeño atasco. Se oyen sirenas, hay luces de color azul y rojo. ¿Qué sucede? Una camioneta microbús chocó violentamente contra un camión. Al pasar al lado veo

---

35 Ha pasado el tiempo: después de Jerusalén vivieron cuatro años en Delhi y ahora están en Hong Kong.

el terrible espectáculo: una hilera de cuerpos tumbados en el suelo, ordenados en fila, y sangre por todas partes. Parecen árabes y en efecto lo son. Pedro dice que los microbuses son los transportes usados por ellos, muy diferentes a los buses israelíes. Un agente con un gato hidráulico intenta separar la carrocería, que por el impacto quedó soldada a la punta trasera del otro vehículo.

Continuamos en medio de la bruma, ascendiendo por el camino. De vez en cuando aparecen carcasas de viejos autos blindados de la época de la guerra, restos que quedaron ahí, entre los árboles que rodean la autopista y que los israelíes cubren con banderas en las fiestas nacionales.

Esta carretera fue clave en la lucha por Jerusalén entre árabes y judíos, en 1948, pues quien la controlara podría regular el paso de víveres, armas y soldados hacia la Ciudad Santa. En los tramos más escarpados, entre el estrecho de Bab el Wad y la población árabe de Kastel, a la entrada de Jerusalén, había mil lugares ideales para realizar emboscadas. Allí, como dijo el comandante árabe de entonces, Abdel Kader, "un solo hombre puede hacer el trabajo de cien".

Tras el voto en Naciones Unidas de noviembre de 1947 a favor de la partición de Palestina en dos Estados —abriéndole la posibilidad al pueblo judío, por primera vez en su historia, de tener una nación—, esta carretera se convirtió en un símbolo. Los poblados alrededor del camino eran árabes, con lo cual, si había enfrentamiento entre las dos comunidades a la expiración del mandato británico (terminaba el 14 de mayo de 1948), sería muy fácil cercar y estrangular los barrios judíos de Jerusalén y tomar el control de la ciudad. Por eso la carretera fue uno de los principales dolores de cabeza de

David Ben Gurión y de la Haganah, la milicia armada judía, embrión del ejército de Israel.

Los combates empezaron en los primeros meses de 1948, antes de la expiración del mandato, pues ambas facciones comprendieron que la lucha por el control de los barrios de la Ciudad Santa sería determinante a la hora de demarcar la futura frontera. Fue así que el Irgún y el grupo Stern (dos milicias judías de ultraderecha) hicieron atentados con bomba contra civiles en las zonas árabes, y que estos iniciaron un cerco a los barrios judíos. La intención de ambos era amedrentar a los otros y obligarlos a irse, pero la orden de Ben Gurión fue tajante: "¡Ningún judío de Jerusalén debe abandonar su casa!".

La Haganah suministraba víveres, medicinas y armas, y debía hacerlo por esta carretera, con convoyes de camiones que tardaban cerca de tres horas en recorrer los 28 kilómetros que separan el estrecho de Bab el Wad de Jerusalén.

La estrategia árabe era sencilla. Cuando la caravana cruzaba alguno de los puntos elegidos, un grupo de partisanos bajaba a la carretera y, con piedras, les cerraba el paso, cortándole la retirada a los camiones. Un poco más adelante, el grueso de los hombres atacaba el convoy disparando desde todos los flancos, hasta que centenares de campesinos árabes de los pueblos vecinos venían con sus fusiles y se unían a la emboscada, llevándose el precioso cargamento.

La Haganah perfeccionó los envíos con todo tipo de defensas, carros armados y muchos hombres, pero casi siempre la carga acababa en manos de sus enemigos, con los camiones ardiendo y un reguero de cadáveres, mientras que en Jerusalén los barrios judíos sufrían la penuria, al borde de la inanición. Esto continuó cuando los británicos se fueron y empezó la guerra oficial, hasta que la Haganah, con esfuerzos sobrehumanos, construyó en tiempo récord otro camino que le permitió evitar el paso de Bab el Wad y llevar comida a Jerusalén, una ruta excavada en las montañas de Judea a la que se dio el nombre de "camino de Birmania".

La Haganah jamás logró el control de esta carretera de Bab el Wad a pesar de intentarlo en tres ocasiones, con fuertísimos ataques al enclave de Latrún, donde se inicia la subida. Ben Gurión solía exclamar: "Rey David, ¿por qué fundaste Jerusalén en un lugar tan inaccesible?". Debieron esperar hasta la Guerra de los Seis Días, en 1967, para tomar ese enclave. Hoy hay allí una base militar israelí.

Un poco más arriba, ya casi llegando a la Ciudad Santa, está el poblado árabe de Deir Yassin, escenario de una de las masacres más sangrientas de la guerra. Casualmente fue el 9 de abril de 1948, el mismo día del asesinato del líder liberal Jorge Eliécer Gaitán, en Bogotá, lo que dio inicio al "Bogotazo", la destrucción de la ciudad y un combate que dejó tres mil muertos ese primer día y que aún no ha terminado. En el caso palestino la masacre fue una operación militar planeada por los grupos Irgún y Stern bajo el nombre de Operación Unidad (batalla, por cierto, que tampoco ha terminado hoy), cuyo objetivo era aterrorizar a los campesinos árabes de la zona y obligarlos a emigrar, dejando vacíos los pueblos que bordeaban la carretera.

Y así se hizo.

A las cuatro de la mañana de ese funesto 9 de abril, apoyados por un carro blindado, los comandos atacaron Deir Yassin y, en muy poco tiempo, redujeron su escuálida defensa. Los asaltantes asesinaron a todos los hombres, y luego empezó una despiadada carnicería, cuchillo en mano, de mujeres y niños, degollando, mutilando. Según informes de la policía británica recogidos por los periodistas Dominique Lapierre y Larry Collins en su libro *Ó Jerusalem* (Laffont, 1971), los comandos descuartizaron incluso a varios recién nacidos y cortaron en dos a una jovencita después de violarla. Un representante de la Cruz Roja Internacional, el suizo Jacques de Reynier, fue el primero en llegar al lugar. Este fue su testimonio:

> Hombres y mujeres muy jóvenes corrían en todas las direcciones armados hasta los dientes con ametralladoras, pistolas, bombas de mano y puñales. Una jovencita de ojos criminales me mostró su cuchillo, del que caían gotas de sangre, como si se tratara de un trofeo. Era el comando de limpieza, que estaba realizando a conciencia su trabajo. Esto me hizo recordar a los agentes de la SS que vi en Atenas durante la guerra (*Ó Jerusalem*, 292).

Es curioso, en este macabro testimonio, la presencia de mujeres en los comandos del Irgún y el grupo Stern, pero esto ha sido una constante en las fuerzas de combate hebreas. El ejército de Israel es uno de los pocos que recluta mujeres, y combaten por igual.

La Haganah tomó el control de Deir Yassin veinticuatro horas después y repudió la masacre, reconociendo que la mayoría de los doscientos cincuenta cadáveres encontrados entre los escombros eran de personas inocentes, que no habían muerto combatiendo. Este crimen atroz tuvo graves repercusiones, pues en efecto la gran mayoría de los pueblos árabes que costeaban la carretera de Bab el Wad quedaron vacíos, lo que favoreció la estrategia militar de la Haganah, aun si esta y Ben Gurión se enfrentaron al Irgún y al grupo Stern, a los que consideraban terroristas.

La masacre también alentó en el bando contrario una sed inusitada de venganza, y en muchos de los combates, ya en plena guerra, los ejércitos árabes atacaban bajo el grito de: "¡Por los muertos de Deir Yassin!". Hoy, por borrar o disimular esa oscura mancha de su historia, el Estado de Israel le ha cambiado el nombre (que no diré), pero la población árabe que todavía vive allí lo mantiene vivo y se niega a usarlo.

Se llama Deir Yassin, y así debe ser recordado.

"Si yo te olvido, Jerusalén, que mi mano diestra pierda su destreza", dicen los Salmos, "y que mi lengua se pegue al paladar, si yo perdiera tu recuerdo". Pero es difícil olvidar esta hermosa ciudad, origen de una parte de la humanidad y de las tres religiones del Libro.

Tras dar un primer paseo e instalarnos en la bellísima casa de Pedro y María Leonor, un violento atardecer color violeta la va hundiendo en la oscuridad, y al mismo tiempo se encienden las primeras luces, en la Ciudad Vieja y el monte Sión, en Talpiot y Mea Shearim, en Arnona y Jerusalén Oriental. Los comerciantes de la avenida Jaffa bajan sus persianas metálicas; en la calle Ben Yehuda los cafés están ya repletos.

¿Qué extraño milagro reunió en estas colinas tantas cosas que hoy son disímiles? Mil años antes de Cristo, el rey David la convirtió en capital del mundo hebreo y Salomón construyó el primer templo en el lugar donde Abraham iba a sacrificar a su hijo Isaac;[36] luego Nabucodonosor, rey de Babilonia, tomó la ciudad y destruyó el templo, y siglos después, en ese mismo monte, Mahoma saltó al cielo desde una roca. Se dice que la Tierra quiso seguirlo pero un ángel la detuvo y quedó la

---

36 Recordemos que ahí comienza la controversia: estudiosos árabes aseguran que fue a Ismael (para ellos el primogénito) a quien iba a sacrificar.

huella de su mano en la piedra. Herodes construyó un segundo templo, pero el emperador romano Tito lo volvió a destruir, expulsando a los judíos de Jerusalén en el siglo I. Más tarde vinieron persas, árabes y turcos y construyeron en ese lugar dos mezquitas, la de Al-Aqsa y el Domo de la Roca, ambas erigidas sobre la explanada donde estaban los templos judíos, con sólo un vestigio lateral del segundo, conocido como el Muro de las Lamentaciones.

Así es esta ciudad, hija de un gran mestizaje. Ella nos recuerda que musulmanes y judíos son hermanos, como lo fueron Ismael e Isaac, ambos hijos de Abraham. Los musulmanes son "ismaelitas", hijos de Ismael, mientras que los judíos son hijos de Jacob (luego llamado Israel), que es hijo de Isaac. Más adelante, también aquí, aparecieron Cristo y el cristianismo. La vía Dolorosa que conduce al Gólgota, al interior de la Ciudad Vieja, atraviesa el zoco árabe con su algarabía y olor a especias. En el Santo Sepulcro los cristianos romanos, ortodoxos griegos, cristianos armenios y etíopes se disputan cada centímetro de la iglesia, pero luego se van a comer kebab a la esquina y cuentan historias en hebreo.

No sé si exista en español algo que supere lo que escribió el filósofo Julián Marías sobre Israel, en 1968 (*Israel: una resurrección*, Alianza Ed., 1969), después de atender una invitación de la Academia de Ciencias y Humanidades de ese país. Preguntándose por la condición de sus habitantes, dice:

> Yo creo que la fuerza del pueblo judío radica en su capacidad de desconsuelo. El no haberse consolado nunca de la dispersión y la destrucción del Templo, de la pérdida de Jerusalén, ha conservado su identidad, le ha permitido seguir siendo, durante casi dos milenios, el mismo; ha hecho que

sea, siglo tras siglo, no sólo una fe, sino algo muy distinto: un pueblo. Los judíos de tantas generaciones se han sentido inconsolables de algo que nunca habían tenido; pero sería un error pensar que han vivido "de espaldas", vueltos al pasado; nada sería más contrario a la condición profunda del judaísmo, religión que entiende la verdad como confianza, religión de la esperanza que se realiza, de la palabra o convenio que se cumple, del profetismo. Se podría decir que el pueblo judío ha vivido desconsolado del futuro, del que le ha sido arrebatado y no ha llegado a vivir (14).

Recuperados de la profunda emoción de estar en esta ciudad carismática, salimos a cenar al restaurante del hotel Ambassador, en Jerusalén Oriental, la zona árabe de la ciudad, anexionada por Israel tras la guerra de 1967.

En torno al hotel están las residencias diplomáticas de muchos países (Italia, Suecia, Francia) ante la Autoridad Palestina, siendo las únicas sedes diplomáticas que hay en Jerusalén. Las embajadas ante Israel están en Tel Aviv, pues ningún país reconoce a Jerusalén como capital del Estado hebreo, aun si aquí están los edificios administrativos y de gobierno, la Knesset (el parlamento) y la presidencia.

Es un lugar agradable la terraza del Ambassador.

Nos sentamos bajo una carpa beduina y bebemos algo frío. Hace calor en Jerusalén, pero también sopla una brisa fresca, un típico viento de montaña. Suenan canciones tradicionales y al rato nos traen las entradas, de nuevo los platillos *mezzé* presididos por el famosísimo *hummus*, ensalada turca, de pepino y tomate en cuadrados, y ensalada griega, con queso feta y olivas. Todo esto acompañado de pan de pita, del cual nos sirven una buena provisión. Pedro y María Leonor piden una narguile y fumamos esencia de menta.

La comida palestina es muy similar a la siria. El kebab, que parece ser una herencia turca en la región, es idéntico, lo mismo que los *kibbes*, que son el plato nacional sirio. También hacen tabulé, aunque muy fuerte y con poca sémola, con cantidades enormes de perejil que hacen surcos en la lengua, pero que es el modo tradicional de servirlo. La forma del tabulé que se conoce en Europa, con mucha más sémola, es la receta judía que los hebreos de Alepo dieron a conocer al emigrar a Egipto (cuando el canal de Suez supuso un cambio en las rutas comerciales) y desde ahí hacia Europa.

Jerusalén Oriental está separada de la zona judía, llamada la Ciudad Nueva, por una avenida muy ancha, la "Línea Verde", y es realmente curioso pensar que a pesar de no haber ningún muro físico, este exista de forma tan nítida en las mentes de los jerosolimitanos. Según me dicen, hay judíos que no van jamás a esta parte de la ciudad. Es una línea imaginaria, pero más sólida que un muro de granito.

La Línea Verde.

Esta separación se estableció en mayo de 1948, ya en plena guerra, poco después de que el barrio judío de la Ciudad Vieja fuera evacuado (aguantó poco más de dos semanas con mil setecientos civiles dentro) y la resistencia quedara replegada en la Ciudad Nueva. Abandonar ese barrio histórico, a dos pasos del Muro de las Lamentaciones, fue uno de los episodios más tristes para el naciente Estado de Israel, pues marcó el fin de una presencia de dos mil años.

La rendición se hizo con la mediación de la Cruz Roja y Naciones Unidas (cuyo representante en Jerusalén era un español, Pablo de Azcárate), y dicen que cuando el comandante árabe vio el estado lamentable de los treinta soldados de la Haganah que todavía defendían, exclamó que, de haberlo sabido, en lugar de con bombas los habría atacado con bastones.

Así salieron los civiles, de dos en dos, cruzando el muro por la Puerta de Sión y dirigiéndose a la Ciudad Nueva, donde se preparaba su acogida. Los instalaron en el barrio de Katamón, que a su vez había sido abandonado por los árabes.

Replegados hacia la zona judía, los combates se reanudaron. El comandante general de la Legión Árabe en Jerusalén, con sus morteros, hombres y camiones, era Abdullah Tell, un beduino, y el jefe de la defensa hebrea era el capitán David Shaltiel, judío alemán, sobreviviente del Holocausto, con la mortal desventaja de no contar con suministros provenientes de Tel Aviv, ya que la ruta de Bab el Wad estaba bloqueada y la "De Birmania" no estaba aún lista.

Faltó poco para que la Ciudad Nueva cayera también.

La salvó, una vez más, una iniciativa de Ben Gurión, quien, utilizando sus influencias internacionales, logró que Gran Bretaña propusiera al Consejo de Seguridad de Naciones Unidas una tregua de cuatro semanas, un cese al fuego por motivos humanitarios. Las condiciones, en teoría, no le favorecían, pues se decretaba un embargo total a los envíos de armas hacia la zona y la prohibición de que nuevos combatientes judíos, provenientes de otras partes del mundo, desembarcaran en Israel.

Pero Ben Gurión, que ya había traído armas de forma clandestina durante el mandato británico, sabía muy bien cómo saltarse el embargo, así que se apresuró a firmar la aceptación oficial de la tregua a la espera de que sus enemigos, las cinco naciones árabes contra las cuales combatía (Siria, Líbano, Iraq, Jordania y Egipto), hicieran otro tanto.

Las reservas de armas de la Haganah estaban a punto de acabar y sus hombres no daban abasto para defender todos los flancos. Alguien comparó esta situación con la de una mujer desnuda que sólo cuenta con un pequeño pañuelo para cubrirse. Por el sur los egipcios estaban a punto de llegar a Tel Aviv. Por el norte los ejércitos sirios y libaneses habían tomado Galilea. Desde Jordania, las tropas de la Legión Árabe (que unía fuerzas jordanas, sirias e iraquíes) habían tomado casi toda la Samaria y el norte de Judea. La Ciudad Nueva, en Jerusalén, estaba a punto de caer. ¿Qué más podían hacer en ese momento?

Sólo una tregua podría salvarlos, pues lo que Ben Gurión necesitaba era tiempo. Tiempo para que llegaran de forma clandestina los millones de dólares en armas y equipos que había comprado con el dinero que Golda Meir recolectó entre la comunidad judía norteamericana, y tiempo para adiestrar a los miles de sobrevivientes del Holocausto venidos a combatir pero que no tenían formación militar y ni siquiera entendían las órdenes que se les daba porque desconocían el hebreo. Dicen los historiadores que cuando el comando árabe aceptó el cese al fuego de treinta días, Ben Gurión exclamó que habían cometido un error fatal.

Y así fue, como se demostraría poco después.

En Jerusalén, la noticia de la tregua tuvo el efecto de aumentar los combates, pues los dos bandos intentaron avanzar sus posiciones al máximo en el tiempo que quedaba hasta el inicio del cese al fuego, que era a las diez de la mañana del 11 de junio. Tanto Shaltiel como Tell sabían que el lugar al que lograran llegar sería la frontera divisoria de la ciudad por mucho tiempo.

El encuentro entre los dos comandantes enemigos, después de la entrada en vigor de la tregua, fue extraordinario. Así lo describieron Lapierre y Collins en su libro:

Sin duda fue por casualidad, pero el lugar elegido para el primer encuentro entre estos dos hombres, que habían combatido durante un mes por la conquista de Jerusalén, fue en medio de una calle que tenía por nombre el del guerrero Godofredo de Bouillon, quien siglos antes logró realizar el sueño de ambos: conquistar Jerusalén.

David Shaltiel, el judío de Hamburgo, y Abdullah Tell, el árabe del desierto, se detuvieron el uno frente al otro y se observaron en silencio. Después se saludaron con un apretón de manos. Los dos adversarios debían precisar por dónde iba a pasar la línea de la tregua en una parte de la Ciudad Santa: el barrio árabe de Musrara. El día anterior, un último ataque hebreo había hecho replegar doscientos metros a los defensores árabes, y era por esa nueva marca que Shaltiel exigía que pasara la línea de demarcación.

—Si esas posiciones le pertenecen —señaló Tell— ,¿dónde están las fortificaciones que las defienden?

—Las fortificaciones son las camisas ensangrentadas de mis hombres —replicó Shaltiel.

Esto impresionó al beduino.

—Muy bien —dijo Tell—. Confío en su palabra de oficial y de caballero (564).

Fue así que quedó establecida una frontera en medio de Jerusalén, la frontera que, hoy, es una avenida ancha, de varios carriles. Con un separador en medio en el que crecen algunos hierbajos.

La mayor parte de la Ciudad Vieja es indiscutiblemente árabe en su aspecto. Las callejuelas abigarradas, los arcos, los muros sin ventanas, todo recuerda los bazares sarracenos y su modo de comerciar. Llegamos muy temprano y cruzamos la vieja muralla por la Puerta de Jaffa (que los árabes llaman Bab-al-Khalil), dejando atrás sus fortificaciones almenadas, y vemos el comercio abriendo sus puertas. Es una mañana fresca.

La calle de David, que desciende hacia el corazón de la ciudad, es estrecha y en gran parte cubierta con bóvedas y pesados arcos, curvados o en ojiva, que le dan un aire milenario. A los lados hay portales que llevan a callejuelas aún más pequeñas y misteriosas.

De una de estas surge un joven ortodoxo judío con ese extraño atuendo negro que suelen usar, coronado por un sombrero alto, barba larga y aladares, esas coletas que caen de las sienes, un adorno que hace que sus rostros parezcan ventanas con las cortinas recogidas. ¿Cuántos años podrá tener? Analía opina que unos veinticinco, como máximo, y nos impresiona que una persona tan joven acepte vivir de ese modo. También sorprende verlo caminar orondo y tranquilo en medio de los comerciantes árabes, pues teníamos la idea de que estos procuraban no mezclarse. En fin, ahí va el joven con ese incómodo vestido que muy pronto, cuando el sol esté más alto, se convertirá en ardiente parrilla.

De repente escuchamos un trino metálico y el joven extrae del bolsillo un teléfono celular, algo que nos vuelve a dejar perplejos, pues nos parece, con su sombrero negro y en punta,[37] que una cosa no va con la otra. Hay que decir, claro está, que nuestra ignorancia en temas hebreos es grande, así que lo dejamos ir y continuamos el paseo, hasta que aparece otro, este ya no en traje negro sino con algo parecido a una bata levantadora de rayas blancas y violeta, cerrada con un

---

37 Como se verá, esta curiosa moda del atuendo ortodoxo proviene de los judíos de Polonia en el siglo XVI.

lazo en el centro de la panza. Los pantalones son del mismo color y llegan a la rodilla, abombados, dándole un curioso aspecto de jenízaro.

Si no estuviera en Jerusalén pensaría que este buen ciudadano salió a la calle en pijama, y que salió apurado, pues al igual que el anterior camina dando saltos, lo que hace que sus coletas, graciosamente atadas al extremo, bailoteen alrededor de su cara. ¡Qué formas de vida tan diversas! Tras rápido vistazo al mapa de la Ciudad Vieja, Analía anuncia que estamos cerca del Barrio Hebreo, lo que explica la presencia de los ortodoxos, así que nos dirigimos hacia allá.

El siguiente personaje aparecido en escena es también judío, aunque parece menos simpático: se trata de un joven con kipá en la cabeza, jeans y tenis, un atuendo banal que podría ser tomado por el de cualquier estudiante universitario, si no fuera por el gigantesco rifle automático que cuelga de su espalda. Esto también debe ser normal en Jerusalén, pues nadie se voltea a mirarlo. ¿Y si resbala y esa cosa se dispara? ¿Si enloquece y decide convertirse en *serial killer* por influencia de algún film de Oliver Stone? Luego nos dirán que los jóvenes que hacen el servicio militar, cuando están de salida, van con su rifle a todas partes; si por algún motivo lo pierden pueden ser juzgados y llevados a prisión. También puede ser un colono, esos ciudadanos que el Estado de Israel instala (casi diría "injerta") en territorios palestinos para sembrar asentamientos judíos en zonas que no son suyas y crear situaciones de facto.[38]

A media mañana los mercados están en su punto. Centenares de vendedores corean sus mercancías y nos detienen al

---

38 Burlándose, por cierto, de las mil prohibiciones al respecto proferidas por Naciones Unidas.

paso, igual que en Damasco o Alepo, y recobramos el intenso placer del bazar árabe, ese reino atemporal donde los sentidos se sacian: el olfato por las especias, perfumes y demás extraordinarios aromas mezclados, muchos de los cuales, por cierto, no tienen nombre en nuestro registro mental de expatriados, lo que nos lleva a interminables discusiones sobre lo que es o debe ser; de la mano del olfato va el gusto, probando exquisiteces y cosas extrañas.

Por cierto que lo más raro son unos trozos de coliflor en vinagre de color rosado, un rosado lumínico, algo que me niego a probar con todas mis fuerzas y que veremos en muchos puestos de comida. También la vista se regala con una infinita paleta de colores y formas. Todo lo quiere uno tocar, comprender, conocer.

Al interior de los muros de la Ciudad Santa, en esto que parece más un gigantesco zoco, las zonas están bien diferenciadas: el Barrio Armenio, el Árabe, el Cristiano y el Hebreo. Pero los tres primeros forman uno solo. Un joven palestino que vende sandalias de cuero en el sector armenio nos dice: "Esto no es árabe ni cristiano. Aquí estamos todos juntos, es lo mismo. La única parte separada es la judía, que es muy pequeña". Y tiene razón, esa zona es pequeña, y no sólo eso. Es moderna, ordenada y limpia. Salta a la vista que cuenta con más recursos económicos. Muchas de las casas reconstruidas tienen placas con el nombre de los millonarios norteamericanos que han dado el dinero para las obras y remodelaciones.

Es cierto que por su asepsia la zona judía no tiene el sabor ni la vida de los otros sectores, y esto tal vez se deba a que fue evacuada de sus antiguos residentes durante diecinueve años, de 1948 hasta la guerra de los Seis Días, en 1967, tiempo en el que esa comunidad perdió nada menos que el control del

Muro de las Lamentaciones, el lugar de culto religioso más importante del judaísmo.

El Muro de las Lamentaciones.

Para ingresar al área de varones debo cubrirme la coronilla con una kipá negra, elegida al azar en una caja a la entrada, lo que me da un venerable aire de rabino de Indias, sobre todo porque, de casualidad, llevo una camisa blanca de mangas anchas similar a las que usan los bongoseros del Tropicana o el filósofo francés Bernard-Henri Lévy. Con ese atuendo, en actitud de respeto, me acerco al muro.

Es curioso ver a jóvenes, adultos y viejos vestidos de levita negra y camisa blanca, sombrero y coletas, barba larga y patillas, zapatos negros y extrañas franelas de las cuales penden hilos blancos. Estos hilos tienen que ver con una instrucción de la *Torah*, según la cual los hijos de Israel deben llevar colgantes "en los cuatro costados del cuerpo" para recordar su sumisión a Dios. Algunos se amarran correas de cuero en los brazos y atan en sus cabezas un cuadrado con el relieve de un candelabro. Luego se acercan al muro e inician su letanía, y mientras la van diciendo hacen un movimiento pendular con el cuerpo, adelante y atrás, como la llama de una vela a punto de apagarse. Y permanecen por un tiempo, oscilando con suavidad o haciéndolo con gestos exagerados y secos, queriendo denotar gran devoción.

Los movimientos físicos unidos al rezo siempre impresionan. El súbito arrodillarse en las iglesias, el hincarse al suelo de los musulmanes… Y ahora este movimiento de péndulo. Supongo que moverse así por un buen rato, con los ojos cerrados y repitiendo al infinito las mismas frases, debe provocar estados alucinatorios. Salvando las distancias, esta prosodia corporal recuerda a los derviches giróvagos de Estambul, los seguidores de Mevlana, quienes mediante un baile circular entran en trance y logran profundos estados místicos.

Un hombre vestido de negro me pregunta la nacionalidad y me lleva del brazo a la sinagoga, construida sobre el flanco del muro y a la que sólo tienen acceso los hombres. Es la primera vez que entro a una sinagoga y, la verdad, me agrada, pues más que un templo parece una biblioteca: lugar de estudio y lectura, de discusión y aprendizaje. Veo pupitres con libros abiertos, anaqueles llenos de gruesos volúmenes de lomo negro y manuscritos abiertos por la mitad. Las paredes están desnudas, no hay imágenes para venerar. En los costados, hombres vestidos de levita se lamentan en silencio y algunos jóvenes leen. Mientras los observo, un hombre anciano, sin duda un rabino, me arrastra a una oficina y me muestra, orgulloso, una antigua *Torah*, guardada en un bello estuche de madera.

Supongo que todos recuerdan que la *Torah* es el conjunto de los cinco primeros libros del Antiguo Testamento, a saber: *Génesis*, *Éxodo*, *Levítico*, *Números* y *Deuteronomio*, donde están contenidas las leyes que rigen la vida de los hijos de Israel. En cada sinagoga hay una y es común encontrar reproducciones pequeñas, de madera, pegadas en las puertas (no sólo en las sinagogas, también en las casas privadas), que los fieles tocan en señal de devoción y que funcionan como talismanes, igual que los crucifijos cristianos.

Al salir, tras dejar algunos shekels de ofrenda al templo por recomendación de mi guía, noto que los judíos ortodoxos se alejan del muro caminando hacia atrás, para no darle la espalda. Una última señal de respeto a su máximo símbolo religioso.

Es curioso este sector, pues a pesar de que el Estado de Israel tiene control militar sobre toda Jerusalén (que antes de la anexión gozaba de un estatuto internacional), el barrio judío está protegido por alambres y barricadas. Siendo una ciudad tan antigua, de callejuelas pequeñas y retorcidas, de techos contiguos, parece imposible el concepto de "separación" de una zona con respecto a la vecina, y, sin embargo, es esto lo que sucede. Hay francotiradores, guardias, alambradas en los techos, *checkpoints*, y la zona del muro es un verdadero búnker, con controles metálicos y cacheos a cualquiera que desee ingresar.

Cerca del muro, en un café llamado *Entre las Murallas*, sigo tomando notas y leyendo mientras bebemos una salutífera cerveza, que con estos niveles de calor es una verdadera bendición.

En su libro *Jerusalén*, Saul Bellow cuenta la historia que le fue narrada por un veterano israelí de la guerra de 1967 que combatió en Jerusalén. Tras derribar una de las puertas de entrada a la Ciudad Vieja y entrar a tiros, dice, hubo un momento de cierto misticismo. En medio de la balacera cruzada, un grupo de soldados echó a correr rifle en mano hacia donde ellos creían que estaba el muro, sorteando obstáculos y evitando disparos entre las serpenteantes callejuelas, hasta que, poseídos por un extraño fervor, dieron con el camino que conducía a su sagrado lugar. En ese instante bajaron los rifles y siguieron corriendo, ya sin importarles el peligro, pues cada uno quería ser el primero en llegar. Los francotiradores jordanos parecían haberse retirado pues ninguno de los soldados fue herido, y así llegaron, acezantes, y empezaron a romper con sus hachas las tabletas de cerámica con el nombre árabe de la plazoleta donde está el muro.

Saliendo del Barrio Hebreo se llega a la Explanada de las Mezquitas por un dédalo de callejuelas estrechas y tortuosas, deterioradas por el paso de los siglos, que a veces se inundan de olores y vida por el barullo del bazar, pero que luego, al desviarse de la arteria principal, se convierten en pasadizos sombríos, solitarios y húmedos que parecen perforados entre las casas, con diminutas ventanas enrejadas que no han sido abiertas en siglos. Luego, de repente, la calle se abre y pueden verse los techos planos, de cemento, poblados de pequeñas cúpulas al estilo mediterráneo, chimeneas y escalinatas misteriosas que van y vienen entre los tejados.

Al fin, tras un largo paseo por estas oscuras veredas empedradas (¿serán las "vías herodianas"?), llegamos a una de las entradas de la explanada, llamada por los árabes el Sagrado Recinto (Haram-ech-Cherif). Pero nos llevamos una gran desilusión pues no podemos entrar, el paso está cerrado por soldados israelíes y divisiones de la policía.

La razón es que en ese preciso lugar está la frontera administrativa con los territorios del West Bank o Cisjordania, sector al cual pertenecen tanto la mezquita de Al-Aqsa como la del Domo de la Roca. Luego nos dirán que la prohibición a los turistas de acceder al monte sagrado proviene de los propios palestinos de Jerusalén Oriental. La razón es que Israel, desde la ocupación de los territorios palestinos, puede impedir a los árabes de Cisjordania y Gaza venir a Jerusalén a rezar en las mezquitas, y de hecho es lo que hace desde el año 2000, cuando empezó la segunda Intifada. Por eso las autoridades palestinas decretaron el cierre para los turistas, con el acertado y muy comprensible argumento de que si los palestinos de otras zonas no pueden acudir a rezar, más vale que no entre ningún visitante.

Quienes sí pueden entrar son los palestinos de Jerusalén Oriental a través de los accesos del Monte de los Olivos.

Esto es lo que nos dice el guardia israelí (de origen etíope, suponemos, por el oscuro tono de su piel)[39] que nos impide el paso, con razones que no alcanzamos a comprender del todo.

Luego se nos dirá que sí es posible visitar la explanada dos horas al día, siempre y cuando no haya disturbios, pues al parecer cuando la abren van allí grupos de judíos religiosos a rezar, lo que provoca el desagrado de los palestinos y consecuentes peleas que pueden acabar en el hospital o directamente en la morgue. Los judíos radicales se sienten los dueños únicos de Jerusalén, dicen que pueden ir a rezar donde les dé la gana. Pero los palestinos opinan algo distinto.

Ya que no podemos visitar las mezquitas, no queda otro remedio (dulce remedio) que imaginarlas o verlas a través de los ojos de mi inseparable compañero de viaje, Ibn Battuta, quien sí tuvo la suerte de entrar. Esto fue lo que él vio:

> La mezquita santa de Jerusalén (Al-Aqsa) hace parte de las mezquitas más maravillosas y bellas y de un extremo es-

---

39 Se trata de los *falashas* o *Beta Israel*, los etíopes de origen judío que vienen de muy atrás en la Historia. Dice la leyenda que el rey Salomón y la reina de Saba (de Abisinia, hoy Etiopía) tuvieron un hijo, Menelik, que inició una estirpe que llegó hasta el Negus (emperador) Haile Selassie, llamado el León de Judá (de la tribu de Judá, al parecer la famosa tribu perdida de Israel). Este león es el símbolo del país y está en su bandera. Selassie tenía un anillo con el león coronado y se lo regaló al músico antillano Bob Marley, ídolo de los rastafaris y una especie de dios en Etiopía (hay una ciudad de rastas al sur de Addis Abeba donde la marihuana es sagrada). Pero la leyenda de Menelik va aún más lejos: dice que en la adolescencia regresó a Jerusalén, donde su padre, y que se trajo consigo nada menos que el Arca de la Alianza (con las tablas de piedra que contenían los Diez Mandamientos, la vara de Aarón que reverdeció y el Maná que cayó del cielo, todo lo cual representaba la "alianza" entre Dios y el pueblo judío), que fue celosamente guardada en Aksum, la antigua capital de Abisinia.

plendor. Se dice que no hay mezquita más grande que ésta sobre la superficie de la tierra. Su tamaño de este a oeste es de setecientos cincuenta codos reales, y de sur a norte, de cuatrocientos treinta y cinco. Posee numerosas puertas sobre los tres costados. En cuanto a la fachada sur, dispone de una sola puerta, por la cual entra el Emir. El santuario es una vasta explanada descubierta; sólo la mezquita Al-Aqsa tiene un techo hermosamente trabajado, de perfecta factura, recubierto de oro y de colores agradables. Además de la mezquita, hay sobre la explanada otros edificios.

El Domo de la Roca es uno de los monumentos más maravillosos, perfectos y curiosos en cuanto a su forma, con gran equilibrio entre sus encantos y esplendores. Se entra a él a través de lúcidas escalinatas de mármol. El edificio cuenta con cuatro puertas. Los perímetros exterior e interior están revestidos de mármol muy bien trabajados. Tanto en su interior como afuera se ven tantos ornamentos y una decoración tan hermosa que uno se ve impotente al intentar describirlos. La mayor parte de estos decorados están recubiertos de oro, como es el caso de la cúpula, que resplandece como el relámpago. Quien contempla los atributos de esta mezquita queda estupefacto y quien la ve es incapaz de describirla. En medio de la mezquita se encuentra la noble piedra que mencionan las Tradiciones. El Profeta subió a ella y ascendió al cielo. La roca es una piedra dura, de una braza de alta. Debajo hay una gruta del tamaño de una habitación pequeña a la que se llega por una escalera y en la que se ve el boceto de un *mihrab*. (…) En el Domo está colgado un enorme escudo de hierro que pretende ser el de Hamza al-Muttalib (419-20).

La cita es larga, pero dada la actitud cada vez más negativa de los soldados etíopes, realmente poco dispuestos a dejarnos entrar, no se me ocurre otra solución.

Lo único que logramos es asomarnos al pesado portón de madera, que corresponde al ingreso de Bab as-Silsila, y observar desde ahí el magnífico lugar, la llanura empedrada (o asfaltada) con los templos y las construcciones mamelucas del Imperio otomano.

Observando las alambradas en la parte superior del muro y las armas de asalto de los guardias etíopes, podemos decir que esto está muy lejos de ser un lugar de paz. Aquí, precisamente en este lugar (el monte Moria), Dios detuvo la mano de Abraham cuando iba a sacrificar al hijo como prueba de su fe, y en lugar de clavar el puñal en el pecho de Isaac lo hizo en la tierna carne de un becerro (creando, por cierto, la tradición de sacrificar un becerro para lavar los pecados: "Este es el becerro de dios que quita los pecados del mundo").[40]

Luego el rey David erigió el altar de los holocaustos (lo cuentan las *Crónicas*), pues en este cerro tuvo la espantosa visión del ángel exterminador apuntando su espada hacia Jerusalén. Salomón erigió aquí el primer templo y Herodes el segundo, al cual acudió Jesús. De él expulsó a los mercaderes. Y luego, tras la destrucción a manos del emperador romano Tito (año 73 d. C.), el emperador Adriano levantó un templo a Júpiter. Según las crónicas, los primeros cristianos cubrieron el lugar con escombros, por desprecio a los judíos, hasta que el califa Omar la hizo limpiar, tan pronto como tomó Palestina.

La colina de sacrificios es la imagen más adecuada para el lugar, pues si se pudiera mirar debajo se encontrarían vestigios y basamentos de muy diferentes épocas: restos de las murallas

---

40 Como ya se dijo, estudiosos árabes afirman que este episodio fue con Ismael, su primogénito, lo que les daría aún más derechos sobre esta magnífica explanada.

de Salomón, de ciudadelas de Herodes y del Pretorio, donde ofició Poncio Pilatos. Muchos dejaron su huella en esta explanada: babilonios, sarracenos, cruzados, turcos, ingleses y, por supuesto, judíos y palestinos.

Desde casi todo Jerusalén puede verse la cúpula dorada del Domo de la Roca, que es más un monumento que una mezquita, construida por el califa Abdel al-Malik entre los años 687 y 691. Cuenta la historia que fue erigida para contrarrestar el efecto en los fieles de la basílica del Santo Sepulcro y afirmar la supremacía del Islam, pues Jerusalén, para los mahometanos, es el centro del mundo. En la roca sobre la cual está construido el templo, Mahoma inició su "viaje nocturno" y ascendió al cielo. La cronología y la historia enseñan que el Domo es un legado artístico de los omeyas, emparentado con las mezquitas de Córdoba y Damasco. Los mosaicos que recubren sus paredes fueron agregados por Solimán el Magnífico, y la cúpula original de oro, que posteriormente se fundió para pagar las deudas del califato, fue reemplazada a mediados del siglo XX por la actual, de aluminio dorado, obsequio de las monarquías ricas del Golfo. Todo esto ha ocurrido en esta colina de pocos centenares de metros, un espacio más bien pequeño si se lo compara con lo que ha producido y provocado. Las páginas escritas bastarían para sepultarla o crear un cerro más alto.

Vista con ojos históricos, esta explanada ha sido más un lugar de dolor y enfrentamiento que de concordia. Y hoy lo sigue siendo.

"El que la sigue la consigue", se suele decir, y al fin al quinto intento logramos atravesar el enorme portal de piedra de la Puerta de los Mercaderes de Algodón, pasando el zoco Al-Qattanin, y acceder a La Explanada.

Bastan pocos pasos en ese abierto recinto para quedar maravillado y pensar que habría valido la pena intentarlo otras cien, incluso mil veces, de haber sido necesario, pues tener delante el Domo de la Roca es algo grandioso, una de las construcciones humanas más hermosas que conozco, al lado de obras colosales como la Gran Muralla, la Hagia Sophia de Estambul, las ruinas de Machu Picchu o (como se verá más adelante) la ciudad tallada en la roca de Petra.

Pero vamos por partes.

La explanada está sembrada de pinos, cipreses, olivos y palmeras. Todo el flanco que da a la Ciudad Vieja es un corredor abovedado y con arquerías. Desde allí los callejones que se internan en la ciudad parecen socavones de una mina muy profunda. Contrasta el sol que calcina la explanada con el ambiente lúgubre y subterráneo de los accesos.

Por cierto que la Puerta de los Mercaderes de Algodón es magistral, una cúpula morisca tajada por el centro. Piedras de color ocre, blancas y negras, y un ir y venir de transeúntes de toda índole. Soldados, turistas, árabes con sus sandalias y chilabas, peregrinos. En el horizonte se ven los alminares de mezquitas lejanas, pero hacia la parte central, en una terraza a la que se llega subiendo unos escalones, aparece el Domo, anunciado por varias cúpulas pequeñas que cubren los pozos de agua donde los fieles han de hacer sus abluciones, el baño ritual de pies y manos.

Dos mujeres se sientan en una zona de sombra del empedrado. Con discreción y humildad abren una bolsa y sacan dos marmitas de comida. Luego comen por debajo del velo, con vergüenza, a través de un complicado sistema. Un segundo después pasa un árabe de turbante blanco y completo caqui y escupe en una papelera.

Mientras tomo notas en una pequeña libreta un joven guía me observa. Se ha cambiado de lugar varias veces e intenta adivinar qué es lo que escribo. No se atreve a hablarme y tal vez se esté diciendo: "Parece muy concentrado para abordarlo". Ya veremos si se atreve. Luego pienso que puede ser un guardia. Son muchos los lugares del mundo donde puede ser sospechoso que alguien tome apuntes en una libreta, y empiezo a inquietarme. Ya lo he vivido en pueblos de Colombia dominados por la guerrilla. Bajo el estilógrafo y cierro la libreta justo cuando un grupo de italianos irrumpe en la explanada con su habitual algarabía, todos con videocámaras y celulares, gritando consignas futbolísticas. Estos italianos son los descendientes del emperador Tito, el que arrasó el Templo de Jerusalén (literalmente, *arrasar* quiere decir no dejar nada sobre el ras del suelo) y expulsó a los judíos de la ciudad por muchos siglos. Como es apenas lógico, estos italianos de hoy no sienten ni deben sentir la más mínima culpa por los crímenes perpetrados por su extinto imperio, pero lo curioso y contradictorio es que en los ámbitos conservadores católicos (y por supuesto antisemitas) los judíos de hoy, en cambio, sí siguen siendo vistos como los culpables de la muerte de Jesús. Esto demuestra que la Historia no es igual para todos. Hay quienes salen indemnes y quienes aún la padecen. Sospecho que en esta región, tanto árabes como judíos pertenecen al segundo grupo.

En medio de la terraza, la soberbia construcción hexagonal del Domo de la Roca parece caída del cielo, como dicen que cayó el Corán en las arenas del desierto. Sus azulejos, su perfecta armonía. El placer que proporciona es algo nunca antes experimentado, así que me recojo un rato, en silencio, en una de las esquinas de la terraza.

La cúpula brilla como una joya.

La Ciudad Vieja, sirviendo de telón de fondo, es el paisaje ideal para resaltar su belleza. Al frente está el Monte de los Olivos y más allá el Monte Scopus. Un palestino se acerca con una botella plástica y la llena de agua en una de las fuentes. Bebe y se moja la nuca, pues hace mucho calor. Un rato después intentamos entrar al Domo, pero tengo menos suerte que Ibn Battuta. Ante la evidencia de que no soy un fiel, un guardia me impide el paso.

La mezquita de Al-Aqsa, al fondo de la explanada, ya no impresiona tanto y la verdad es que se pierde un poco. Su valor religioso es muy superior al estético o arquitectónico. La Historia y su privilegiada ubicación ennoblecen sus pórticos, aleros y ojivas. La religión le da un sentido que va más allá del mero placer de la contemplación.

El templo de Jerusalén, reconstruido por Herodes.

Dicen los cronistas que era tal el esplendor de su altar que brillaba incluso en las noches. Y todo en él era majestuoso. Los pórticos de entrada estaban sostenidos por dos series de columnas marmóreas de doce metros de alto, y el techo tenía un fino revestimiento en madera de cedro. La puerta de ingreso estaba bañada en oro y de lo alto, sostenidos por poleas argentadas, caían racimos de oro del tamaño de un hombre, tanto que su brillo cegaba la vista. El altar de los holocaustos, donde se sacrificaban animales a Dios, era un inmenso patio a cielo abierto en el que siempre ardía una llama, con espacio para los músicos con sus liras, cítaras y trompetas, las cuales resonaban durante el degüello de los becerros. En el interior, en una zona a la que sólo podían entrar los sacerdotes, estaba el gran candelero de siete velas perpetuamente encendidas, lo mismo que la mesa con los doce panes y el altar de los trece inciensos. Y al fondo, la habitación en penumbra y sin ornamentos del Santo de todos los Santos, inaccesible, en la que residía el Espíritu de Dios, algo tan grande que no toleraba representación ni forma.

Sólo el vacío.

Una vez al año un sacerdote entraba al sacro recinto para depositar ofrendas, pronunciando en voz baja el nombre secreto de Dios.

Eran malos tiempos y los judíos empezaron a rebelarse contra el Imperio romano, que multiplicaba los gestos de prepotencia. En el año 39 d. C., Calígula ordenó erigir una estatua con su propia efigie en el altar central del templo de Jerusalén, para que fuera venerada. El emperador hizo la disparatada petición a través de Petronio, el gobernador en Siria, pero este respondió que si deseaba hacer tal cosa tendría que ejecutar primero a todo el pueblo judío. Molesto, Calígula ordenó a Petronio que se suicidara, pero la carta llegó al mismo tiempo que la noticia de la muerte del emperador. Los judíos vieron en esto la mano del Señor. Las relaciones entre Judea y Roma continuaron en franco deterioro.

En el año 66 d. C. un grupo de judíos que promulgaba la construcción del paraíso en la tierra, siguiendo con gran celo las Escrituras y "apresurando" la llegando del Mesías, tomó la fortaleza de Masada, sobre el Mar Muerto, exterminando a una guarnición romana. Por su *celo* religioso fueron llamados "celotes", y su rebelión tuvo graves consecuencias. El pueblo judío se dividió y hubo enfrentamientos internos, odios y asesinatos. Se inició la llamada "guerra judía" y los romanos enviaron sus legiones para "apaciguarlos".

Los ataques al Imperio continuaron aquí y allá. Una noche, un destacamento celote atacó al general Cestio Galo, degollando a diez mil legionarios. Seguros por tener a Dios de su lado acuñaron nuevas monedas con el cáliz y la leyenda "Por la libertad de Sión", reemplazando las que tenían la efigie del emperador.

Otras comunidades judías ultra religiosas, como los esenios de Qumrán, regresaron a Jerusalén, pues la guerra contra Roma parecía el anunciado combate entre la Luz y las Tinieblas.

La profecía del *Levítico* estaba por cumplirse, cuando dios dijo a su pueblo:

> Me voltearé contra vosotros y seréis vencidos por vuestros enemigos. Quienes os odian os gobernarán. Destruiré vuestra orgullosa prepotencia y haré que vuestro cielo sea duro como el hierro y la tierra dura como el bronce. Enviaré la peste entre vosotros y os dejaré en manos de vuestros enemigos. Os quitaré el pan. Comeréis la carne de vuestros hijos y de vuestras hijas. Acumularé cadáver sobre cadáver. Vuestras ciudades serán ruinas, lo mismo que vuestros santuarios. Os distribuiré entre todas las naciones y desenvainaré la espada contra vosotros. Vuestro país será una tierra baldía y vuestras ciudades montones de ruinas y escombros.

Las tropas de Roma, comandadas por Tito, cercaron Jerusalén. Los judíos se defendieron con brío, pero en el interior de la ciudad continuaron las luchas intestinas, la guerra civil entre cuatro grupos: los idumeos, los galileos de Juan de Giscala, el grupo de Simón bar Ghiora y los celotes. Algunos de estos jefes se promulgaban como el nuevo Mesías. Juan de Giscala y Simón bar Ghiora decían encarnar el fin de los tiempos, y en su combate quemaron las reservas de grano de la ciudad, con las cuales Jerusalén habría podido resistir el asedio romano varios años. Por fin, Simón bar Ghiora ganó la jefatura de la ciudad, pero ya no había comida y pronto llegó el último asalto romano. La resistencia, hambrienta y cansada, cedió, y los legionarios lograron saltar los muros.

Un soldado lanzó una antorcha encendida por una de las ventanas del templo y el fuego empezó a consumirlo, momento en el cual los judíos dejaron de combatir. Muchos se lanzaron a las llamas y nadie pensó en defender el resto de la ciudad, facilitando el trabajo a los legionarios, quienes, espada en mano, se dedicaron a la masacre. Dios abandonó a su pueblo. Los judíos que lograron sobrevivir acabaron de esclavos en las minas de Egipto. Otros fueron enviados de regalo a provincias lejanas del imperio para servir de espectáculo en teatros y coliseos, muriendo en las fauces de fieras o bajo la espada de gladiadores. Todo pareció acabar para ellos.

Sobre las ruinas de Jerusalén se construyó una ciudad romana, Aelia Capitolina, y en la explanada del templo el emperador Adriano erigió un santuario a Júpiter. Sólo dos siglos después, Constantino permitió a los judíos visitar Jerusalén una vez al año, en el aniversario de su destrucción.

Otra zona de la ciudad donde hay tensión, aunque de otra índole, es la basílica del Santo Sepulcro, sobre el cerro del Gólgota ("calavera" en griego, llamado así por su forma), centro del Barrio Cristiano. El aspecto exterior es, por supuesto, menos imponente que el de otras iglesias, como la de San Pedro en Roma, pero esta, con sus grietas en la fachada y esa atmósfera sombría que le ha ido dando el tiempo, tiene algo de inquietante y noble. Al entrar al vestíbulo el visitante enceguece, pues no hay transición entre la luz intensa del verano, que refulge en Jerusalén como en un espejo, y la penumbra de algo que en principio parece una cueva, con olor a incienso, tierra y humedad. Centenares de lámparas de aceite cuelgan desde las bóvedas y arden en medio de las sombras, creando una atmósfera lúgubre, propicia al recogimiento.

Varias comunidades cristianas se disputan este suelo sagrado, y así los armenios, sirios, griegos y romanos e incluso los etíopes, se vigilan mutuamente. Cada uno controla una parte de la basílica. Los ortodoxos griegos, por ejemplo, administran lo que, para Efrén, un simpático sacerdote argentino nacido en Córdoba, es lo más importante: la roca del Calvario, el lugar donde Cristo o Jesús fue crucificado ("Cristo" es la palabra griega de Mesías). A esta se llega por unos escalones de piedra que ascienden directamente al peristilo de una de las capillas construidas en la antigua colina. Allí los peregrinos se postran y besan el suelo ante la imagen de la crucifixión de Cristo, puesta en una bóveda en la que brillan iconos de plata, oro y piedras preciosas. Detrás del altar central, sobre un retablo, puede verse el orificio en la roca donde fue plantada la cruz.

Hay que decir que cuando le tocó el turno a Jesucristo, la costumbre de la crucifixión había sufrido un ligero cambio. Antes, tras flagelar al reo, se le hacía llevar en hombros sólo el madero horizontal, pues el poste ya estaba clavado en el lugar de la crucifixión. Pero alguien ideó un innovador sistema que consistía en abrir un pozo bastante profundo y estrecho, revestido con madera dura, donde podía ser encajado el palo vertical. De este modo se obligaba al reo a acarrear la cruz completa, la cual, al llegar al lugar del sacrificio, se deslizaba dentro de la cavidad, sosteniéndose con bastante firmeza. Este fue el modo en que le tocó a Cristo, y lo que se ve aquí, tras un enrejado de plata, es precisamente ese orificio.

Efrén, con su extraño atavío bizantino, nos explica que a pesar de que la Biblia dice que Cristo fue "crucificado fuera de la ciudad", aquello aconteció en este preciso lugar, pues Jerusalén ha ido creciendo y los muros se han ensanchado en tres sucesivas ampliaciones. Luego, con voz trémula, ofrece darnos la bendición. Soy agnóstico, pero acepto para no herir sus sentimientos. Analía también lo acepta, así que Efrén, solemne como un archimandrita, unge nuestras frentes con óleo sagrado y nos invita a visitarlo cualquier día hacia las dos de la tarde, su hora de salida (cuando deja el puesto de guardia), para mostrarnos la ciudad y explicarnos lo que sabe de ella. Es estudiante de hebreo y arameo.

Desde el balcón de la zona del Calvario pueden verse infinidad de tabernáculos y santuarios de diferentes devociones cristianas, comunicados entre sí por pórticos o estrechos corredores que recuerdan los huecos de una caverna. Fijando la vista, en medio de la oscuridad, se ven las sombras de los fieles arrodillados en los oratorios, salmodiando en idiomas incomprensibles para nosotros. Los griegos y coptos con sus plegarias silenciosas, los armenios con oraciones cantadas, los católicos romanos con rezos fúnebres. Todos recogidos en torno al lamento por la muerte de Cristo y pensando, sin duda, en la propia muerte, el misterio por excelencia, por el cual los seres humanos llevan siglos de sistemas filosóficos, doctrinas religiosas, poesías y novelas.

Efrén nos muestra de lejos una rotonda que es la bóveda más espaciosa y alta de la basílica, donde está contenido el panteón del Santo Sepulcro. Este, la pieza central de la iglesia, está ubicado en el sector armenio. Es un pabellón en piedra y mármol, y a su alrededor no hay absolutamente nada más. Nada excepto sombras y espacios vacíos habitados por fieles que se acercan en lágrimas, orando, observando con humildad la tumba del Altísimo. ¿Qué otra cosa podría haber al lado de tan magno símbolo? La sepultura de Cristo, como podría haber dicho Borges, anula cualquier otro objeto del universo.

Para entrar al templete es necesario bajar la cabeza y, en el caso de los altos (en el mío), caminar casi en cuclillas, evitando chocar con los relieves que festonean la entrada. En el interior hay dos cámaras contiguas. La primera es un pequeño oratorio repleto de lámparas de plata y cruces engastadas con pedrería. La segunda, que comunica con el oratorio a través de una puerta muy baja excavada en el mármol, es aún más pequeña y sofocante. Ahí está la losa del sepulcro, entre cruces argentadas y lámparas, con la superficie abrillantada por el roce de manos y labios de siglos de adoración.

Por cierto que esta sagrada sepultura es uno de los temas de controversia entre musulmanes y cristianos, pues el Corán afirma que Jesús (llamado Isa ibn Maryam) se elevó hacia los cielos antes de morir, con lo cual no pudo ser enterrado. Ibn Battuta lo menciona en su crónica: "Encontramos también otra iglesia venerada donde los cristianos acuden en peregrinación. Ellos creen que en la iglesia está la tumba de Jesús, hecho en el cual se equivocan".

No subimos a la azotea de la basílica, que alberga los santuarios de los etíopes, pero sí descendemos a los sótanos, donde hay otras capillas griegas y una caverna tallada en la roca algo húmeda y misteriosa. Recuerdo una frase leída no sé dónde: "Busca a dios en lo profundo".

Tras varios tramos de escaleras se llega a la tumba de Santa Elena, que al descender parece el socavón de una mina, pues la galería es oscura y estrecha, iluminada por lámparas e incensarios que arden a los lados. De nuevo se encuentran grupos de fieles entre las sombras orando de rodillas y con la cara bajo el brazo. A un costado aparece otra escalera que desciende aún más, y que, por un momento, me hace pensar en una novela de Julio Verne: *Viaje al centro de la Tierra*. ¿Cuántos peldaños hemos bajado?

Al fondo aparece otro templo excavado, con una cúpula sostenida sobre cuatro pilares bizantinos de la que penden decenas de lucernas y extraños quemadores (algunos parecen huevos de avestruz). En las paredes hay vagos restos de pinturas de santos aureolados, con un lejano resplandor que indica que alguna vez fueron dorados.

El estrambótico conjunto de todas estas capillas, cavernas, tabernáculos y oratorios de confesiones distintas forman la iglesia del Santo Sepulcro, una diversidad que también se refleja en los atavíos eclesiásticos que deambulan por ella: las casullas de oro y púrpura de los romanos, el atuendo bizantino de los metropolitanos y popes griegos, con sus sombreros cuadrados como chimeneas, las cogullas negras de los sirios o las túnicas y turbantes de los abisinios, y en medio, multitud de turistas con cámaras de video haciendo tomas y fotografías, accionando sus flashes contra la oscuridad, chorros de luz que rebotan contra la piedra como demoníacos fogonazos, y los peregrinos con sus camándulas y rosarios, con sus cruces e imágenes sacras.

A la par que el espacio, me impresiona la fe.

Una fe aún más intensa en la oscuridad, una energía que se expande en el aire, pues parece que uno la pudiera tocar. Dicen que esta fuerza altera ciertos ritmos cerebrales y uno enloquece: se llama el síndrome de Jerusalén.

Por cierto que la basílica tiene una curiosa forma circular, más parecida a una mezquita, y su decoración, además de las mil lámparas y lucernas, está hecha con mosaicos de la vida de Cristo y los apóstoles. En el vestíbulo, bajo la terraza del Calvario, un enorme fresco representa la muerte de Jesús, con José de Arimatea bajando el cadáver y recostándolo en el sudario (que está en Turín), antes de llevarlo al sepulcro.

De las muchas versiones profanas de la muerte de Jesús, mi preferida es la de José Saramago en *El Evangelio según Jesucristo*:

> Jesús muere, muere, y ya va dejando la vida, cuando de pronto el cielo se abre de par en par por encima de su cabeza, y Dios aparece, vestido como estuvo en la barca, y su voz resuena por toda la tierra diciendo, Tú eres mi Hijo muy amado, en ti pongo toda mi complacencia. Entonces comprendió Jesús que vino traído al engaño como se lleva al cordero al sacrificio, que su vida fue trazada desde el principio de los principios para morir así y, trayéndole la memoria el río de sangre y sufrimiento que de su lado nacerá e inundará toda la tierra, clamó al cielo abierto donde Dios sonreía, Hombres, perdonadle, porque él no sabe lo que hizo. Luego se fue muriendo en medio de un sueño, estaba en Nazaret y oía que su padre le decía, encogiéndose de hombros y sonriendo también, Ni yo puedo hacerte todas las preguntas, ni tú puedes darme todas las respuestas. Aún había en él un rastro de vida cuando sintió que una esponja empapada en agua y vinagre le rozaba los labios, y entonces, mirando hacia abajo, reparó en un hombre que se alejaba con un cubo y una caña al hombro. Ya no llegó a ver, colocado en el suelo, el cuenco negro sobre el que su sangre goteaba (Alfaguara, 1998, 513-524).

Ya dije que soy escéptico en materia de creencias, pero si de algo no tengo dudas es del paso por el mundo de un hombre llamado Jesús de Nazaret, también llamado Cristo o Isa Ben Maryam. No encuentro motivos válidos para creer que nunca existió. Es irrelevante el argumento de quienes dicen, probablemente con razón, que no hay la más mínima prueba científica de su paso por el mundo —quizás le pase lo mismo a Homero y a Shakespeare y a muchos de nosotros dentro de dos mil años—, pero el ser recordado, durante siglos y siglos, es ya una prueba consistente. Otra cosa es creer o suponer que fuera el hijo de Dios, lo que para mí, sencillamente, es inverosímil.

Cerca del Santo Sepulcro, saliendo de la Ciudad Vieja por una de sus puertas occidentales, está el monte Sión, desde el cual se goza de una imponente vista sobre el sector judío de Jerusalén.

En esa colina hay tres cosas importantes: la primera es la Capilla de la Dormición, que conmemora el lugar donde murió María, un pequeño oratorio circular con una cúpula. La siguiente está a pocos metros y es nada menos que la tumba del rey David, en cuyo edificio funciona un internado para jóvenes y donde se estudia, sobre todo, la Biblia, razón por la cual la autoridad religiosa ordena y dispone de todo el lugar, para gran frustración de los católicos (esto nos lo contó Efrén), que sólo pueden celebrar misa en la capilla de la Virgen una vez al año.

Sobre la tumba del rey David, ascendiendo por una escalera de piedra maciza, está el tercer lugar de importancia. Es el Cenáculo, el refectorio donde Jesús ofreció la última cena a sus apóstoles poco antes de la captura y condena.

El episodio está recreado literariamente en una novela de Anthony Burgess, *Jesucristo o el juego del amor*. Vale la pena recordarlo:

—Difícil de creer —repitió Jesús—. Morir es doloroso, pero la muerte misma no es nada. Recuérdalo: el morir existe, pero la muerte no existe. Recordad todos lo que dije e hice antes de morir. El pan y el vino, esos dones de Dios, y la palabra tan palpable como el pan y el vino. La palabra ahora es vuestra, y el poder y el triunfo serán vuestros, y también el sufrimiento. El camino, como ya lo habéis visto, no será fácil.

En ese instante la naturaleza se manifestó volublemente mediante el clamor de una criatura salvaje que habían atrapado muy cerca de allí y que gritaba.

—Empezaréis en Jerusalén. Pero la buena palabra no está reservada a Jerusalén. Os despediréis como la semilla llevada por los vientos de otoño… hacia otras ciudades, otras tierras. Hacia las islas de los griegos y hacia Etiopía, hacia las islas del mar que los romanos llaman *mare nostrum*, hacia la propia Roma, porque la palabra es para todos los hombres.

—¿Cuándo comenzaremos?

—Mañana —respondió vivamente Jesús—. O esta noche, si lo deseáis. Me queda poco que deciros. Amad a los hombres, pero desconfiad de ellos, porque os entregarán y os torturarán, y por mi causa seréis llevados ante reyes y gobernantes para que os juzguen y os castiguen por predicar el amor (…).

Hubo un silencio. Después se oyeron los pasos del servidor que subía la escalera. Permaneció en la entrada, la astilla de madera oscilando entre sus dientes.

—¿Todo está bien? ¿Un poco más de vino? ¿A quién daré la cuenta?

—A mí —dijo Jesús (Edhasa, 1978, 354).

Notas rápidas de mi cuaderno sobre el otro Jerusalén, fuera de la Ciudad Vieja.

Del lado occidental, sobre una colina, está el barrio de Rehavia, de casas agradables y elegantes. Cubos de piedra rodeados de jardines, palmeras, árboles, flores. Algunas con vista a Jerusalén Occidental y a los jardines Sacher: los que rodean la zona gubernamental, el parlamento (Knesset) y los museos estatales.

Muy cerca, siguiendo por la calle Usishkin, se llega al barrio Nahalat Achim. Las casas, siempre de piedra color arena, son más pequeñas y tienen techos de teja. Es menos elegante y las casas no tienen antejardines ni hay árboles. Hay una cierta monotonía en ese color grisáceo de las fachadas, cuyo origen es una imposición británica, de la época del Protectorado. Las casas son pequeñas, llenas de chécheres, electrodomésticos viejos, escaleras. Es común que sobre esos muebles desvencijados haya un gato durmiendo.

Al seguir por la calle Usishkin se llega a otro barrio simpático, Zikhron Yosef, que parece un pesebre. Casas de tamaño aún menor y callejones estrechos. Muy pintoresco. Del otro lado está la calle Agrippas, que anuncia la entrada a un mundo bastante más popular. Huele a especias, pues en torno a las callejuelas que rodean Mahane Yehuda está el mercado callejero más grande de la ciudad. Legumbres, frutas, especias, dulces, juguetes y mesones de comida muy pintorescos. La mayoría de los clientes son ortodoxos y la comida expuesta está a la mano de todos. La gente palpa el pescado antes de elegirlo, y luego, en el banco de al lado, está el pan. No es infrecuente que el pan huela a pescado, a carne cruda de pollo o res.

El hotel Palatin es, como casi toda la arquitectura jerosolimitana, un cubo de piedra. Tiene cuatro pisos y macetas con flores en las ventanas. Mi cálculo es que es de tres estrellas. La entrada es por una plazoleta, pero las ventanas miran a la calle Agrippas, muy cerca de Ben Yehuda, haciendo de continuación de la calle Mordechay Ben Hill. Es peatonal. En la calle Agrippas hay cafeterías, una venta de prensa internacional que tiene, sobre todo, periódicos en ruso y en inglés, más el *Jerusalem Post* en francés, que es semanal, y un periodiquillo en español llamado *Aurora* (15 NIS). Ventas de jugo fresco, algo que, según veo, es típico medio oriental.

En una esquina se escucha un canto. De no creer. Un grupo de orientales, tal vez chinos de Taiwán o Malasia, o incluso Singapur (por el modo en que están vestidos) cantan en círculo un aleluya, sentados en el suelo. Son jóvenes y están vestidos con pantalonetas, sandalias y camisetas de moda. Un turista alemán les toma fotos con la cámara de un celular. Otro los filma. Los jóvenes chinos cierran los ojos y sonríen mientras cantan, con un gesto placentero, como si estuvieran bajo el efecto de una poderosa droga (de hecho lo están, según Marx). Los israelíes los observan divertidos, inquietos. Deben estar acostumbrados a estas escenas de pasión religiosa en sus calles. Dicen que es el llamado *Síndrome de Jerusalén*, una locura pasajera por el exceso de oraciones y salmos en el aire.

De regreso hacia el hotel King David encuentro una librería de viejo, la *Galería del Libro*. Está a unos metros, subiendo desde la esquina de las calles King George y Shatz. Una escalera estrecha baja a un sótano enorme, repleto de libros de segunda. El aire está sumamente empolvado, como los lomos de los libros. Sobre la derecha hay un nicho aún más estrecho con libros en francés y español. La sección francesa es más nutrida, lo que evidencia que hay más judíos franceses que venden sus libros. Compro una edición francesa de Gallimard de *Antimémoires* de Malraux por 50 NIS.

Un café en la terraza del suntuoso hotel King David, al atardecer. Los rayos del sol, horizontales, golpean los muros de la Ciudad Vieja y los hace brillar, dándoles un aire irreal. Parece una ciudad de oro a esta hora y con ese sol, lo que en Colombia se llama "el sol de los venados".

Recuerdo, en libre asociación, una tarde de hace varios años en París, acompañando al gran Álvaro Mutis. En un momento dado, cruzando el Pont des Arts, él se detuvo en medio y me señaló la vista de la Île Saint Louis. Luego dijo:"Esto es lo más hermoso que ha construido el ser humano". Me viene a la cabeza este recuerdo ahí, en el King David, mirando los muros de oro de la Ciudad Vieja, los muros convertidos en oro por el atardecer, y me digo:"Esto es lo más hermoso que ha construido el ser humano".[41]

Tuku'a es un suburbio de Belén, ciudad famosa por los nacimientos de Cristo y el rey David, actualmente en Cisjordania, lo que quiere decir que para llegar a ella se deben pasar varios puestos de guardia del ejército israelí y, sobre todo, una autopista protegida con planchas de cemento para evitar que francotiradores palestinos se diviertan disparándoles a los carros judíos. Musa, un fotógrafo palestino de la AFP, nos invita a cenar, aun si para nosotros una cena a las cuatro y media de la tarde es algo extraño.

Y para allá vamos, observando con gran curiosidad los suburbios de Jerusalén y la increíble sobrepoblación de la zona, lo que hace que nunca se tenga la sensación de salir de una ciudad para entrar en otra, sino más bien de estar yendo a un barrio de las afueras. Impresiona también la aridez y el resplandor grisáceo que emana de esos cerros pelados, pero sobre todo me sorprenden los asentamientos de los colonos judíos en el interior de la frontera de Cisjordania, barrios enormes con estupendas casas de dos pisos, jardines y patios, que nada tienen de provisional sino todo lo contrario: están hechos para perdurar, para quedarse.

---

41 Esta imagen es el punto de partida de mi novela *Necrópolis*, que transcurre durante un congreso en el hotel King David.

De lo oído aquí y allá, en noticieros y diarios internacionales, tenía la idea de que estos asentamientos se hacían con
casas prefabricadas y muy austeras, pues de un momento a
otro estas debían ser trasladadas o derribadas. Pero lo que se
ve acá es muy distinto. Están hechas para que sus dueños vivan
cómodos y las defiendan hasta la muerte.

En los puestos de bloque israelíes debemos mostrar los
pasaportes a un soldado, quien tras rápida inspección nos da el
paso. Las contraseñas de prensa internacional que distinguen
el carro de Pedro y María Leonor son una garantía, así que
avanzamos con relativa facilidad, pero de cualquier modo nos
lleva poco menos de una hora recorrer los treinta kilómetros
que separan a Tuku'a de Jerusalén.[42]

Ahora bien: contrario a lo pensado, este poblado palestino
y todos los demás no parecen villorrios humildes. No tienen
el nivel de Jerusalén, por supuesto, ni mucho menos el de
los asentamientos judíos, pero están lejos de parecerse a los
barrios de la periferia de Damasco o Alepo, y ni hablar de los
de Bogotá o Lima.

Aún es pronto para lanzar cualquier conclusión al respecto (esperaré a conocer otros poblados palestinos), así que
entramos a la casa de Musa, saludamos a su familia y pasamos
a la sala, un espacio enorme decorado con retratos de nuestro
anfitrión y de Yasser Arafat.

La comida, tal y como nos habían anunciado, es el tradicional *mansaf*, el plato típico de la gastronomía beduina, que
tiene una curiosa preparación. Se hace una sopa con una bola

---

42 Esto es una constante en la región: la no concordancia entre el abul-
tado tiempo de cada desplazamiento y la modesta distancia recorrida,
producto de alambradas y puestos de guardia.

de *yamid* —yogur seco de cabra— en agua hervida. El agua se convierte en un caldo y en él se cocina el arroz. Luego, aparte, se cocina la carne de cordero. Al servirlo, cada comensal tiene delante un plato de arroz y una taza con caldo de yogur. Sobre el arroz se pone la carne y todo el conjunto se va mojando con el caldo. Como una deferencia hacia nosotros, los familiares y amigos de Musa usarán cubiertos, pues el modo tradicional del *mansaf* es comerlo con la mano, haciendo bolas de arroz y mojándolas en el caldo.

A eso de las cinco de la tarde nos sentamos a la mesa. El grupo central está formado por Awad, un fotógrafo palestino de Ramallah, su esposa Nayira, una joven bastante bonita, descomplicada y simpática, y la esposa de Musa, cuyo nombre no alcanzo a escuchar. Los otros invitados son personalidades locales, pues Musa es un vecino adinerado. Uno de ellos es el alcalde de Tuku'a y el otro el director de la Central de Aguas de Belén.

El *mansaf* es realmente exquisito, pero resulta una bomba. Uno de esos platos inventados siglos atrás, cuando los hombres, después de comer, debían salir a hacer la guerra o a cruzar desiertos durante días fatigosos y largos. Hoy, nuestros estómagos frágiles (al menos el mío) no son capaces de contener de modo simultáneo tantas cosas. Y en esto la proverbial generosidad árabe se vuelve un problema, pues cada vez que se abre un claro en mi plato Musa vuelve a servir una portentosa cucharada de arroz, con lo cual debo buscar un término medio entre la diplomacia y la salud, y encender un cigarrillo cuando nadie me mira (si es que ese gesto puede ser considerado salutífero, claro).

María Leonor, Pedro, Analía y yo estamos realmente sobrepasados por la situación, pues durante un tiempo bastante largo nuestros anfitriones se olvidan de nosotros, hablando en árabe entre ellos, y cuando se acuerdan es sólo para servirnos otra enorme cucharada de *mansaf*, lo que hace difícil, realmente, superar la prueba. A la ayuda de nuestros sistemas digestivos viene una ensalada, pero los pimientos y las aceitunas y el tomate están tan avinagrados que la cosa no hace más que empeorar. ¡Ayuda! La cantidad de arroz con sabor a caldo de yogur se convierte en masa pétrea en el interior de mi estómago, que además parece crecer, inflarse a cada segundo hasta oprimir los pulmones. "Le riz, le riz, toujours recommencé!", me digo, buscando encontrarle algo divertido al asunto, pero no logro gran cosa. Imagino a Kurtz, en la escena final de *El corazón de las tinieblas*, que en lugar de gritar "¡El horror! ¡El horror!", grita: "¡El arroz! ¡El arroz!". Inútil tomar agua, limonada o coca cola, que no harán más que aumentar esta terrible sensación de llenura.

La solución del cigarrillo parece funcionar y Musa deja de servirme, así que me levanto de la mesa y voy al salón a conversar con los otros visitantes, sobre todo por estar lejos de la comida. El alcalde se muestra muy amable y receptivo a mis preguntas.

—¿Qué futuro cree usted que tendrá esta región? —le digo, para abrir una charla, y él me contesta con el deseo, como si respondiera a una entrevista:

—Me gustaría que hubiera paz y seguridad —dice—, es lo mínimo para vivir y criar a nuestros hijos.

El otro hombre, el director de la Central de Aguas, me cuenta que los israelíes controlan desde fuera de la ciudad los cinco pozos que alimentan Belén, así que pueden cerrarlos o disminuir el suministro a su antojo. De hecho, explica, el porcentaje de agua que imponen es de 65 litros diarios por persona en la ciudad, que es de mayoría árabe, mientras que a los colonos israelíes les dan 240 litros diarios.

¿Qué guerra gana Israel quitándoles el agua? Muy sencillo, me dicen: es una más de las estrategias para hacerles la vida imposible, para que se decidan a emigrar a Jordania u otros países árabes.

De acuerdo a lo que escucho en esta velada post *mansaf* (que estuvo a punto de ser mi Última Cena),[43] el proyecto de Israel es expulsar o instigar a abandonar sus tierras a los dos millones de árabes que viven en los Territorios Ocupados (llamados también "Autoridad Palestina", aunque los palestinos no tengan en ellos ninguna autoridad), a través de procedimientos implacables que tienen como fin hacerles la cotidianidad insoportable e humillante: el acoso y la provocación militar, el caprichoso control del agua y la luz en sus ciudades, el toque de queda, la división de sus tierras en zonas discontinuas (sobre todo en Cisjordania), lo que hace que cualquier desplazamiento sea una verdadera odisea, obligándolos a cruzar puestos de guardia y controles que pueden durar horas y que son prodigios de segregación y racismo.

> El encierro de ciudades enteras con muros de granito y torreones de control, lo que las convierte en cárceles (caso de Qalqylia), o rodeadas de alambre electrificado para que nadie pase a otras zonas de la propia Autoridad eludiendo los puestos de guardia, como sucede en Ramallah, o la

---

43 La reconstrucción de toda esta escena proviene de las notas de mi cuaderno y de citas de textos de Edward Said que, leídos posteriormente, me ayudaron a comprender mejor lo que ellos decían. Por eso aparecen *fusionados*. Más que reproducir la escena real, he querido reproducir mi comprensión de la escena.

expulsión de familias árabes de Jerusalen Oriental para instalar a judíos rusos en sus casas, o la construcción ilegal de asentamientos en territorios que las propias Naciones Unidas, en mapas y resoluciones, han otorgado a los palestinos, o la destrucción sistemática de su economía (reducida en un 37% en los últimos años, según datos de la ONU), o la prohibición absoluta de regresar a los refugiados que malviven en Jordania, Siria o el Líbano, mientras que pregonan el "derecho de retorno" a cualquier judío del mundo a estas tierras, como está escrito en la Biblia, sin tener en cuenta que el Antiguo Testamento no es un documento reconocido por legislación internacional alguna, y, sobre todo, sin tener en cuenta que los palestinos, que tambien llevan más de dos mil años viviendo aquí, no creen en él.

Esta insoportable situación se ve agravada por líderes palestinos incompetentes, desacreditados y totalmente corruptos [las revelaciones de periódicos amigos de la causa palestina, como *The Guardian*, sobre las mansiones, lujosas limusinas y negocios privados de Arafat o Abu Mazen harían palidecer de envidia a muchos de nuestros politicastros colombianos],[44] y empeorada hasta el límite de la estupidez con la irresponsabilidad criminal de grupos como Hamás, Hezbollah o Jihad Islámica, que con sus sangrientas "operaciones de martirio" perpetradas por suicidas no hacen más que darle justificaciones a Israel en su política de segregación y desahucio, alegando que todo lo hace por razones de seguridad (la Intifada, por sí sola, no es suficiente justificación)".[45]

Pero, ¿por qué Israel considera culpables a todos los palestinos de los crímenes que comete una minoría que ni ha sido elegida

---

44 El año de ese viaje Arafat aún estaba vivo y lo acompañaba el mito de tener las siete vidas del gato (sobrevivió incluso a un accidente aéreo).

45 Edward Said, *Crónicas palestinas*, Grijalbo-Mondadori, 2001.

por ellos ni los representa?[46] Es la gran denuncia que hacen ellos, Awad, Musa y sus amigos. Israel los considera culpables de cada una de las bombas suicidas, y por eso la lucha frontal sirve a sus propósitos. Por eso la critican.

Me explican que la seguridad secreta israelí en los territorios palestinos (a través de un sistema de delatores e informantes, pero también de intercepción de comunicaciones) es asombrosa, al punto de tener localizadas a las personas entrenadas para hacer el supremo martirio, según el Islam radical. Cuando uno de estos jóvenes sale de las casas en las que están recluidos y logra pasar a la zona hebrea, la seguridad israelí lo sabe de inmediato y comienza a buscarlo, lanzando alertas rojas. Dicen que por cada suicida que explota hay al menos diez que son interceptados. No sé si la cifra sea realista, pero el esquema sí lo parece. El joven entra a Israel por alguno de los *checkpoints* con documentos falsos o escondido en algún transporte. Por otro lado entra el explosivo y por otro el cinturón metálico en el que se pone la bomba, el cual se atiborra de esferas de hierro que serán expelidas con la detonación, causando el máximo de víctimas.

—No es nada fácil pasar esas tres cosas —dice Awad—, pues la seguridad israelí es férrea. Pero cuando se logra, nada podrá evitar que el suicida cumpla su misión.

Como se ha visto, uno de los objetivos principales son los buses, pues en ellos es muy difícil realizar controles. Una de las bombas más sangrientas del año explotó en Jerusalén, cuando un joven palestino disfrazado de ultraortodoxo judío

---

46 La Historia acabó respondiendo a esta pregunta en 2006, cuando Hamás se presentó a elecciones generales en la Autoridad Palestina y ganó por mayoría absoluta.

subió en el mercado de Jaffa Street y, una estación más adelante, apretó el detonador, volando con bolsas llenas de explosivos y tuercas (disimuladas con las compras del mercado). Hubo dieciséis muertos y un centenar de heridos.

—Ese mismo día —dice Pedro—, los beepers de seguridad no pararon de darnos la alerta de que un suicida andaba suelto y que habría un ataque. La policía lo buscó con todos sus medios, informantes y detecciones, pero no pudieron dar con él, hasta que se escuchó la explosión.

Tras esto sucede siempre lo mismo y es que el ejército israelí va con tanques y un bulldozer blindado a destruir la casa de la familia del suicida. Llegan, evacúan a la gente con altoparlantes y lanzan el bulldozer, hasta que sólo queda una montaña de escombros. En una ocasión la familia del suicida, sabiendo lo que le esperaba, vació completamente la casa con la ayuda de vecinos y amigos. Cuando llegaron los demoledores encontraron sólo un cascarón de cemento. Le habían arrancado las puertas y hasta los marcos de las ventanas.

El suicida es considerado un mártir, aun si no todos sus compatriotas están de acuerdo con ese modo particular de lucha. Tras su inmolación, las ciudades palestinas se llenan de afiches con su cara, por lo general un rostro pueril que a pesar de su juventud hace esfuerzos por parecer fiero, pero que transmite, sobre todo, un enorme pánico. En la imagen suele llevar insignias de Hamás o de Hezbollah y una metralleta en los brazos. Israel lo llama terrorista; la prensa internacional usa el término japonés "kamikaze", que en realidad quiere decir algo así como "espíritu del viento". La prensa árabe habla de "operación mártir". Hay, sin duda, una guerra semántica.

Cuando pregunto por qué estos atentados contra la población civil, Awad y Musa me explican que en la mente del suicida y en el discurso de las organizaciones radicales, la sociedad israelí, es decir los ciudadanos que caen con las bombas, no son inocentes, pues Israel es una democracia y los ciudadanos eligen el gobierno. En este caso, además, se trata del gobierno de Ariel Sharon, elegido para combatir a los palestinos y confinarlos en ciudades cárcel.

—Creo que Israel no está dispuesta a convivir con nosotros —dice el alcalde—. Hay dos millones de palestinos en los Territorios y un millón en Israel que son ciudadanos israelíes (estas cifras varían de interlocutor en interlocutor, como si no existiera un censo real). A eso se suman cuatro millones de palestinos refugiados y exiliados.

> Uno de los puntos claves de la lucha israelo-palestina: la guerra demográfica. Israel tiene seis millones de habitantes, de los cuales un millón son árabes. Por eso la construcción del Estado necesita aumentar la población judía, razón por la cual aumentó la inmigración de rusos en los últimos cinco años. Todo el mundo coincide en decir que el 10% de la población del país llegó en este lapso de tiempo. Los recién llegados se instalan sobre todo en ciudades nuevas, construidas por Israel en regiones tradicionalmente árabes, o en los asentamientos, siempre con la idea de oponer el argumento demográfico a la defensa de sus tierras. Estos nuevos colonos, muchos de los cuales ni siquiera son verdaderos judíos, tienen una relación muy violenta con los palestinos. Son los más belicosos y xenófobos.[47]

Pero lo más inquietante de la situación de los palestinos en sus propios territorios es el modo en que el ejército israelí

---

47 Eward Said, *op. cit.*

limita sus desplazamientos internos. Una cosa es controlar el paso de la Autoridad hacia Israel, pero otra muy distinta es la circulación de una ciudad a otra dentro de la propia Autoridad. Es este el punto más irracional y el que más resentimiento genera, pues hay familias que a pesar de estar a menos de diez kilómetros no se ven hace años. En el interior de Cisjordania, los ciudadanos de Belén no pueden ir a Jerusalén Oriental, a Ramallah o incluso a algunos suburbios de Belén, clausurados por los *checkpoints* del ejército.

—Un amigo debió dejar su carro de un lado y pasar a pie para regresar a su casa —dice Musa—. Hace más de un año que está sin carro, pues los israelíes no permiten el paso de vehículos palestinos.

De repente, sin previo aviso, los *checkpoints* se levantan por unas horas, pero la gente teme cruzarlos para ver a sus familiares, pues si los cierran podrían quedarse del otro lado, lejos de sus casas y sus trabajos. Una suerte de caprichoso muro de Berlín que se abre y se cierra.

Uri Elder es un israelí de 45 años, descendiente de una familia polaca de la desaparecida Galitzia —como los geniales escritores Henry Roth y Joseph Roth— y padres emigrados a Israel durante la Segunda Guerra Mundial, cuyo trabajo consiste en una de las actividades más placenteras que conozco: es "buscador" de libros antiguos, manuscritos, ediciones originales o raras. En su caso, la búsqueda va dirigida a textos sobre religión hebrea o el nacimiento del Estado de Israel, y sus clientes en Europa son millonarios de Bélgica, Francia o Inglaterra dispuestos a pagar jugosos cheques con tal de poseerlos.

Supimos de él por amigos comunes, Poli Archain y Diana Quesada, así que de inmediato lo llamamos y concertamos una cita. Uri vive en medio del desierto del Néguev, entre las ciudades de Beersheva, capital de la provincia, y Hebrón, a sólo cinco kilómetros del confín entre Israel y Cisjordania. Está casado con Rivka, también judía, y tienen cinco hijos, lo que en Israel es una cifra por debajo de la media normal (que es de seis).

Al día siguiente, tras visitar la ciudad de Beersheva —donde María Leonor tiene una cita de trabajo con alguien de la Municipalidad, en un proyecto de intercambio de saberes y servicios entre pueblos palestinos, israelíes y europeos, auspiciado por Naciones Unidas y la OMS— y almorzar en un simpático restaurante chino, nos dirigimos hacia el desierto a encontrarnos con Uri en un cruce de carreteras.

Al llegar al punto convenido, una parada de bus a la salida de la autopista, es realmente imposible no verlo, pues no hay un alma en el lugar, y su figura, entre el polvo y el viento, parece la de un solitario *cow-boy* esperando una diligencia. Uri es alto y fornido, tan barbado que los pelos de las mejillas le llegan a los ojos. Por las costuras de la camisa le asoman manojos de vellos, lo mismo que por el cuello y las mangas. Como todos los israelíes habla bastante bien el inglés (la educación aquí es excelente) aunque también conoce el italiano. Nos espera al lado de una camioneta Subaru tan empolvada y decrépita que parece de un cabrero.

—*Welcome, benvenuti* —nos dice—, ¿en qué idioma quieren hablar?

La fuerza de la costumbre impone el inglés,[48] así que hacemos las presentaciones y nos invita a seguirlo hasta su casa.

---

48 Que yo hablo bastante mal, a diferencia de Analía, notable bachiller del Anglo Colombiano de Bogotá.

Desde ese desvío, a partir de la carretera que va a Jerusalén, nos internamos en una zona pre-desértica, una sucesión de suaves colinas áridas que parecen moverse, como olas, en un inmenso océano de arena y piedras. Más adelante, tras embocar varios caminos cada vez más pequeños, llegamos a un pueblo beduino y vemos que, a diferencia de los sirios, los de acá viven en tiendas de latón, cubículos parecidos a los que usan de resguardo los obreros en las construcciones, y además cuentan con tendido eléctrico, lo que indica que están instalados de forma definitiva.

La última parte del camino, un sube y baja en medio de las dunas, nos deposita frente a una bellísima casa de planta octagonal, que vista de lejos recuerda las cúpulas de los observatorios astronómicos. Alrededor de la construcción, como la correa de un planeta, una terraza bastante ancha que resulta ser el salón de visitas y la sala de lectura le da toda la vuelta. Uri vive allí de un modo bastante ascético. Si fuera religioso su estilo de vida sería comparable al de los esenios, pues su filosofía consiste en utilizar lo menos posible la técnica para acercarse a una vida natural, auténtica, desprovista de artilugios y alejada de la esclavizante y adormiladora molicie moderna.[49]

Al lado de la cúpula, que también es un símbolo mantra, hay cuatro vagones de tren en madera que le sirven de habitaciones auxiliares y en los que hay dormitorios, estudios y baños. Él y su mujer, con la ayuda de algunos vecinos, han ido construyendo la casa, que aún está sin terminar, y desde la cual se disfruta de una hermosa vista de las dunas.

---

49 Una actitud, por cierto, muy común en Israel, y sobre todo en Jerusalén, donde se llega a veces a extremos. De ahí que algunos la llamán la "república de los *hippies*".

Como suele suceder con quienes viven así, Uri es un hombre pausado y silencioso. La entrada en materia es lenta, siempre precedida de largas miradas. Analía está feliz, pues esa forma de vida es uno de sus sueños. Tras dar una vuelta por la propiedad, nos sentamos en la terraza que bordea la construcción y Rivka trae un cuenco con frutas. Uri propone un té y va al jardín a recoger las hojas. La calma, las puertas abiertas y la sensación de amplitud en la que viven contrasta con la vida recluida, temerosa y asfixiante de la mayoría de sus compatriotas.

—La frontera con Cisjordania está muy cerca y es una línea imaginaria —nos dice Uri—. Cualquiera puede atravesarla. En Hebrón, un poco más al norte, sí hay alambradas y *checkpoints*. Pero por aquí no hay problemas.

Rivka nos explica que sus hijos van al colegio del poblado, un colegio israelí, en hebreo, y que muchos hijos de beduinos estudian en él. La convivencia entre campesinos, cabreros y residentes es bastante buena, sean árabes o judíos.

—Nosotros, aquí en la casa —dice Uri—, usamos el acueducto que llega hasta la aldea beduina, ¿la vieron al venir?

Respondemos que sí.

—El gobierno del Neguev ha querido que se instalen en el pueblo, pero ellos no lo aceptan. Quieren respetar su tradición. Por eso se llegó a un término medio un poco ilegal, y es que tengan esas tiendas de latón que parecen casas definitivas, pero que pueden desarmar cuando quieran para desplazarse. A veces, en invierno, cambian de lugar, pero con el tiempo se han ido acostumbrando a estar ahí.

Al decir esto, uno de los hijos mayores viene con un pantalón de baño puesto. Los hermanos lo imitan. Ese día es especial, pues van a bañarse a una piscina cerca del poblado. Es algo que sólo ocurre cada dos semanas, así que están muy ansiosos. Dentro de poco un vecino vendrá a recogerlos y por eso espían la carretera. Cada uno quiere ser el primero en ver el remolino de polvo que anuncia a los visitantes.

—El ideal, la utopía para esta región —dice Rivka—, sería una política de buenos vecinos. Pero también del lado palestino hay muchos enemigos de esta idea. Es evidente que no pueden aceptar el estado actual de las cosas, confinados en zonas.

—Es bastante feo lo que está sucediendo —dice Uri—. Tal vez el peor momento de la historia del país en los últimos treinta y cinco años, desde todos los puntos de vista: económico, moral, de seguridad. La respuesta del gobierno es que la seguridad sólo puede conseguirse a través de la fuerza, con la superioridad militar, y este discurso, por desgracia, cala cada vez más.

Por fin un niño alza un brazo y señala a lo lejos. Miramos y, en efecto, se ve una polvareda y en el centro un punto negro que zigzaguea entre las dunas. Todos sonríen y empiezan a preparar sus cosas. Caretas, toallas, un tubo de crema protectora.

—Y al volverse un enfrentamiento tan radical —dice Uri—, el debate queda en manos de rabinos y sheiks radicales islámicos.

—Uno de los desacuerdos principales —explica Rivka— es que para los palestinos el conflicto con Israel empezó en 1948, cuando debieron dejar sus territorios, y para el gobierno israelí en septiembre del 2000, con la segunda Intifada. La derecha se niega a considerar lo que se ha vivido en los años pasados. La guerra del 67 fue un arreglo de cuentas y los contadores quedaron en cero. Al sacar de contexto la situación de los palestinos, es fácil ponerlos como únicos culpables.

—Bueno —dice Uri—, pero esa misma idea está en algunos círculos palestinos sobre nosotros, y harían cualquier cosa para que Israel deje de existir. La actitud del gobierno aviva este enfrentamiento. La construcción de muros les muestra un Estado enemigo que quiere controlarlos a través de guetos, ¿cómo pueden creer que eso no va a crear más odio y violencia?

La charla con Uri, en su oasis del desierto del Néguev, nos llena de alegría; conforta escuchar en boca de israelíes palabras críticas con respecto a su gobierno. Voces que por desgracia parecen aisladas en Israel, y que nos abren los ojos al reino de los matices, recordando que no todos piensan lo mismo.

Que la unanimidad no es completa.

Al oírlos recuerdo a David Grossman, quien, en artículos y entrevistas, ha intentado abrir una fisura en esa ceguera de conciencia en que el Likud y el gobierno de Sharon han sumido a la población de Israel. Sus ideas son muy cercanas a las de nuestros amigos:

Israel no ha sido nunca tan militante, nacionalista y racista. El amplio consenso del que goza el gobierno convierte en ilegítima cualquier crítica u opinión que no refleje la de la mayoría. No existe una oposición digna de este nombre y el Partido Laborista, que formó el ethos nacional en los primeros años de existencia de Israel, está hoy completamente fagocitado por el gobierno de derecha. Los medios de comunicación, en gran parte, se alinearon con la derecha, el gobierno y las fuerzas armadas, convirtiéndose en los heraldos de una cínica campaña anti palestina. La retórica moralista, el desprecio por los "débiles" valores democráticos, el pedido de expulsar a los árabes israelíes —y naturalmente a los de los territorios ocupados— se han convertido en argumentos corrientes del debate público, y ninguno parece escandalizarse.

La fuerza de los partidos religiosos integristas ha crecido. Israel está poseído por una ola de patriotismo sentimental y primitivo que evoca sensaciones primordiales, históricas, casi metafísicas, unidas al "destino hebreo" en su forma más trágica. Los israelíes, ciudadanos de la potencia más fuerte de la región, vuelven a identificarse con la figura del perseguido, de la víctima, del débil. La amenaza palestina —por ridícula que pueda parecer por la desproporción de fuerzas, pero eficaz en sus resultados— colocó de nuevo a los israelíes (con incómoda rapidez) en la sensación de vivir bajo la amenaza del exterminio total. Una sensación que justifica, como se sabe, reacciones brutales (*Dos años de Intifada*. Publicado en el diario italiano *La Repubblica*, septiembre de 2002).

De nuevo, como suele suceder en las sociedades en crisis, las propuestas morales más humanas, realistas y lúcidas no están en los discursos políticos, sino en el interior de la reflexión estética de los creadores. Ojalá Israel tuviera más gente como David Grossman, Abraham Yehoshua o Amos Oz, como el músico Daniel Barenboim, quien ha tocado ante públicos palestinos y árabes. Del lado palestino el intelectual que más admiro (ya lo he citado profusamente) es Edward Said, y también el poeta Mahmud Darwish.[50] Le digo a Uri que tal vez la paz se logre el día en que el presidente de la Autoridad Palestina sea alguien como Said y Grossman el jefe del gobierno de Israel.

—¿Y Estados Unidos? —me pregunta, con ironía.

—Bueno, allá la cosa es más difícil —le digo—. Yo propondría un gobierno tripartito entre la escritora Tony Morrison, Woody Allen y el golfista Tiger Woods. George W. Bush podría ser reubicado como jefe de cocinas de la Casa Blanca.

---

50 Darwish murió unos años después en Houston, el 9 de agosto de 2008.

Pero este sueño se desvanece poco después de esta conversación, pues Edward Said murió poco después, el 25 de septiembre, en un hospital de Nueva York, a los 68 años. Ojalá que algún día su legado sea motivo de debate y reflexión en esta triste zona del mundo. Ya lo es, al menos, para algunos amigos y para quien esto escribe, lectores que buscamos en sus textos claves teóricas que nos permitieran comprender de otro modo el conflicto de Medio Oriente, e incluso nuestro propio conflicto nacional.

Al día siguiente, en Jerusalén, volvemos a encontrarnos con Uri en una librería de viejo cerca del hotel King David. Un bellísimo lugar lleno de sótanos repletos de libros, en estanterías y arrumados por el suelo, el paraíso del buscador de ediciones raras. En un sector hay libros en español y, como suele sucederme en días especiales, encuentro una pequeña joya: una edición de 1950 de la editorial Losada del *Canto a mí mismo*, de Walt Whitman, traducida y prologada por León Felipe.

Uri encuentra una cuarta edición de 1896 del panfleto *Juddenstat*, de Theodor Herzl, el padre del sionismo, y lo compra por cuarenta shekels, asegurándome que podrá venderlo en al menos quinientos dólares. Luego damos una vuelta por la calle Ben Yehuda y la avenida Jaffa y almorzamos cerca del mercado, donde explotó una de las bombas más mortíferas del 2003.

La ciudad de Jerusalén, en la moderna literatura israelí, está descrita en la obra de tres grandes autores: David Grossman, Abraham B. Yehoshua y Amos Oz. Mi pronóstico es que Amos Oz será el primero de los tres en obtener el premio Nobel, lo que supondrá además ser el primer escritor de Israel en obtenerlo en solitario, ya que el novelista Samuel Josef Agnon lo recibió en 1966, pero compartido con la poetisa alemana Nelly Sachs, algo que, por cierto, martirizó a Agnon hasta el final de sus días y lo llevó a hacer cábalas bastante imaginativas, como que la Academia Sueca pensaba volver a premiarlo, esta vez en solitario.

Amos Oz, cuyo nombre original es Amos Klausner (lo cambió en la adolescencia), fue de niño a la casa de Agnon acompañando a su padre, en el barrio de Talpiot, a las afueras de Jerusalén.[51] La historia es muy bella y está narrada en la autobiografía de Amos Oz, *Una historia de luz y de tinieblas*. Los sábados, después del almuerzo, iba a pie con sus padres desde su casa en el barrio de Karem Abraham (el jardín de Abraham) hasta Talpiot, atravesando de lado a lado la ciudad por una de sus principales arterias, la calle King George, para visitar a su tío Josef Klausner, consagrado intelectual, filólogo y crítico literario, que al igual que su padre hablaba y leía en más de una docena de idiomas y que había escrito un sinnúmero de libros de literatura y cultura judías.

Lo curioso de la historia es que por puro azar la casa del tío Josef y la del escritor S. J. Agnon, rivales en el mundo intelectual, quedaban en la misma calle, y peor aún, una al frente de la otra. Por eso algunas veces, saliendo de visitar al tío, los padres de Amos pasaban a saludar al novelista Agnon, a quien estimaban, ignorando las desavenencias con su pariente. La rivalidad entre los dos hombres de letras, según cuenta Oz, se zanjó del siguiente modo: Agnon obtuvo el Nobel compartido, pero con el tiempo la calle en que ambos vivieron fue bautizada con el nombre de su tío, calle Josef Klausner.

---

51 A cinco cuadras de la casa de María Leonor y Pedro, donde me hospedo (Arnona).

Es el nombre que tiene todavía hoy mientras camino por ella, agradablemente sombreada con pinos y cipreses, entre residencias que parecen cubos de piedra. Busco la casa de S. J. Agnon en la calle Josef Klausner y percibo la ironía, sólo comprensible a los lectores de Oz o a quien pueda recordar esos años tan antiguos, que deben ser pocos, y me pregunto cuántas de estas paradojas del pasado habrá en las esquinas y plazas del mundo, ironías y rencores, injusticias, lances de orgullo o dignidad recobrada.

Al llegar a la puerta veo el antejardín con pinos y una muralla de cipreses que bordea la propiedad, y un letrero que recibe al visitante con el siguiente lema:

En París, visite la casa de Balzac. En Londres, la de Dickens.
En Jerusalén, visite la casa de S. J. Agnon.

Es una construcción de dos plantas a la que se llega por un sendero que atraviesa el antejardín, y luego una puerta blanca, exactamente igual a la que describe Oz en su libro, como si el tiempo se hubiera detenido en la colina de Talpiot, tan cerca de la zona palestina que puede verse al detalle, casi tocarse con el dedo, el sinuoso perfil del muro de cemento y las torretas que Israel construyó para separar a los dos pueblos.

Al entrar veo un salón espacioso que mira al jardín y una escalera que sube dando una curva, como en las mansiones de otra época. En el segundo piso está la biblioteca, de madera oscura, que recubre las cuatro paredes de dos cuartos contiguos, y una especie de enorme púlpito lleno de papeles, pues al parecer Agnon, como Hemingway, escribía de pie y a mano. Observo los volúmenes en las estanterías y veo libros en hebreo, inglés, francés, ruso y alemán, pues sin duda Agnon, al igual que todos los judíos de su generación, era multilingüe.

Al respecto, hay una interesante teoría de Amos Oz y es que antes de la Segunda Guerra Mundial los verdaderos europeos eran los judíos, pues hablaban todos los idiomas de Europa y tenían una cultura realmente universal y cosmopolita. Esa característica era, sin duda, una de las razones de su poderosa fuerza intelectual en medio de sociedades monolingües y nacionalistas. Una riqueza producto de una historia no siempre feliz, pues es el resultado de expulsiones y rechazos.

De hecho, una de las más grandes empresas del judaísmo moderno fue *resucitar* el viejo idioma hebreo, lengua que hasta el siglo XIX había sido exclusivamente sacra, teológica o literaria.

Durante siglos las lenguas de la cultura judía fueron dos: el *yiddish*, que algunos llamaban el "alemán de los judíos" (*jüdisch* quiere decir "judío alemán"), propia de los de Europa central y oriental, o ashkenazim,[52] y el *ladino* o judeo-español, de los levantinos o sefardíes, que se parece a lo que debió ser el español del siglo XV. Por supuesto los unos no se entendían con los otros, y por eso un filólogo nacido en Vilnius, Eliezer Ben Yehuda, de viaje hacia Palestina (en 1880), comenzó a hablarle a su esposa y a su hijo recién nacido en hebreo (al principio lo creyeron loco). De ahí renació la lengua y hoy, con más de cien años de vida, es un idioma antiguo con palabras para referirse a todos los elementos de la vida moderna.[53] En agradecimiento, una de las calles más concurridas del centro de Jerusalén se llama Ben Yehuda.

---

52 El *yiddish* tuvo su premio Nobel con el polaco (residente en EE. UU.) Isaac Bashevis Singer, en 1978, de quien siempre recuerdo *El mago de Lublín*.

53 La palabra "electricidad", por ejemplo, se forma con una expresión que en la Biblia quiere decir "fuego del cielo".

Pero volvamos al cerro de Talpiot.

En el antiguo salón de la casa Agnon hay otro aparador con los libros del autor en varios idiomas y veo que en español hay sólo uno, *Huésped para una noche*, publicado por Bruguera. La joven encargada me propone ver un documental sobre la vida del escritor, así que me arrellano en una de las poltronas, frente al televisor, mientras ella enciende un viejo sistema VHS que parece de la época de la postguerra. Es un documental de la cadena franco alemana Arte, en francés, que mezcla imágenes de época y fotografías, con las cuales se va narrando su vida. El nacimiento en Buczacz, un pequeño pueblo de la Galitzia austriaca (hoy Ucrania), en 1888, su educación religiosa en una familia de rabinos que mezclaba el hebreo con el *yiddish*, y luego, en 1908, la *Aliyah* que lo trajo a Palestina, una región dominada por el Imperio otomano.

La pantalla se llena de imágenes en blanco y negro de inmigrantes judíos bajando en el puerto de Jaffa, al lado de los arenales que más tarde serían la ciudad de Tel Aviv, hombres y mujeres de aspecto cansado desfilando por la escalerilla de un barco hasta llegar al muelle atiborrado de parientes, marineros y estibadores, y uno los ve sonrientes, con tulas de ropa colgadas en la espalda y sombreros inverosímiles saludando a familiares desde la cubierta, los inmigrantes de siempre, de antes y de ayer, con esa expresión al tiempo alegre e inquieta de quien llega a un lugar desconocido a empezar una nueva vida, aun si, para ellos, llegar a Palestina era "regresar" a la tierra perdida, el viejo sueño alimentado de generación en generación por los descendientes de quienes han sido expulsados.

Viendo a esos hombres descender de cargueros y barcos comerciales imagino lo que debía ser para un centroeuropeo, como S. J. Agnon o los padres de Oz, provenientes de tierras frías y verdes, de campos arbolados y arrollos donde las nubes tapan el cielo y llueve a cántaros muchos días del año, verse de repente en medio de pedruscos, rodeados de arena y guijarros, y me digo que la geografía, de algún modo, también se pinta con los colores de la nostalgia y del entusiasmo, e incluso de la fe, pues fue sin duda eso lo que llevó a esas decenas de miles de inmigrantes a creer que este territorio, que aún hoy es hostil y cuyo sol abrasador golpea sin clemencia sus pieles blancas, era su tierra prometida.

No soy un especialista en la obra de Agnon, bastante desdibujada por fuera de la literatura israelí, pero atendiendo a lo dicho por autores como David Grossmann y el propio Amos Oz, su influencia sobre la novela hebrea es tan fuerte como la que García Márquez ejerció sobre los autores de los años setenta y ochenta en el mundo hispano. Agnon fue el gran narrador de la vida de los *shtetl*, esas aldeas judías de Centro Europa que resumían la cultura ashkenazí, la de los judíos de Centro Europa y Europa Oriental (principalmente Polonia, Rusia, Alemania, Francia y Ucrania), a diferencia de los sefardíes, que eran los judíos de España y Portugal, pero que hoy incluye a todos los judíos que emigraron de países del Medio Oriente, sobre todo de Yemen, Iraq e Irán, y que son también llamados "judíos orientales" con el equivalente hebreo de *mizrajim*. Oz y Grossmann se alimentaron con los libros de Agnon, pero fueron más allá, pues de la pequeña aldea judía crearon universos literarios sobre la base de un concepto más grande, la idea de una nación, de un Estado hebreo.

Mi amigo Daniel Mordzinski, el grandísimo fotógrafo argentino, cuyas exposiciones de retratos de escritores le dan hoy varias veces la vuelta al mundo, me había dado los teléfonos de ambos (los ha retratado y es su amigo), y al poco de llegar a Jerusalén los llamé de parte suya, dejando mensajes en sus contestadores, solicitando citas para charlar con miras a este libro. El primero en responder fue David Grossmann, quien me propuso encontrarnos la semana siguiente en el edificio de la YMCA, al frente del histórico hotel King David. Oz era más difícil. Había que enviarle un fax, así que le escribí mencionando a Daniel y dándole el número del celular que me habían prestado.

Un día antes de ir a ver a Grossmann, mientras paseaba por el puerto de Tel Aviv, recibí en el celular una llamada y, para mi sorpresa, ¡era Amos Oz que respondía a mi fax! Pero dijo que lamentaba no poder atenderme, pues salía de viaje para Alemania, aunque confirmó, en una charla algo quebradiza, que Agnon sí había sido (y seguía siendo) uno de sus maestros. Fue un momento mágico para mí, admirador de la obra de Oz. Su fuerza narrativa proviene de algo que es muy simple: escribir desde un recuerdo y una vida intensa... La de alguien que se sitúa en el centro de la modernidad. Es hijo de judíos centroeuropeos emigrados a Israel antes de la guerra de 1948. Sus recuerdos del barrio Karem Abraham y la ruta por la calle King George hasta Talpiot, donde vivía su tío Josef, es uno de mis primeros paseos (libro en mano). He aprendido a amar a Jerusalén gracias a él, por eso quiero tanto sus libros.

David Grossmann es un hombre de unos cincuenta años,[54] bastante juvenil y de aspecto fuerte. Tomamos un rápido café y me explica, nada más llegar, que eligió ese lugar porque su padre había sido uno de los constructores de la torre del

---

54 Hoy estará más cerca de los sesenta y su fama sigue creciendo. Lo pensé con intensidad durante la reciente guerra librada por Israel contra Hezbollah en el Líbano, donde murió su hijo.

edificio de la YMCA, y lo que más le gustaba era que en él se daban cita todo tipo de personas, católicas, musulmanas y judías. De niño venía a tomar clases de natación, pues había escuchado que los árabes los iban a lanzar al mar y por ello creyó conveniente aprender a nadar.

Se interesa por Colombia, quiere saber si sus libros circulan, si tiene lectores. Se lo confirmo. Supongo que estará bastante cansado de responder preguntas políticas, pero hablando de la convivencia entre israelíes y palestinos dice:

—La conciencia israelí no ha cruzado nunca, realmente, la Línea Verde.

Es amigo de Amos Oz y de A. B. Yehoshua. Me dice que se pasan los manuscritos y se hacen comentarios. Sobre todo con Amos Oz. Son los tres grandes escritores de Israel. O dicho de otro modo: la literatura israelí son ellos tres.

Estaba ansioso: iba a viajar la semana siguiente al poblado de Galitzia,[55] de donde provienen sus ancestros paternos. Aún existe en Polonia. Me dice que sus antepasados maternos también vivieron en el barrio de Karem Abraham, como la familia de Amos Oz. Su padre era un judío austriaco, pero su madre nació en Palestina.

Ramallah. Un *checkpoint* israelí convierte en un infierno la vida cotidiana de los palestinos que viven en esta ciudad, una de las más importantes de Cisjordania. Sus 40.000 habitantes, y los 220.000 de todo el distrito circundante, cuentan sólo con dos salidas, una al norte y una al sur. El resto del perímetro

---

55 De allá proviene también la histórica familia Roth, muy fecunda en la literatura del siglo XX, en inglés y en alemán.

está cercado con una poderosa alambrada, un sistema de rejas sucesivas de cuatro metros de altura con espacios intermedios para movilizar vehículos militares. Ese es, nada menos, el obstáculo que debe superar quien quiera ir a otra zona de su propio territorio, si no quiere someterse al oprobio del *checkpoint*.

Debido a la cantidad de asentamientos judíos, y, en general, a la gran urbanización que hay en todo el territorio, el viaje de Jerusalén a Ramallah —que es de 16 kilómetros— parece un traslado de barrio a barrio (igual que hacia Belén), y los cambios que se perciben son más bien de orden económico y cultural.

Cuando comienzan los pueblos palestinos, estos parecen un poco más desordenados y oscuros. Hay algo de basura tirada por las calles, casas a medio hacer con los cimientos a la vista y varillas de acero levantadas como pinzas de langosta, a la espera de un segundo o tercer piso. También los carros parecen más viejos, con abolladuras y remiendos. Huele a comida, a frituras y a cebolla.

Hay más gases y combustible quemado en el aire.

La presencia del último *checkpoint*, el que da paso a la ciudad, se anuncia a lo lejos, en la carretera, con un impresionante atasco. La calle está embarrada y llena de huecos. Todo el mundo quiere saltarse la fila, adelantarse, y el concierto de pitos es enloquecedor. Hay decenas de taxis que llevan a la gente hasta las barras de bloqueo, las depositan y regresan a los pueblos o suburbios cercanos, pues los carros palestinos no pueden pasar. Se ven camiones, ambulancias, automóviles de Naciones Unidas.

Media hora después ya estamos cerca del control. A nuestro lado hay una garita militar cubierta con tela de sombra y un andamio del que salen varios cañones de ametralladoras. Encima ondean dos gigantescas banderas de Israel cuya imagen debe ser insoportable para los palestinos que cruzan. Ellos sólo pueden hacerlo a pie, por una serie de corredores a los que se llega tras superar una requisa con detector de metales. De ahí deben caminar unos cien metros en los que no hay nada, excepto la mira de varios francotiradores, hasta llegar al otro lado, donde los esperan nuevos controles. Sólo después podrán ingresar a Ramallah.

Las insignias de prensa nos permiten, de nuevo, cruzar el puesto de bloque con facilidad, aunque esta vez el soldado israelí pasa un espejo por debajo de la carrocería. También debemos mostrar los pasaportes, pero el soldado apenas los mira. "Sigan", dice.

El primer lugar que visitamos es La Mukata, la residencia oficial de Yasser Arafat, semi destruida por el ejército israelí en junio del 2002 como represalia por un atentado suicida en el que murieron diecisiete personas, incluidos trece soldados. Este ataque fue uno de los más osados y arrogantes del gobierno de Ariel Sharon, y que tomó por sorpresa a las cancillerías de todo el mundo. Desde la madrugada, y por espacio de seis horas, el ejército asedió el complejo residencial destruyendo a tiros su fachada, para luego dinamitar algunos de los edificios, reduciéndolos literalmente a escombros con la ayuda de misiles disparados desde helicópteros Apache. "Abashe", como les dicen los árabes.

Las imágenes de los noticieros internacionales, en ese momento, mostraron a un Arafat cansado y soñoliento que hacía con los dedos la V de la victoria. "Nadie podrá vencer al pueblo palestino", dijo al micrófono, una frase que, dada la situación, más parecía un chiste fúnebre. También se lo vio haciendo de guía a los periodistas, como un monarca depuesto, mostrando los impactos de los misiles en sus habitaciones, los baños destrozados, su cama cubierta de polvo y las paredes con perforaciones de bala. La mayoría de los edificios de la Administración Central Palestina fueron destruidos, incluida la cárcel. Los automóviles oficiales fueron aplastados por los escombros y las orugas metálicas de los tanques, que entraron a rematar la faena a punta de cañonazos.

Hoy se puede ver lo que quedó de todo aquello. Los palestinos lo conservan intacto para mostrarlo al mundo (tal vez no tienen recursos para reconstruirlo). Al llegar, dos guardias pobremente armados nos reciben con cordialidad y nos invitan a pasar a los antiguos parqueaderos, una llanura de asfalto en la que refulge el calor del sol. Vemos esqueletos de carros oxidados, orificios de explosiones en los muros, escombros. "Arafat está durmiendo", nos dice el simpático policía,[56] muy seductor con Analía y María Leonor, de cuyas caderas y pechos no retira el ojo.

Desde ese ataque Arafat permaneció confinado en Ramallah, pues los israelíes destruyeron también el aeródromo y el par de avionetas y helicópteros con los que contaba para desplazarse. Sólo podría salir por tierra, cruzando los *checkpoints*, como cualquier otro palestino, sin armas y, sobre todo, sin la seguridad de que podrá regresar.

La comunidad internacional le ha pedido a Sharon que le dé libertad de movimiento, pero este siempre responde lo mismo: "Puede salir si quiere, pero si sale, debe saber que no podrá volver a entrar". El encierro no sólo le impide viajar al

---

56 Recuerdo una vez más al lector que en ese momento aún estaba vivo, aunque le quedaban pocos meses de vida. Moriría el 11 de noviembre de 2004.

exterior sino a todas las demás zonas de la Autoridad Palestina, caso de Gaza, separada territorialmente, o incluso de Hebrón, que está en la misma Cisjordania, pues los israelíes, además de los cercos a ciudades, han parcelado la Autoridad en territorios discontinuos (Edward Said los llama "bantustanes"), por lo que es casi imposible desplazarse en ellos con libertad.

Parece increíble que ese hombre que ahora duerme, confinado y humillado, haya recibido con Isaac Rabin el premio Nobel de la Paz (tras los acuerdos de Oslo de 1994). Un premio Nobel que, vale la pena decirlo, no tuvo ni un sólo efecto positivo y estuvo rodeado de un aura algo trágica. Rabin fue asesinado al año siguiente por Yigal Amir, un joven judío ultraderechista de 25 años, sicario de los movimientos de colonos religiosos que proliferan en Gaza y Cisjordania, y Arafat está ahí, acorralado como un animal antes de recibir el golpe de gracia, en un edificio empolvado y semi derruido que es el perfecto símbolo de su poder y de la autoridad que representa.

Ay, Arafat, y además está el tema de la corrupción… ¿Tú también, Yasser? Pues sí, y hay que decirlo: sobre tu gobierno recayeron gravísimas sospechas. Por ejemplo, Edward Said te acusó de ser cómplice de los gobiernos israelíes por aceptar acuerdos de paz ignominiosos, que tú firmaste —según él— para mantener tu lugar en la mesa de negociación, impidiendo que otros amenazaran tu poder, tu precario poder que era como el de Sancho Panza en la ínsula Barataria.

Desde que se creó la Autoridad Palestina en 1993 nadie supo cuántos miles de millones de dólares recibiste en forma de donaciones y ayudas de otros países (China, Rusia, monarquías del Golfo, Japón, EE. UU., Europa), así como de impuestos transferidos por Israel sobre exportaciones palestinas, y mucho menos en qué diablos te los gastaste.

A pesar de existir un ente regulador de gastos, el Consejo Legislativo, este jamás hizo públicos los informes, pues los considerabas una cuestión interna, y por supuesto nadie preguntó nunca por el manejo de esas remesas. Lo que sí se sabe es que tú, querido Yasser, tuviste veinte servicios de seguridad secretos, todos con centenares de hombres y medios, que supusieron un desangre para las arcas de tu pueblo. ¿Qué es lo que tanto temes?

Se sabe también que engordaste de modo desproporcionado, casi diríamos "bulímico", el número de cargos públicos (¡llegaste a tener 34 ministros!) para contentar a todo el mundo, y el que se atrevía a pedirte cuentas o a poner en duda tu gestión podía verse en serios problemas. ¿Recuerdas lo ocurrido en 1999, cuando veinte intelectuales de diversas tendencias publicaron ese texto llamado *Un llanto a la nación*, denunciando la corrupción de los mandamases de la Autoridad? Qué curioso. De inmediato los veinte fueron perseguidos por tus servicios de seguridad y puestos en detención preventiva durante un mes. Uno de ellos, Muawiy al Masrli, recibió un balazo en una pierna y fue golpeado y amenazado de muerte. Esto sin hablar de la corrupción directa a través de un extraño consejero económico tuyo, un tal Mohamed Rashid, que según las denuncias tenía como único trabajo asesorarte en negocios privados. Ay, querido Arafat, Dios te perdone y borre esos recuerdos…[57]

---

57 Tras su muerte, la fortuna personal de Arafat se calculó en 6.000 millones de dólares, y hubo un cierto escándalo en torno a la herencia de su viuda, Suha Arafat, cuarenta años más joven que él. Pero lo

¿Son culpables los pueblos de lo que hacen sus líderes? Para los judíos, toda la población alemana es culpable de los crímenes de Hitler (tesis defendida por el historiador Daniel Goldhagen en su libro *Los verdugos voluntarios de Hitler*), en una culpa que, según con quién se hable, puede llegar hasta las nuevas generaciones. Todos, sin excepción, son culpables. Ahora bien: no es descubrir nada nuevo decir que existe una relación directa entre la historia del sufrimiento judío, con su corolario de horror en el Holocausto, y la creación del Estado de Israel. Pero lo que extraña y llena de preguntas es que ese mismo pueblo que no ha dejado que el mundo olvide el dolor que sufrió y los crímenes de que fue víctima, sea hoy incapaz de reconocer los sufrimientos que le ha provocado a los palestinos en más de sesenta años de conflicto. Exactamente desde 1948, con el éxodo obligado que vació a Palestina del 70% de sus pobladores árabes (datos de la ONU) y a quienes aún hoy (o a sus descendientes) impide el regreso, pretextando que desequilibrarían la demografía, llegando a decir (como vi escrito en el *Jerusalem Post*, un diario de derecha) que la cuestión del regreso de los refugiados palestinos carece de justificación legal, pues "lo que sucedió en 1948 fue una transferencia de poblaciones debida a los cambios políticos que la guerra provocó en la región", y que del mismo modo que un millón de palestinos debieron irse, cerca de 800.000 judíos fueron expulsados de Iraq y fueron acogidos en Israel". Esto,

---

más llamativo vino después, en 2007, cuando la esposa del dictador tunecino Ben Alí, Leila, con la que Suha tenía enormes negocios, hizo una extraña jugada y le retiró a Suha la nacionalidad tunecina y de paso su propiedad en una serie de inversiones y negocios que llevaban juntas.

para cualquiera que conozca un poco la historia, es muy discutible, pues gran parte de los judíos mencionados no fueron expulsados sino que emigraron por su voluntad, atraídos por la idea de un Estado Hebreo, y de cualquier modo la igualdad sólo se daría si Iraq les negara hoy el derecho a regresar (como hace Israel), un caso hipotético que no se plantea.

Ahora bien, es cierto que muchos palestinos tampoco desean regresar a Palestina (como la amable mujer que encontramos en Damasco), pues ya tienen vidas e historias familiares en los países que los han acogido, pero sí hay una parte de este exilio forzado que desea el regreso, y eso es algo que debería ser respetado.

Muy pocos israelíes parecen sentir algún grado de culpabilidad por las acciones de su ejército contra la población palestina, y digo "muy pocos" pues sé que hay algunas asociaciones judías que se han manifestado contra la construcción de muros y el confinamiento, y que una veintena de pilotos militares se han negado a hacer incursiones en las ciudades palestinas. También hay gente como Uri y Rivka, y los artistas y escritores ya citados, pero es una evidencia que el grueso de la población no siente ningún grado de responsabilidad.

Más allá de la población civil palestina, también hay otro asunto, un poco más espinoso, y es la actitud de las autoridades israelíes con respecto a los líderes de Hamás, Hezbollah y Jihad Islámica. Cada vez que hay un atentado Israel responde con el "asesinato selectivo" de algún líder radical palestino, y casi siempre, al hacerlo, caen civiles, gente que pasaba por ahí o familiares de los propios militantes (en algunos casos niños).

Si Israel llama "terroristas" a los suicidas por matar a su población civil, ¿por qué no comprende que del lado palestino estos ataques con misiles también sean percibidos como terrorismo, cuando en ellos mueren civiles? ¿Qué diferencia hay entre un niño judío asesinado por la bomba de un suicida y un niño palestino asesinado por un misil israelí? Estas son preguntas que aquí en Israel (y repito, sin ser un especialista en el conflicto) casi nadie responde. Con frecuencia se escucha en medios oficiales el argumento de que Israel, democracia ejemplar, está luchando contra el terrorismo, esa palabra que hoy otorga a quien la proclama una generosa patente de corso y que todo lo justifica. ¿Puede un Estado de derecho incurrir en las mismas prácticas que condena sin perder algo de legitimidad?

Así las cosas, no parece haber solución en el horizonte. Pero demos la palabra a quienes han estudiado y vivido de cerca este larguísimo conflicto. Para Said, sin un mutuo reconocimiento de lo que ambas partes han sufrido, el futuro será difícil. Lo escribió en un texto de gran actualidad, aunque fechado en noviembre de 1997:

> No soy capaz de ver en absoluto ninguna manera de: a) no imaginar a los judíos de Israel como el resultado permanente, en un grado auténticamente decisivo, del Holocausto, y b) no exigirles también a ellos el reconocimiento de lo que les hicieron a los palestinos durante y después de 1948. Esto significa que, como palestinos, exigimos consideración y reparaciones de ellos sin minimizar de ningún modo su propia historia de sufrimiento y genocidio. Este es el único reconocimiento mutuo que merece la pena tener, y el hecho de que los actuales gobiernos y líderes sean incapaces de tales gestos da testimonio de la pobreza de espíritu y de imaginación que nos aflige a todos. Es ahí donde los judíos y palestinos que residen fuera de la Palestina histórica pueden desempeñar un papel constructivo que resulta imposible para quienes están dentro, que viven bajo la presión diaria

de la ocupación y la confrontación dialéctica. (…) Cuando uno considera las líneas generales de la filosofía judía, desde Buber hasta Levinas, y percibe en ella la ausencia casi total de una reflexión sobre las dimensiones éticas de la cuestión palestina, se da cuenta de lo que falta por andar. Lo deseable es, pues, una noción de coexistencia que sea fiel a las diferencias entre judíos y palestinos, pero que lo sea también a la historia común de luchas distintas y desigual supervivencia que las une (*Crónicas palestinas*).

La ciudad de Ramallah, cercada por alambre y reja, trae a la mente el gueto de Varsovia. No cabe en la cabeza que quienes extendieron las alambradas y encerraron esta y otras ciudades árabes sean los nietos de esos mismos hombres que fueron acorralados, desprovistos de derechos cívicos, llevados a la pobreza y al hambre y, finalmente, asesinados en masa por los nazis. Es claro que el actual poder israelí no va a asesinar a la población árabe, pero sí pretende expulsarla.

Las leyes humanas, por desgracia, son contradictorias y crueles.

Ahora bien: debo decir, de nuevo (tuve la misma percepción en Belén y sus suburbios), que Ramallah no parece una ciudad especialmente pobre, si entendemos por "pobre" esas ciudades del Tercer Mundo repletas de indigentes, con altos niveles de desempleo y enfermedad, tan visibles en América Latina o en África, e incluso en países árabes. No. Y esto es una gran revelación. Su nivel es inferior al de las ciudades de Israel, pero este, de cualquier modo, es alto.

Lo comento con quienes viven aquí —sentado con algunos palestinos en un café terraza panorámico desde el que se ven los asentamientos judíos, los cerros blancos y áridos de Cisjordania—, y me dicen que en efecto la economía palestina está en los huesos, pero que de todos modos hay un enorme flujo de capital proveniente de la solidaridad internacional, sobre todo de los países árabes vecinos. Los palestinos son buenos negociantes y el comercio en los territorios de la Autoridad fue siempre muy activo. De ahí que las casas sean espaciosas, cómodas, de fachadas sólidas y limpias.

Hay otra razón, según me dice Addib, estudiante de periodismo en la Universidad de Birzeit, y es que muchos antiguos pobladores de Ramallah emigraron a principios del siglo XX a los Estados Unidos, y con el tiempo empezaron a enviar dinero a sus familias, lo que trajo un gran bienestar. Sumado a esto, muchos obtuvieron buenos trabajos y encomiendas del Mandato Británico, pues la población de Ramallah era mayoritariamente cristiana, lo que les permitió tener relaciones preferenciales con Londres. Todo esto permitió el nacimiento de una burguesía local que quería vivir en buenas casas.

Desde la terraza, donde tomamos té y fumamos un cigarrillo, se ven las mezquitas de la ciudad con sus alminares blancos y los toldos del mercado. Abajo hay una rotonda llena de algarabía y pitos, pues es uno de los cruces más importantes, con un extraño monumento que consta de dos aros de cemento entrelazados.[58] Sobre la estructura, una telecámara giratoria filma lo que sucede en la calle. La gente parece respetarla, así que supongo que será de la policía palestina.

Al bajar a la calle nos encontramos en medio de un atasco infernal, pues los conductores palestinos, debo decir, sufren una especie de claustrofobia (casi no tienen espacios para avanzar con rapidez, usando la cuarta velocidad, pues sus calles son cortas y no pueden salir a las carreteras), lo que los convierte

---

58 Una prueba más del *kitsch* ya mencionado.

en automovilistas desordenados, irascibles y algo nerviosos, y entonces cruzar una calle se convierte en una verdadera aventura.

Las paredes del edificio que alberga nuestra cafetería panorámica están cubiertas de afiches con las caras de los mártires. Analía se deja llevar por la curiosidad y pregunta si estos jóvenes suicidas, antes de accionar la carga, tienen algún grito o lema o frase ritual, teniendo en mente esos guerreros que, en otras épocas, sacaban su espada del cinto y se lanzaban solos, contra una multitud enemiga, gritando: "¡Viva la República!". Pero ninguno de los amigos palestinos sabe responderle. Uno de ellos, bastante crítico con Hamás, dice que podrían gritar "Alá akbar", que quiere decir "Alá es grande", pero, agrega de inmediato: "quienes podrían oírlo ya no están".

Un encuentro casual.

Estando en Jerusalén, descubro que el jefe de la sección fotográfica de la AP es mi viejo amigo Enric Martín, catalán, a quien conocí en Sarajevo durante la guerra de Bosnia, en 1993.

En esa época Enric era el jefe de fotografía de la agencia francesa AFP, y alguna vez, en Split, me sacó de problemas. Fue una gran sorpresa saber que estaba en Jerusalén y que era amigo de Pedro, así que acabamos en su casa bebiendo unas cervezas y charlando de recuerdos comunes. Hablando con él volvieron las imágenes de Sarajevo (en donde estuve poco, no más de dos meses en tres viajes de corresponsalías para *El Tiempo* de Bogotá), esa única experiencia de periodismo de guerra. Recordamos amigos comunes, como el excéntrico fotógrafo Marc Milstein, herido en una pierna mientras tomaba unas fotos en Krajina, con quien atravesé una noche la ciudad a pie para llegar a una discoteca que quedaba en el tercer sótano de un antiguo parking, y donde un amigo suyo podía cambiarme un par de billetes de cien dólares por suelto. También evocamos la trágica suerte de algunos corresponsales españoles, caso de Julio Fuentes, asesinado años después en Afganistán, a quien recuerdo por haberme abierto su agenda de "temas fríos" en Sarajevo.

Lo mejor de la noche es un documental del director israelí B. Z. Goldberg, *Promesas*, una obra maestra del género y uno de los mejores diagnósticos sobre la enfermedad que aqueja a las sociedades palestina e israelí, visto a través de niños en torno a los 10 y 12 años.

No intentaré hacer un resumen del documental, pues el haber sido nominado al Oscar en el año 2000 le da, creo yo, la posibilidad de ser adquirido en cualquier lugar. Contiene entrevistas sobre temas políticos y humanos con todo tipo de tendencias, desde niños palestinos radicales que defienden a Hamás y quieren ser mártires, hasta ultraortodoxos judíos que se pasan el día, de las siete de la mañana a las siete de la noche, estudiando la *Torah*. Hay hijos de colonos israelíes y de militantes palestinos presos, en fin, casi todas las tendencias sociales están representadas, y lo extraordinario es que B. Z. Goldberg logra reunirlos durante un día para que jueguen, coman juntos del lado palestino y conversen sobre los problemas que los separan. Es realmente emocionante. Un documental que debería mostrarse a niños y adultos de todo el mundo.

En la noche, lectura de algunos versos de Mahmud Darwish, poeta palestino nacido en Birwa, un poblado árabe que ya no existe, destruido en la guerra de 1948. La vida de Darwish, por cierto, es una muestra de los padecimientos palestinos, pues fue privado de su nacionalidad, detenido y expulsado por la policía. A raíz de los acuerdos de Oslo pudo regresar a Palestina y se instaló en Ramallah (fue miembro del Comité Ejecutivo de la OLP y fundador de la prestigiosa revista literaria *Al Karmel*). Pero de nuevo debió huir. Su casa fue saqueada y destruida por el ejército israelí.

Estos son dos fragmentos de su libro *Mural*:

Verde es la tierra de mi verso. Un río es suficiente para susurrar a la mariposa: Ay, hermana, un río es suficiente para que los mitos antiguos se queden en el ala del sacre mientras él cambia de bandera y de lejanas cimas, allí donde el ejército fundó los reinos del olvido para mí. Ningún pueblo es menor que su poema escrito con palabras, para vivos y muertos, que las armas dilatan, y con letras que hacen brillar la espada colgada del cinto de la aurora, a la vez que el desierto va menguando, o aumenta con los cantos (63).

Olvidé mis dos brazos, las piernas, las rodillas,
la manzana engañosa.
Olvidé cómo funciona el corazón
Y el jardín de Eva al principio del tiempo.
Olvidé cómo funciona mi pequeño tiempo.
Olvidé respirar con los pulmones.
Olvidé las palabras.
Temo yo por mi lengua.
Dejadlo, pues, todo como estaba

¡Y dad vida de nuevo a esta lengua mía!... (*Mural*, Eds. O y M, 2003, 129).

Al este de Jerusalén, internándose en Cisjordania, está el desierto de Judea, el mismo en el que Jesús caminó cuarenta días y cuarenta noches. Debió ser un hombre recio, fuerte. Un hombre lleno de ideas y un gran iluminado. Estoy seguro de que hablaba poco. La gente que habla poco suele ser escuchada y resulta carismática. El silencio es como el vacío. Aterra y dan ganas de llenarlo. Jesús, además, hablaba de forma simbólica. Un hombre que pudo soportar este desierto infernal, con cerros de roca y tierra reseca, durante tanto tiempo y solo, debió de ser alguien especial.

No creo que Jesús haya sido el hijo de Dios, repito, pero es más que probable que sí haya existido y haya sido crucificado. Debió ser alguien con una intensa vida interior, inteligente y admirable, que sentó las bases de un nuevo tipo de convivencia entre los hombres.

Por cierto que este infernal desierto de Judea (muy cerca de la ciudad de Jericó, que vemos a lo lejos) está, en su mayoría, por debajo del nivel del mar, y sus arenas van a dar al macabro Mar Muerto. La laguna Estigia es la única metáfora posible en este inquietante fenómeno de aguas azufradas e hirvientes, 431 metros por debajo del nivel del mar, en el que uno flota y donde no hay vida, muy cerca del Infierno y de nuestros pecados. El Mar Muerto parece una zona oscura de la conciencia, algo maligno y aterrador convertido en paisaje.

De cualquier modo, en medio de un día de calor en el que los termómetros tocan los 45 grados, desembarcamos en un balneario o Spa con la intención de pagarle tributo a las aguas estigias e intentar embellecer o suavizar nuestros ásperos pellejos con el barro mineralizado, lleno de nutrientes y esencias, que desde allí se comercia en todo el mundo.[59] La jornada se anuncia espléndida.

---

59 Debido a un fuerte acné que martirizó mi adolescencia y la llenó de complejos físicos (que he ido superando al saber que dos escritores que admiro, Bukowski y Foster Wallace, también lo padecieron, y mucho peor que yo), todas estas curas siempre me han asqueado y, al mismo tiempo, llenado de esperanza.

Un tren similar a los que hay en las ferias infantiles desplaza al entusiasta turista hacia la orilla, que está bastante retirada, y lo deposita al lado de unas incómodas sillas de hierro y plástico. Luego hay que descender por una escalerilla de madera hasta el agua y de inmediato colocarse boca arriba, estilo "barquito", para disfrutar mejor la flotación. Todo esto es divertidísimo, excepto porque a los 45 grados se suman al menos otros treinta de la temperatura del agua, lo que hace que al cabo de diez minutos uno tenga la tensión muy por debajo del nivel, y levantar un brazo para rascarse la coronilla se convierte en una proeza. El otro inconveniente es la salinidad reconcentrada y el azufre de las aguas: apenas una esquirla de gota se acerca al ojo y lo roza uno siente como si le hubieran exprimido un limón en la retina.

Entonces, me digo, lo más conveniente es ir a las duchas, despabilar el embotado cerebro y sentarse en una de las sillas de plástico tejido a observar la cortina de vapor que se levanta de las aguas. Pero, horror, al llegar a las duchas descubro que el agua es también caliente, lo mismo que el cascajo del suelo, lo mismo que el aire. Sí hay un débil chorro de agua fría, pero como es potable ocho personas esperan para servirse y beber. Cuando me llega el turno lleno el vasito y hago como si lo fuera a tomar, pero luego me aparto y lo riego sobre mi espalda, que recibe cada gota como si fuera el beso de una ninfa. No sentía tanto placer ni tanta concupiscencia desde los dieciséis años.

Dejando de lado el curioso fenómeno de la flotación, lo más interesante de la zona es la historia de los manuscritos del Mar Muerto, considerados el hallazgo arqueológico más grande del siglo XX.

Todo comenzó un día de enero de 1946, cuando un joven pastor beduino llamado Juma Mohamed, preocupado porque sus cabras subían demasiado alto en un acantilado, en Qumrán (costa noroeste del mar), decidió subir y ayudarlas, y al hacerlo vio dos pequeñas aberturas en la roca, dos hendiduras que llevaban a una de las muchas cuevas que perforan los áridos riscos de Judea. Entonces arrojó una piedra hacia adentro y escuchó un ruido extraño, algo que lo llevó a pensar que se trataba de un tesoro. Pero ya anochecía, así que marcó el lugar, bajó sus cabras y pensó en regresar al día siguiente con sus primos, Khalil y Mohamed.

Fue el más joven de los tres, Mohamed, quien se apresuró a ir temprano a la cueva, encontrando que el suelo estaba cubierto de escombros y restos de cerámica rota. Al lado, en la pared, vio una serie de jarrones delgados, y empezó a explorar su contenido. Para su gran decepción no encontró ningún tesoro, sólo unos viejos pergaminos amarrados con trapos, verduzcos por el tiempo. Regresó y los mostró a sus primos, dándoles la mala noticia de que no había nada de valor.

Así, los siete manuscritos estuvieron durante un buen tiempo en las tiendas de estos beduinos, hasta que fueron vendidos de forma separada a dos anticuarios árabes de Belén, quienes a su vez los ofrecieron a sus clientes. Cuatro de ellos fueron comprados por Atanasios Samuel, un sirio ortodoxo, metropolitano (arzobispo) del monasterio de San Marcos de la Ciudad Vieja de Jerusalén. Los tres restantes los compró el profesor Eliézer L. Sukenik, arqueólogo de la Universidad Hebrea, padre de otro arqueólogo israelí, Yigael Yadin, que se hizo famoso por sus excavaciones en los sitios de Masada y Azor.

Finalmente, en 1955, los siete pergaminos volvieron a estar juntos en la Universidad Hebrea de Jerusalén, luego de que una increíble casualidad pusiera los ojos de Yigal Yadin ante un anuncio del *Wall Street Journal* en el que el metropolitano Atanasios Samuel ofrecía los cuatro manuscritos que tenía en su poder. ¿Por qué Samuel intentó venderlos fuera de Israel? La razón es que después de la guerra de 1948, cuando Jerusalén quedó dividida, monseñor Samuel regresó a Siria, tal vez albergando sentimientos contrarios a la población judía. La Universidad Hebrea los adquirió (se dice que pagaron un cuarto de millón de dólares y que en la compra tuvo que ver Ben Gurión) y creó para ellos un museo especial, el Museo del Libro, en el que aún hoy están expuestos.

Estos pergaminos revolucionaron el mundo arqueológico y dieron a un equipo de traductores una tarea tan gigantesca que aún no termina, pues poco después del primer hallazgo se inició una expedición que encontró otras diez cuevas con pergaminos.

La conclusión de todas estas revelaciones fue que allí, en Qumrán, vivió la comunidad de los esenios, un grupo religioso separado de los jerarcas del gran templo de Jerusalén que practicaba una vida monástica, viviendo la fe de un modo similar al de los ultra ortodoxos.

Al llegar Herodes el Grande al trono (40 a. C.) muchos de estos esenios quisieron reintegrarse a la sociedad, pues según las profecías de Jacob en el *Génesis* el Mesías tan esperado debía llegar en un momento en que el cetro de Israel no estuviera en manos de un judío (y Herodes el Grande, curiosamente, era idumeo), así que muchos volvieron a Jerusalén, pero pronto regresaron a Qumrán, decepcionados por su gobierno, que consideraban títere del Imperio romano.

Fueron ellos quienes redactaron estos manuscritos (también se los llama "rollos") entre los años 125 a. C y 68 d. C.

¿Por qué los escondieron en esas cuevas? Se sabe que en el 68 d. C. huyeron de forma precipitada ante la presencia del ejército romano, que se encontraba en el desierto de Judea combatiendo la revuelta de los celotes, revuelta que, por cierto, tuvo su apoteosis en el sacrificio de la fortaleza de Masada, también en los acantilados del Mar Muerto.

¿Qué había en esos pergaminos?

Los siete manuscritos comprenden lo siguiente: el *Manual de Disciplina*, actualmente conocido por el nombre *Carácter de una Asociación Sectaria Judía*, que da valiosa información sobre los esenios y describe los requisitos para quienes iban a ingresar a la hermandad; las *Historias de los Patriarcas*, los *Salmos de Agradecimiento*, un *Comentario de Habacuc*, el libro alegórico de la hermandad de Qumrán; el *Pergamino de la Guerra entre los Hijos de la Luz y los Hijos de las Tinieblas*, que es una profecía sobre los últimos días de la humanidad, y dos copias del libro de Isaías.

Estos pergaminos fueron sólo el principio. Otros seiscientos y miles de partes sueltas aparecieron en las once cuevas encontradas en el área, con fragmentos de casi todos los libros bíblicos (excepto Esther). Uno de los hallazgos más fascinantes fue un pergamino de cobre, el cual tuvo que ser cortado en tiras para abrirlo. Este contenía una lista de sesenta tesoros localizados en varias partes de Judea, ninguno de los cuales ha sido aún encontrado.

Para Israel y el sionismo, los "rollos" vinieron a zanjar una controversia histórica relacionada con la lengua hebrea. Hasta el hallazgo, los investigadores creían que esta era una lengua muerta, usada sólo por las clases educadas, como el latín en la Edad Media europea. El hebreo rabínico de la literatura del año 200 y posterior era considerado una invención escolástica, pero no el lenguaje de uso diario. Esto condujo a los historiadores a afirmar que los evangelios no podían haber sido escritos originalmente en hebreo o arameo. Pero el descubrimiento de los pergaminos refutaría esas opiniones, probando que los judíos en la época del Segundo Templo usaban tanto el hebreo como el arameo, idiomas muy cercanos entre sí, y que para escribir preferían emplear el hebreo.

En el norte de Israel, cerca de la frontera con el Líbano.

La ciudad de Haifa es el puerto por antonomasia, después de Tel Aviv, pero sobre todo es el gran polo industrial del país. Tras un largo viaje con paradas en algunos kibutz, María Leonor, Analía y yo llegamos a Haifa y nos alojamos en un hotel bastante gris y mortecino, cuyo aspecto me hace pensar en los hoteles de la Europa del Este. La habitación expele un fuerte olor a humedad y su alfombra está carcomida por el moho. El aire acondicionado bota un chorro de aire frío que huele a demonios, como si antes de salir por la rejilla de la habitación, cuyos hilos metálicos están repletos de motas y polvo, hubiera tenido que atravesar los talleres o las cocinas, o incluso los sanitarios. El recepcionista es un hombre pequeño, bajito y triste. Con una de esas calvas melancólicas que lo llevan a uno a preguntarse (como diría Julio Ramón Ribeyro) en qué oficina de la administración pública o ventanilla de atención al cliente perdió este cristiano (o judío) sus cabellos. Cuando acabamos de rellenar los formularios de ingreso nos habla en español. Es un judío hondureño. Nos da la bienvenida.

Poco después salgo del cuarto para bajar al parqueadero a buscar algo en el carro y me veo en una curiosa situación: el corredor de las habitaciones tiene una salida al *hall* de los ascensores con un letrero en hebreo (que no entiendo), así que me equivoco de puerta, la abro de forma mecánica y sin mirar doy dos pasos hacia adelante...Y súbitamente me veo en el aire (como el coyote de Correcaminos, pues estoy en el piso trece), con la ciudad de Haifa y sus luces nocturnas debajo de mis pies, el puerto y dos o tres enormes edificios.

Siento un vértigo feroz, pero no caigo al vacío.

Sucede que en lugar de ir al *hall* salí a la escalera anti incendios, una endeble estructura metálica mecida por el viento, y al comprender dónde estoy y darme vuelta la puerta se cierra a mis espaldas. Es una de esas puertas anti pánico que en lugar de manija tienen una barra horizontal en el centro, roja, que uno sólo debe empujar. El problema es que estas puertas, por lo general, sólo abren por el lado interno. ¿Qué hacer? El aire de Haifa es húmedo y hace calor. No es posible golpear en las ventanas de las habitaciones cercanas para pedir auxilio, pues no hay luz en ellas. Así que bajo al piso doce, algo asustado por la escalerilla que, como todo lo de ese maligno hotel, parece estar a punto de desbaratarse. Pero allí la situación es la misma: la puerta cerrada y las ventanas vecinas sin luz. Me atrevo a asomarme hacia abajo y veo, con espanto, que la escalera no llega hasta la calle sino a una especie de marquesina a la altura del piso quinto o sexto. Habrá que saltar o descolgarse por algún muro, algo que no hago desde los quince años, con veinte kilos menos.

Sigo bajando, piso por piso, lamentando no haber traído el celular para llamar a Analía y a María Leonor, que, supuse, ya debían estar angustiadas por mi ausencia, quizá llamando a la recepción y preguntando por mí. Por un segundo imagino su sorpresa cuando el hondureño les diga que no me vio bajar, que el ascensor ni siquiera se ha movido, y me angustio al verlas llamarme por los corredores del hotel, preocupadas, y yo allá afuera, colgado de una escalera herrumbrosa, a punto de caer por el viento.

En fin, me digo, qué situación absurda, por errores como este es que se pierden las guerras, ¿cómo acabará?

Cuando llevo seis pisos bajados a pie, con creciente vértigo y gran peligro por mi parte, lo inesperado ocurre y la puerta de entrada al corredor está abierta, trancada por un balde de limpieza. En un segundo mi vida vuelve a la normalidad, los presagios desaparecen y ya no estoy, digamos, en peligro de muerte, así que me apresuro a subir a la habitación para calmar a las mujeres y contarles lo que pasó, pero al entrar las encuentro conversando sin parar, muy tranquilas, ni siquiera habían notado mi demora y sólo preguntan por qué no subí el bolso con las cosas del baño, que era lo que había ido a buscar.

El nombre de Haifa está relacionado con la expresión hebrea *hof yafe*, que quiere decir "hermosa costa", pero en la época de las Cruzadas la llamaban "Cayfe" e incluso "Caipha", lo que podría tener relación con Caifás, el sumo sacerdote judío de Jerusalén en la época de Jesús. Pero lo más importante de esta ciudad es que está a los pies del famoso monte Carmelo. Refiriéndose a él, el profeta Isaías escribió lo siguiente:

> *Sucederá en días futuros que el monte de la casa del Señor será asentado en la cima de los montes y se alzará por encima de las colinas; y confluirán a él todas las naciones* (Isaías 2:2).

En efecto, como suele suceder en estas tierras de Dios, el Carmelo está lleno de evocaciones que reúnen a judíos, cristianos, musulmanes y, en este caso, también a la comunidad bahaí. En él se han encontrado esqueletos de cromañones que buscaron refugio en sus grutas ahuecadas de piedra caliza. Pitágoras estuvo aquí, de paso hacia Egipto; el profeta Elías se alojó en dos de sus cuevas; la familia de Jesús descansó en él durante su regreso de Egipto; los cruzados hicieron peregrinajes en 1150 d. C. Los drusos vinieron desde el Líbano para establecerse en el siglo XVI; los templarios alemanes construyeron una colonia de casas de ladrillo en 1868, y en 1891 Bahaulláh (el padre espiritual bahaí) levantó su tienda al pie de la montaña, convirtiéndola en el lugar sagrado de los bahaís del mundo. En el siglo IV d. C, el filósofo neoplatónico Jámblico describió al Carmelo como "sagrada por encima de todas las montañas" y prohibió su acceso por los vulgares. Todo esto y mucho más ha acontecido en sus pliegues y llanos.

Pero vamos por partes.

Para la tradición judía, el monte Carmelo es uno de los lugares clave de su leyenda, pues en él el profeta Elías defendió la integridad del judaísmo monoteísta.

La historia, con tintes de tauromaquia, está relatada en el Antiguo Testamento (Reyes, 18), y cuenta, grosso modo, lo siguiente: deseoso de dar una prueba definitiva acerca de su dios, Elías llamó a los pueblos de Israel para que se reunieran en el monte Carmelo, en un lugar ubicado en su cara oriental. El grupo incluía a cuatrocientos cincuenta profetas de la devoción de Baal y a otros cuatrocientos profetas que servían a la reina Jezabel. Elías pidió al pueblo reunido elegir a quién querían adorar, si a Dios o a Baal. Como la muchedumbre mantuvo silencio, Elías ordenó que le trajeran dos toros. Luego pidió a los profetas de Baal elegir uno para matarlo, colocarlo en un altar y llamar a Baal para que encendiera el fuego del sacrificio. Los sacerdotes oraron, apelaron y bailaron, pero inútilmente. No hubo fuego.

Elías construyó su altar y preparó su sacrificio con el otro toro, pidiendo que se vertiera agua sobre el montículo hasta que la zanja cavada a su alrededor estuviera llena (esto era una ventaja que daba a los otros, para acentuar el valor de lo que estaba a punto de suceder). Según el relato bíblico, Elías oró a Dios pidiéndole que probara a la gente que hay un solo dios. Y Dios, claro, lo escuchó, e hizo que el túmulo del sacrificio se encendiera con enormes llamaradas, tantas que el agua se evaporó.

Luego, como era costumbre en esas épocas, los falsos profetas fueron degollados.

Elías vivió en dos cuevas durante su estadía en el monte Carmelo, una de las cuales está en la cresta de la colina, protegida por un monasterio. La cueva inferior está justo debajo de la primera, en la base de la montaña. Desde los primeros tiempos las dos fueron usadas para fines religiosos. En el mediocvo, con la dominación árabe, la capilla superior se convirtió en mezquita o *maqám* (santuario pequeño) y se agregó un nicho oratorio dirigido hacia La Meca. En 1226 d. C. los cruzados, autorizados por Roma, fundaron la Orden Carmelita y erigieron un monasterio, y en 1452 se fundó la primera institución de monjas carmelitas. El monasterio que se ve hoy fue reconstruido en 1826 sobre las ruinas del primero.

Otros europeos vinieron también a instalarse en las llanuras fértiles del Carmelo. A mediados del siglo XIX Christoph Hoffmann, Georg David Hardegg y Christoph Paulus fundaron la Sociedad Templaria en Alemania. Su sueño fue establecer comunidades que permitieran hacer realidad la creación del reino de Dios en la Tierra. Hoffmann y Hardegg llegaron en 1868, encabezando la primera oleada de familias que se asentarían en Haifa y Jaffa entre 1868 y 1875. Los asentamientos crecieron y se extendieron hasta Belén, Galilea y las áreas alrededor del puerto. Algunos de estos incansables templarios construyeron casas y huertos en la base del monte

Carmelo, a lo largo de la actual avenida Ben Gurión. En sus casas y en los dinteles de sus puertas grabaron citas religiosas y esperaron el retorno de Cristo.

La cara norte de la montaña (la que mira hacia el Líbano) comenzó a cambiar desde entonces. El catalizador de esta transformación fue el líder espiritual de los bahaís, un persa llamado Mirzá Hussein Alí Nurí (1817-1892), quien más tarde adoptaría el sobrenombre de Bahaulláh (La gloria de Dios), principal seguidor de otro persa, este comerciante (Sayed Alí-Muhammad (1819-1850)), quien se autoproclamó enviado del Altísimo y dijo que su misión era preparar a la humanidad para la llegada del "Prometido de todos los tiempos".

Así, el comerciante adoptó el título de El Báb (La Puerta) y fue el fundador de la religión *babí*, que miles de personas abrazaron. Pero el gobierno persa, fuertemente presionado por el clero chiita, decidió acabar con la nueva religión mediante un disuasivo baño de sangre, el cual se saldó con la muerte de miles de creyentes babíes. El propio Báb fue ejecutado públicamente en el año de 1850.

De este modo, Bahaulláh, su principal seguidor, pasó a ser el líder de los *babíes*, fundando la religión bahaí y escribiendo sus obras fundamentales, recogidas en un corpus que se titula el *Kitáb-i-Aqdas* (El libro más sagrado), revelado en 1873, cuando estaba recluido por los turcos en la fortaleza de San Juan de Acre, unos kilómetros al norte, del otro lado de la bahía de Haifa.

Antes de morir, Bahaulláh le indicó a su hijo Abdul Bahá el lugar exacto del monte Carmelo donde debía enterrar los restos de Báb, su precursor martirizado, y el mausoleo se construyó en 1909. Pero la superestructura ornamental que puede verse hoy, y que es una de las atracciones mayores de

Haifa, fue levantada entre 1949 y 1953 por el nieto de Abdul Bahá, Shoghi Effendi, quien desarrolló la idea de los jardines terraplenados, que son bastante impresionantes. Su ubicación es privilegiada, en el sector norte, con la cueva de Elías al oeste y las colinas de Galilea al oriente, mirando hacia la antigua ciudad de Acre y la tumba de Bahaulláh.

El mesero de un restaurante en Acre (Akko, en hebreo), un puerto antiguo al norte de Haifa.

Es un hombre corpulento, de recios bigotes y pelo muy oscuro. Nos dice que es árabe y yo le pregunto, "¿quiere decir, palestino?". Entonces él mira sobre el hombro con nerviosismo. "No, no", dice, "soy árabe israelí, yo no me meto en política". La cara de preocupación mientras mira hacia atrás lo dice todo. Nos explica que siendo árabe es considerado ciudadano de segunda categoría. Paga impuestos, pero sólo puede votar de modo limitado en las elecciones. Tiene un documento de un color diferente al de los judíos israelíes.

—Sólo cuando voy a Europa me siento libre —dice—, allá puedo hablar tranquilo.

Para el Estado de Israel es un sospechoso, y cuando regresa de sus viajes (visita a familiares en Alemania, según nos dice) la policía del aeropuerto lo retiene durante un día completo, haciéndole sesiones interminables de preguntas. En otros países no se puede retener a un ciudadano si no se tiene al menos un indicio, pero me dice que en Israel hay una ley que permite la detención preventiva hasta por seis meses, tiempo que le permite a la policía, tranquilamente, encontrar y recopilar las pruebas que necesita.

Muchos de los informantes que el ejército tiene en los territorios ocupados son personas que han sido detenidas sin pruebas, aterrorizadas, torturadas (uno de los métodos es el del bolillo en el ano o la sodomización a cargo de soldados, en el misterioso y terrorífico campo de detención 1391, llamado "El Guantánamo israelí", según denuncia el diario *Haaretz* en su magazín del 22 de agosto de 2003) y luego puestas en libertad con la condición de que den informes, de lo contrario volverán a ser detenidas.

Pero volviendo a los árabes israelíes, estos tienen otro problema y es que son vistos con rechazo también por los palestinos de los territorios, pues los consideran "vendidos" al enemigo. Estos son los protagonistas, por cierto, de la novela *Árabes danzantes*, del israelí de origen árabe Sayed Kashua, novela entrañable y extraordinaria que narra la vida de un joven de Tira, poblado palestino en el que se viven hermosos y emocionantes dramas.

Más adelante hablaré de Sayed, a quien veremos en Jerusalén.

Continuamos el viaje por Galilea hacia Karmiel, una ciudad nueva (tiene menos de treinta años) en la que Israel desarrolla un proyecto demográfico muy claro: convertirla en una urbe de 200.000 habitantes que le haga contrapeso a la mayoría árabe de los pueblos y ciudades aledaños. Por este motivo, Karmiel produce un extraño efecto: los edificios son nuevos y el barrio central, con una larga avenida comercial, plaza con fuentes y amplias veredas peatonales, está aún en plena construcción. Más que una ciudad, parece el escenario de una ciudad. Electricistas y ebanistas trabajan en los almacenes de la calle principal, cuyo plano ya está trazado de antemano, lo mismo que otras zonas, destinadas a ser residenciales o de oficinas.

Al ver esta población, enteramente planificada por arquitectos e ideólogos, es inevitable pensar en el modo "natural" en el que las ciudades se hacen. Son el tiempo y los remezones históricos los que deciden cuál será la zona comercial importante o cuál la calle o la plaza que acabará siendo el centro, el símbolo de la ciudad. Por eso en Karmiel, en medio de los obreros que taladran e instalan sistemas eléctricos y pulen ventanas de grandes almacenes, hay una atmósfera irreal que recuerda el film *The Truman Show*, donde una ciudad es en realidad un gigantesco set de televisión.

Otro dato curioso es que Karmiel parece una ciudad rusa. El 40% de los habitantes son judíos provenientes de Rusia, así que los almacenes y restaurantes tienen nombres en caracteres cirílicos y en hebreo. Algunos ni siquiera en hebreo. La tipología de la gente es esa: caras ovaladas y muy blancas, ojos claros. Hay mujeres bellísimas, con estilizados cuerpos, y jovencitas con la barriga afuera, ostentando atrevidos *piercings* umbilicales y cuerpo y talle de diosas. Ay, el Este.

Dos empleados de la municipalidad de Karmiel (con quien María Leonor tenía cita de trabajo) nos invitan a almorzar. Ambos son judíos inmigrantes, él de Marruecos y ella de Polonia. Nos llevan a un restaurante árabe en un pueblo satélite de la ciudad, y el dueño, un cristiano, nos recibe con fiestas. Cuando le digo que somos colombianos, él exclama: "no importa, todos somos iguales". Me parece curioso el modo en que nos perdona, pero no digo nada. Luego el marroquí cuenta mil cosas sobre la industrialización de la región y habla de los judíos de Marruecos. Siente mucha nostalgia.

—Por eso vengo siempre a este restaurante, me entiendo muy bien con ellos.

Su colaboradora (María Leonor sospecha que también es su amante) polaca es una mujer de cincuenta años, bella y altiva, de cara algo preocupada y ojos verde oscuro. Sus padres emigraron a Israel después del Holocausto, pero el resto de su familia no se salvó. Le pregunto si habla polaco y me dice que no, "de ese país sólo tengo malos recuerdos, ¿por qué debería conocer su lengua?". Tiene razón. Cuando le pregunto por la convivencia en Karmiel con tantos rusos, contesta: "Bueno, no es fácil. Pero ellos nos aceptan".

El programa estatal para traer a los rusos tiene un extraño nombre: operación "alfombra mágica".

El funcionario marroquí es un tipo alegre, dicharachero y con pinta de buen bebedor. Pide una botella de vino tinto israelí de la zona, y apenas se acaba pide otra, que con ese calor y al medio día puede ser algo suicida. Me dice que las mujeres de Karmiel son bellísimas (ya lo había notado), y me propone volver a quedarme una semana, de modo que pueda conocerlas de cerca. La propuesta me parece estupenda, pero irrealizable. Luego, achispado por el vino, nos cuenta varios chistes israelíes sobre mujeres polacas (a las que se les achaca ser muy frías). Uno de ellos dice: "¿Cuál es el mejor método para congelar el esperma? Hacer el amor con una polaca."

Su colaboradora se ríe, pero lo mira con ojos duros.

Nazaret, la capital de Galilea, aparece por primera vez en los relatos de los Evangelios, pero las evidencias arqueológicas indican que existía desde antes, siendo una sencilla aldea agrícola en la que vivían pocas docenas de familias. Esto puede explicar que no existan referencias más tempranas en la Biblia y que no esté entre las sesenta y tres ciudades de Galilea mencionadas por el *Talmud*. Explica también el asombro de Natanael de Caná, en un divertido pasaje bíblico, quien le pregunta al apóstol Felipe si algo bueno podría salir de un villorrio tan insignificante.

Hoy Nazaret es una ciudad abigarrada y ruidosa, de calles estrechas que parecen estar en permanente desacuerdo con los buses turísticos repletos de peregrinos que vienen a rezar a la ciudad de María desde todo el mundo cristiano, una exhibición permanente de pantalonetas, sudaderas y bermudas variopintas, tenis y zapatillas, convirtiendo los alrededores de la basílica de la Anunciación en un bazar de reliquias, rollos fotográficos, camándulas en madera de olivo, imágenes santas de la Virgen y de José, más una parafernalia de objetos sacros en plástico de todos los colores y formas.

La iglesia que conmemora el lugar en el que María fue informada por el ángel Gabriel de lo que estaba por sucederle (la Anunciación)[60] es un adefesio arquitectónico que desafía cualquier posible temblor religioso. Un edificio triangular de piedra pulida con un interior en madera y baldosa sin el más mínimo misterio, que bien podría ser utilizado para un restaurante bar en Marbella, Rímini o Isla Margarita. Tiene dos niveles. El superior sigue el contorno de la catedral cruzada del siglo XII (una nave flanqueada por dos pasillos) y reconstruye parcialmente los ábsides de la parte oriental, mientras que el inferior conserva la gruta bizantina donde, según la historia, una peregrina cristiana llamada Egeria encontró la cueva original, donde se ubicó un altar (en el año 383).

En los muros laterales hay más sorpresas, pues se suceden las ofrendas de las nunciaturas apostólicas de los países católicos, con figuras de la Virgen y de Cristo de lo más imaginativas. La ofrenda venezolana, un Cristo en cerámica lacada que parece

60 Recomiendo, entre otras, la *Anunciación* de Fra Angelico, en El Prado de Madrid.

un Hulk guajiro, me sugirió reflexiones que, por desgracia, no alcancé a recoger en este cuaderno.

El autor de esta extraordinaria tomadura de pelo es un italiano, el arquitecto Giovanni Muzio, y, por increíble que parezca, su aporte a lo que yo llamaría "el arte de la ebriedad" (no por el trance místico, insisto, sino porque debía estar muy borracho), resulta ser por metraje el santuario cristiano más grande del Medio Oriente, consagrado en 1964 por el papa Paulo VI durante su visita a Tierra Santa.

Felizmente para la ciudad existen otros lugares asociados a la Anunciación, la infancia y el temprano ministerio de Jesús, como la Iglesia Ortodoxa Griega del Arcángel Gabriel (construida sobre el manantial de agua conocido como "la fuente de María"), la Iglesia Sinagogal Católica Griega (el lugar de la sinagoga en la que el párvulo Jesús recibió sus lecciones y leyó al profeta Isaías), y la Iglesia Franciscana de San José, construida sobre una gruta donde, según especialistas, funcionaba la carpintería de José.

Pasamos la noche en un kibutz de las afueras, un extraño oasis de color verde, con prado y árboles frutales en medio de ese infinito peñasco que es Israel. Su propietario es un curioso neoyorquino (como todos los ciudadanos de ese país, cuando uno les pregunta de dónde son dicen el nombre de su ciudad, "I am from New York", en lugar de decir "Soy norteamericano") de cincuenta años al estilo *hippie*, llamado Mitch, quien de inmediato nos muestra una de las cabañas y explica el *modus operandi* del albergue, inscrito en lo que los israelíes llaman "ecosionismo".

Analía y María Leonor visten ligerísimas ropas evanescentes, ricas en veladuras y transparencias, algo que parece perturbar el equilibrio psicoreligioso (¿o ecosionista?) de Mitch, quien insiste en explicarnos con sumo detalle el funcionamiento de, por ejemplo, la nevera, la televisión, el agua caliente, un jacuzzi que había bajo la ducha (cosa sorprendente, por cierto), y poco le faltó para instruirnos sobre el correcto uso de los interruptores de la luz y las ventanas. Luego, queriendo indagar, nos muestra las dos habitaciones y dice:

—No sé cómo están divididos, pero pueden usarlas ambas —dice mirando al suelo, con el cuello enrojecido.

Finalmente, tras pasarle revista a los objetos de la cabaña, Mitch se va, diciendo que si necesitamos cualquier cosa podemos ir a su casa-oficina, en el centro del conjunto.

Y en efecto, poco después vamos a pagar, momento en que Mitch esconde a su esposa y a sus hijas, protegiéndolas de ese demonio de siete lenguas y cachos filudos que le deben parecer los brazos bronceados, las caderas y piernas de mis compañeras de viaje.

Un poco más tarde, tras una expedición alimenticia a Nazaret en la que pude conseguir una botella de arak, intentamos sin éxito encender el televisor. Llamo a Mitch, le explico el problema y él, solícito, viene a arreglarlo, en realidad tarda algo menos de un segundo en golpear a la puerta y entrar, abriendo mucho los ojos, mirando por la esquina de sus gafas. Con los controles en la mano enciende los canales de cable, fundamentales para ver noticieros internacionales, pero su interés está en el sofá, donde las dos hermanas, en piyama, esperan que el aparato funcione. Al final se va, pero la impresión que nos queda es que el diablillo de cachos filudos no dejará que Mitch duerma en paz esa noche.

Siguiendo la trayectoria de la Sagrada Familia, vemos que María, embarazada, partió de Nazaret con José hacia el sur, de modo que el nacimiento del niño ocurrió en Belén, y uno se pregunta, ¿por qué fueron tan lejos? La distancia es de unos 140 kilómetros, aproximadamente, lo que en la época, viajando a pie, debió suponer un enorme esfuerzo y una gran cantidad de tiempo. La razón fue que José era de Belén, lugar de nacimiento del rey David, así que debía ir allí e inscribirse en el registro de la ciudad, a él y al niño que estaba por nacer. Otros dicen que quisieron ofrecer el bebé recién nacido al templo de David, el segundo templo construido por Herodes en las ruinas del primero.

Es difícil imaginar lo que fue ese viaje. ¡Cuánto misterio y soledad hay en esa extraña gesta!

Una pareja sola caminando por estos desiertos, ella a lomo de burro en consideración de su estado y José llevándola del cabestro, durmiendo ambos a la intemperie, comiendo las provisiones traídas desde Nazaret, queso y agua y pan, seguramente, frutos secos, olivas, quién sabe qué otras cosas comería esta humilde familia, y observando a las mujeres de Nazaret, que son casi todas árabes, me pregunto cómo sería María, qué edad tendría exactamente, y trato de verla no como esa figura exaltada de la iconografía cristiana, sino como una mujer real, sencilla y humana, y la veo con las manos sucias por el viaje, con el pelo cubierto, sufriendo el calor y la sequedad, y José a su lado, recio, un hombre ya mayor, alejándose de vez en cuando para orinar detrás de una roca, hablando con su mujer en voz baja y, sin duda, preguntándose por ese extraño embarazo en el que, según dicen los evangelios, no tuvo nada que ver.

He aquí una descripción de José que proviene, de nuevo, de esa extraordinaria novela que es *Jesucristo y el juego del amor*, de Anthony Burgess. Dice así:

> Se llamaba José y era carpintero. Entre otros objetos de uso y de adorno, hacía excelentes arados de madera (se

dice que aún hoy se utilizan algunos de ellos), pero además fabricaba casi todo lo que le pedían: mesas, taburetes, armarios, atriles, yugos para animales, bastones para caminar, hasta estuches para alhajas y otros objetos preciosos con dispositivos especiales para cerrarlos, incorporados a la tapa según el principio de los paneles corredizos cuyo arte le había enseñado un persa.

María, a su vez, es descrita así:

> La niña se llamaba María, en realidad Miriam, nombre de la hermana del profeta Moisés. Era bonita, de cara tersa, veloz de movimientos y a veces de carácter, pero sin sombra de mal en ella (27).

Frente a la iglesia de la Anunciación hay un estupendo café, bastante agradable y fresco, de un israelí que se define "ateo radical", pues afirma que la religión sólo trae problemas, guerras y muerte, en lo que no le falta razón.

¿Qué nos han dado las religiones? A cambio de la salvación individual, han dejado enfrentamientos y dolor. La cuota de espiritualidad es irrelevante si se la compara con la suma de hechos trágicos que han provocado. El ser humano, sin duda, tiene necesidad de buscar respuesta a las preguntas fundamentales de la existencia, pero cuando estas adoptan la vía religiosa no tardan en volverse dogmáticas, una espada que va a clavarse en el pecho de quien no quiere ser salvado, porque lo más contradictorio de las religiones es que, en el fondo, pretenden salvar.

Las guerras libradas por Felipe II en los Países Bajos tenían como fin convencer a los protestantes de que vivían por fuera de la verdad, y por lo tanto por fuera de la salvación. Lo mismo las Cruzadas, aunque estas, so pretexto de ser guerras religiosas, escondían intereses territoriales y estratégicos. Las religiones de la conversión violenta tienen en sus postulados la idea del ecumenismo; la redención de toda la humanidad debe responder a sus preceptos y no a otros, así que su obligación es abrirle los ojos a los demás, así sea a la fuerza.

El dueño del café, muy simpático, nos muestra la casa en la que han vivido al menos siete generaciones.

—Aquí vivieron mis abuelos y los abuelos de mis abuelos.

Desde la terraza se ven los patios de la iglesia de la Anunciación, que tiene hermosos cipreses. Luego voy a trabajar, pues ese día debo enviar columna a *Cambio*,[61] así que Analía y María Leonor me acompañan a un café Internet, al lado de una bellísima plaza en la que grupos de árabes beben café turco y fuman narguiles, y se van a pasear solas, dejándome en franca lid con un teclado que tiene en cada letra su correspondiente hebrea y árabe.

Más tarde, cuando ya regresamos a Jerusalén por la autopista, vemos ese ignominioso anacronismo que es el muro de granito en torno a la ciudad de Qalqilyah.

Del lado de afuera, por los terraplenes, tiene cerca de cuatro metros, pero desde adentro es mucho más alto. Cada doscientos metros, más o menos, tiene torres de control con soldados y francotiradores. A las torres se entra por la parte exterior y en torno hay una carretera para vehículos militares. Es la imagen de una cárcel. La cárcel más grande del mundo. Verla desde la autopista provoca diferentes sensaciones, pero sobre todo repudio e injusticia.

El siglo XX acabó derribando muros, e Israel inaugura el XXI construyendo otros. De ahí esa sensación de anacronismo.

61 Revista extinta y mártir, suprimida del ecosistema periodístico colombiano por sus certeras acusaciones contra funcionarios del gobierno de Uribe.

Cada una de esas murallas contiene el germen de su destrucción y es imposible mirarlas sin imaginar que dentro de unos años un estallido las derribará, y entonces veremos a miles de palestinos rompiéndolas con picos y celebrando, pues no hay duda de que una sociedad renacerá sobre esos escombros. Es cuestión de tiempo. Estos errores de Israel tendrán costos enormes de odio y segregación, todo bajo la mirada del mundo *civilizado* (al cual Israel se precia de pertenecer) sin que ningún líder de importancia diga algo. Es la ceguera de conciencia más absoluta a la que hemos asistido en mucho tiempo.[62]

Al llegar a Jerusalén, esa noche, vemos una película sobre la vida del fotógrafo de guerra James Natchwey. Un verdadero artista capaz de captar en sus imágenes el horror. Ha trabajado en todo el mundo y su método parece seguir al pie de la letra la enseñanza de Robert Capa: "Si la foto no es buena es porque no estabas lo suficientemente cerca". Es un tipo silencioso y solitario, y así lo presenta la película: un hombre solo en contacto con los horrores más tremebundos de la realidad, cabezas decapitadas en Chechenia, cadáveres descompuestos en Liberia, orgías de sangre en Afganistán, masacres en Ruanda...

Una frase de Natchwey sobre su relación con los trágicos eventos que retrata cae directo en mi cuaderno de apuntes: "El día que mi trabajo sea más importante que mi compasión, habré vendido mi alma".

Visita a Belén, ciudad al interior de Cisjordania a la que se accede, de nuevo, a través de un *checkpoint*. Lo primero que

---

62 Parecida a la de quienes se negaban a ver la realidad de los crímenes serbios en Bosnia, en 1993 y 1994, y hablaban de "partes del conflicto".

vemos es la tumba de Raquel, esposa de Jacob, con un puesto de guardia israelí, sacos de arena y torrecillas de francotiradores, pues el gobierno de Israel decidió prohibir el acceso a los palestinos y para ello cerró la avenida que pasa al frente. Pedro nos muestra un edificio al lado de la tumba, en cuyas ventanas se ven cañones de ametralladoras. Es un hotel tomado a la fuerza por el ejército, propiedad de un árabe que aún no sabe quién le pagará las habitaciones que desde hace dos años ocupan los soldados. Una provocación que viene a sumarse al catálogo de injusticias, pues por esta decisión la ciudad quedó privada de sus arterias principales y ahora para dirigirse al centro hay que dar un rodeo bastante largo.

Este es, pues, el lugar al que vinieron José y María a dar a luz, donde nació Jesús. También es la ciudad de nacimiento del rey David.

Al pasar el *checkpoint* un taxista árabe propone guiarnos hasta la iglesia de la Natividad. Luego llama por celular y, al llegar, un joven palestino que habla perfectamente el español ofrece una visita guiada a la iglesia, gratuita a cambio de que luego vayamos a su tienda de artesanías, sin compromiso alguno. Aceptamos, algo impresionados por el panorama de crisis que se respira en una ciudad a la que, nos dicen, solían venir miles de turistas y que ahora está prácticamente vacía. El guía se llama Yamid y estudió Ingeniería de sistemas en España, primero en Madrid y luego en Valencia.

Lo primero es "La cueva de leche", donde María amamantó por primera vez a Cristo. Una capilla pequeña, especie de sótano excavado en la roca. Su característica principal es que está decorada con imágenes en las que se ve a María dándole pecho al niño. No es muy común ver su seno blanco y el pezón en punta, del que sale un chorrito que va directo a la boca de Jesús. Según la tradición la cueva era de piedra blanca, y aún hoy conserva cierta claridad.

Todo esto sucedió durante el reinado de Herodes quien, recordemos, sabía por los libros de los sabios que iba a nacer un rey, razón por la cual decididió sacrificar a todos los infantes entre cero y diez años. Fue en esta gruta donde un ángel le advirtió a José la delicada situación, aconsejándole escapar con su familia a Egipto. Esto sucedió poco después de que María le diera su leche a Jesús y por eso muchos de los cuadros representan este momento: un ángel susurrándole al oído que debía huir para proteger al niño.

Luego entramos a la iglesia de la Natividad, construida sobre el establo, que en realidad era otra cueva. Allí también se desciende ("¡Busca a dios en lo profundo!") y el lugar preciso está señalado con una estrella de bronce. Los Reyes Magos, que venían de Arabia y sabían por los libros de los sabios del nacimiento del rey, llegaron aquí a darle sus regalos: el oro, la mirra y el incienso.

Un grupo de griegos hace un rezo que nunca había visto, persignándose en la frente y el pecho y luego hincándose en el suelo, una y otra vez. En ese punto convergen las diferentes iglesias cristianas, tanto las ortodoxas como las romanas.

Después de los evangelios, el testimonio más antiguo del nacimiento de Jesús (hacia la mitad del siglo II) es del filósofo y mártir Justino, originario de Flavia Neapolis, la actual Nablus (al norte de Jerusalén), en Palestina, y dice así: "Al momento del nacimiento del niño en Belén, José se detuvo en una gruta próxima al poblado, pues no halló dónde alojarse en aquel lugar, y fue entonces que María dio a luz a Cristo y lo puso en un pesebre, donde los magos venidos de Arabia lo encontraron". Esta misma gruta fue circundada por las construcciones del emperador Constantino y de su madre Elena, erigidas en el 325 d. C.

En el 386, san Jerónimo se estableció cerca de la basílica acompañado por una mujer romana llamada Paola (no sé por qué la imagino gruesa y sensual, será culpa de Fellini), pero, al parecer, el santo llevó allí una vida monástica durante catorce años, exclusivamente dedicada al estudio y la traducción de la Biblia, hasta producir su célebre versión latina que hoy conocemos con el nombre de "Vulgata", texto oficial de la Iglesia de Occidente. Su sepulcro, así como el de Paola, fue excavado en las cercanías de su gruta.

La basílica del siglo IV fue sustituida en el VI por otra de dimensiones mayores, que es la de hoy. En la época de las Cruzadas, sus paredes fueron adornadas con mosaicos incrustados de oro y madreperla, de los cuales quedan amplios fragmentos con escenas del Nuevo Testamento y los concilios ecuménicos. Sobre las columnas de la nave, en una fila de medallones, se ven los antepasados de Jesús. Los franciscanos, que están en Belén desde el año 1347, tienen al lado de la iglesia su propio convento, más una capilla dedicada a la santa mártir Catalina, que usa exclusivamente la comunidad cristiana católica local de rito latino. Es desde esta iglesia que se desciende a las grutas de san Jerónimo.

Todo esto es muy instructivo. Los símbolos más antiguos de nuestra cultura están aquí y emociona ver hasta qué punto se trata de personas humildes. Una pobreza fundamental y un deseo de mantener la dignidad a cualquier precio. ¿Qué hemos aprendido de ellos? Muy poco, pues la propia Iglesia, hoy, y muchos de los católicos más ortodoxos, viven sumergidos en el frenesí del éxito y el poder. El Vaticano, con sus columnas doradas y opalinas, con sus legiones de cardenales y obispos entregados a mimar sus panzas, no parecen los herederos de esta historia de hombres humildes y trabajadores, personas de buena fe que creían en algo y daban su vida por ello.

El Vaticano, visto desde Belén, da asco.

Sus ministros con mitras de oro, de ojos desorbitados por la ambición, la hipocresía y la mentira, son culpables de que tantas personas hayamos dejado atrás, con repudio, la Iglesia católica. Es indigno que esta historia, humana y admirable, esté en manos de seres de dudosa conciencia, aletargados por el lujo insultante y las comodidades que pagan con el tributo de creyentes ingenuos. Cristo les daría un buen par de sopapos, si los viera.[63]

Belén está muy reconstruida con dineros y aportes de varios países europeos. Su ambiente de zoco árabe, sus callejuelas y plazoletas están bastante bien conservadas. El joven palestino, al terminar la visita, nos lleva a su almacén y, al final, después de tratativas y gambetas, salimos con dos pesebres tallados en madera de olivo.

Luego, dando un paseo por la ciudad, aparece un árabe que vivió cuatro años en Honduras y por lo tanto habla español. La afición de Pedro a las narguiles nos lleva a su negocio. Es un hombre de sesenta años, bajito, de bigote canoso y aspecto bonachón. No sé por qué, al verlo, lo imagino bailando un triste danzón, ese baile lento. Nos dice que ha perdido mucho con la Intifada, pues desde el 2000 los *checkpoints* se han hecho cada vez más duros y la situación general ha espantado a los turistas. Viendo su rostro limpio es difícil no sentir aún más

---

63 Y esto sin hablar de la pederastia de sacerdotes y de la asesina prohibición del uso del preservativo (seguro que sus sacerdotes sí lo usan, pues serán creyentes pero no tontos).

repudio por la política de exclusión, que al fin y al cabo es la que los condena y humilla.

Un viejo taxi desvencijado para ir a Hebrón, la ciudad más poblada de Cisjordania y por supuesto su capital.

Por el camino una imagen me deja con el estómago revuelto: al pasar por un caserío la carretera pasa al lado de una carnicería y como había un camión descargando tuvimos que parar. De la puerta colgaba algo que aún se me aparece en pesadillas: un camello desollado pendiendo en el aire, clavado a un gancho que le atravesaba el cuello. Debajo, la tierra estaba enrojecida de sangre seca, en medio de una nube de moscas. La marea del vómito me hizo llorar, me provocó un fuerte picor en la nariz, pero pude contenerla. Saqué un cigarrillo y lo encendí, buscando aislarme en un sabor conocido, y cerré los ojos.

Como casi todas las ciudades de la región, Hebrón es una ciudad blanca y montañosa, una mancha que se extiende sobre varias colinas pedregosas, cuyo centro es la mezquita de la ciudad vieja, erigida sobre la tumba del gran patriarca Abraham, idolatrado por ambas religiones.

Esta historia me fue dada por uno de los fotógrafos palestinos de la AFP que trabajan con Pedro. Me dijo, "tienes que venir a Hebrón, te presentaré a alguien especial". Soy muy reticente con estas propuestas, pero esta vez me dejé llevar y valió la pena.

Es la historia de un viejo con buena memoria que recorrió como chofer de camiones y buses todo el Medio Oriente. Se llama Jamil Abú Eisheh y tiene 82 años, es palestino. Jamil nació en 1923, cuando la región de Cisjordania era un protectorado británico. Conserva su documento de identidad británico y su pase, con el que empezó a trabajar de chofer, como su padre, propietario de un bus en el que hacía la ruta de Hebrón a Jerusalén.

Pero eran otros tiempos.

Sentado en su casa de la calle Ein Sara, el anciano, ahora ciego, me habla de la época en que nació, cuando no había problemas ni enfrentamientos entre las comunidades: "Nuestra vecina, en la ciudad vieja de Hebrón, era judía. Cuando mi madre debía salir nos dejaba en su casa y si era por mucho tiempo la mujer, que había parido hacía poco, le daba pecho a mi hermano pequeño".

"Así era la vida entre judíos y árabes. Los problemas los crearon los británicos", dice, "que le dieron todo el poder y los edificios del gobierno a los judíos. Los enfrentaron y luego se fueron".

Con ojos muy profundos (aunque muertos, congelados en una expresión) recuerda sus viajes en camión, siguiendo el borde del mar, para llegar a Jedda, en Arabia Saudita. Mil kilómetros sin carreteras por el desierto.

"Era fácil, bastaba con tener el mar a la derecha y avanzar, pero tenía sus riesgos. No había estaciones de gasolina y había que llevar bidones. Una vez golpeé una rueda contra un peñasco y se dobló. Estaba en medio de la nada y no podía cambiarla, me faltaban herramientas. Por la noche se oía el aullido de los lobos. No podía seguir a pie, tampoco volver. Estuve ahí dos días, rezando con la esterilla sobre el techo del camión, para no ponerme al alcance de los animales. Al tercer día Alá me oyó y apareció un cabrero con un camión. Me salvó la vida."

Así pudo llegar a Jedda, y luego, a setenta y cinco kilómetros, La Meca, la ciudad sagrada del Islam, cuya peregrinación ha hecho siete veces, lo que le da el título de "Hadji".

Jamil se sabe las distancias del Medio Oriente en kilómetros, algo que hoy, por las fronteras y alambradas, todos han olvidado, pues la mayoría de las rutas o están cerradas o sólo se pueden cruzar con salvoconductos. "De Jerusalén a Ammán son ciento diez kilómetros", dice. "De Ammán a Daria, la frontera con Siria, otros ciento diez, y de Daria a Damasco, ciento diez". En este punto abre mucho los ojos, y exclama: "Y de Damasco a Beirut, ¡otros ciento diez!". Si esta región estuviera en paz, se podría desayunar en Jerusalén, almorzar en Damasco y comer en Beirut.

¿Qué opina de la vida actual en la Autoridad Palestina?

El viejo se acomoda en el sillón, frunce el ceño y levanta mucho el brazo. "Que se vayan a hacer su Estado palestino a Gaza, ellos y los locos de Hamás, y que nos dejen tranquilos. Lo mejor que le podría ocurrir a Cisjordania sería volver a Jordania, bajo las leyes y el poder de Ammán".

No hay ni sombra de duda en su afirmación.

"Ese sería mi sueño, pues en el pasado fue la mejor época".

Entre la guerra de 1948 y la de 1967, Cisjordania estuvo bajo control jordano, y Jamil fue chofer de un bus que hacía la ruta de Hebrón a Ammán, ida y vuelta cada día.

"Conozco esa carretera mejor que mis manos", dice, "daría la vida por volver a recorrerla, libremente". Luego se queda un minuto en silencio y dice, con picardía: "También volvería a Beirut, con sus cines y sus clubes nocturnos".

Jamil conserva los documentos jordanos, su pasaporte y su permiso de conducción. Pero después de la guerra de 1967, con la ocupación, debió volver a cambiarlos, pues ahora esa región le pertenecía a Israel. Y pasados unos años, con los acuerdos de Oslo y los nuevos mapas, debió cambiarlos otra vez por los de la Autoridad Palestina.

La historia de Jamil es la de toda la región. Ha vivido en cuatro países distintos, pero sin moverse jamás de su casa.

De nuevo en Jerusalén.

El barrio ultraortodoxo de Mea Shearim es una de las más impactantes zonas de la ciudad, el único ejemplo que queda de los antiguos *shtetl* (guetos) que existían antes del Holocausto en las comunidades hebreas de Europa Oriental.[64]

Está separado de la zona árabe de Jerusalén por la famosa Línea Verde, y la característica es que todos sus habitantes viven de acuerdo a los principios de la *Torah* y visten con esa extraña moda de los rabinos polacos de hace trescientos años. Los hombres con trajes negros (ya descritos aquí) que realmente provocan compasión en medio del calor de agosto, y las mujeres con unos sombreros que recuerdan los años veinte, con vestidos enfundados hasta las muñecas (si no tuvieran estampadas esas caras de tristeza se diría que están a punto de bailar un *fox trot*). También los niños visten así, sin tener en cuenta su mayor fragilidad.

Es un barrio muy poblado, y de nuevo parece curioso ver a estos seres anacrónicos charlando por celular mientras caminan por la calle. En una de las avenidas centrales, la Mea Shearim, el comercio es muy activo. Hay almacenes de objetos religiosos, candelabros de siete velas en plata e imágenes relacionadas con los mandatos bíblicos, como esos extraños cuadrados que se amarran a la frente. También camisas blancas y kipás.

---

64 Lo mejor sobre este tema es el film *Kadosh*, del genial director israelí Amos Gitai.

Es impactante ver a tantas personas, en pleno siglo XXI, viviendo de acuerdo a leyes escritas hace más de dos mil años.

El mundo ha cambiado y ellos le dan la espalda. Su aspecto, por cierto, es algo descuidado y poco saludable. Muchos tienen la piel amarilla, como si padecieran ictericia o problemas hepáticos. El barrio, en algunos sectores, está muy descuidado. Proliferan las basuras en las esquinas expeliendo olores agrios. La gente tira todo a la calle, restos de comida, frutas podridas, muebles desfondados. Lo exterior les importa poco. Desde afuera sus casas parecen tristes y oscuras, pero esto es sólo una impresión, pues no entramos a ninguna.

Tener como principio la realización del Antiguo Testamento obliga a grandes sacrificios, e impresiona sobre todo en los niños, que no pueden elegir, y ahí están, cubiertos de pies a cabeza bajo el sol, jugando en la calle, abriéndose paso con su imaginación entre la selva de prohibiciones a la que los confina la doctrina ultraortodoxa.

Por supuesto surge la comparación con el mundo islámico, que tanta impresión causó en Alepo (las mujeres cubiertas por el velo). Pero hay una gran diferencia: la sonrisa, la alegría. A pesar de que el Islam radical condena a la mujer y la segrega, al menos existe la libertad de la intimidad, donde se abren las puertas (y de par en par) a la sensualidad y al erotismo; visto que esta es una de las principales fuentes de gozo o desdicha del ser humano, no es poco tenerla, aunque sea en condiciones difíciles y aunque en otros ámbitos de la vida la inequidad que padecen sea inaceptable.

Pero esta tristeza y abandono, el desaliño y la melancolía que exhalan estas mujeres en sus rostros, nos lleva a imaginar vidas planas, llenas de automatismos, sin alegría.

¿Cómo es la sexualidad de los judíos ortodoxos?

La fornicación se realiza a través de una sábana perforada. El viejo truco de la sábana, también usado a principios de siglo en hogares ultracatólicos, donde se acompañaba del rezo: "No es por vicio, no es por fornicio, es por traer un nuevo hijo a tu servicio". Entre cristianos también se cuecen habas (pero aquí, en Mea Shearim, parece que *sólo* se cuecen habas).

Cuando la mujer queda embarazada —y esto sucede con bastante frecuencia, ya que obviamente no usan anticonceptivos—, empieza una serie de ritos de impureza que acaban con el parto. Si nace un varón, la impureza de la madre dura quince días, y todo el que la toque quedará "sucio" y no podrá sentirse purificado hasta el atardecer. Si en lugar de tener un varón nace una niña, la impureza se alarga a cuarenta días.

La verdad es que el glorioso pasado de casi ninguna cultura es amable con las mujeres. Y en muchas, vale decirlo, ni siquiera el presente.

Este universo de prohibiciones tiene su expresión máxima en el Shabat, día del descanso. En Mea Shearim, pero también en muchos edificios de la zona judía de Jerusalén, los ascensores de las casas paran en todos los pisos, pues no se puede tocar ningún aparato tecnológico. En cuanto al trabajo, que también está prohibido, los rabinos encontraron treinta y un áreas de actividad que no pueden realizarse ese día. Trabajar significa *crear*, así que no se puede hacer nada creativo: ni escribir ni dibujar, por ejemplo. También es *modificar*, así que no se puede partir papel, lo que hace que estén obligados a cortar en cuadros el papel higiénico desde la víspera.

Muchos de los platos de cocción lenta, como el sancocho (que consiste en poner carnes y verduras en agua y cocinar a fuego lento), son de origen judío, pues las mujeres los dejaban desde el viernes para que estuvieran listos el sábado. Uno de los modos que usaba la Inquisición en España para detectar a los falsos conversos era mirar, desde lo alto, de qué chimenea no salía humo en día sábado. La casa donde no se cocinara era sospechosa de judaísmo, y mucho más si en sus ollas no encontraban pedazos de cerdo.

En el Antiguo Testamento Yahvé le dice a Moisés: "Los hijos de Israel comerán sólo rumiantes que tengan la pezuña hendida. El cerdo tiene la pezuña hendida, pero no es rumiante, por lo tanto será inmundo". La lista de prohibiciones incluye al camello, "inmundo" porque, si bien rumia, sus pezuñas no son hendidas. En cuanto a los animales del agua, los hijos de Israel sólo pueden comer los que tienen aletas y escamas, lo que los priva de los mariscos. Sin duda habría una razón, hace tres mil años, para cada una de estas prohibiciones. Razones de orden salutífero o de prevención de enfermedades. Pero hoy, con los controles sanitarios, es algo carente de toda lógica.

Hay una historia curiosa de los judíos ashkenazi, y tiene que ver con la sopa de lentejas. Puesto que la consideran lo mejor y más alimenticio de su cena, la toman siempre al final, y esto en caso de que el Mesías llegue cuando ya han comido los primeros platos. De este modo se le podrá aún servir lo mejor.

Por la noche, cena de despedida con Sayed Kashua, el joven y brillante novelista árabe israelí, autor de *Árabes danzantes*, una novela que ya llegó a todos los países del mundo, con particular éxito en Alemania, Italia y Francia. Sayed tiene 28 años[65] y es

---

65 Hoy tendrá 35 y, por su afición a los vinos y a la comida, sospecho que sus dimensiones deben haberse modificado sustancialmente.

un hombre de estatura media, grandes ojos negros y cabeza ligeramente superior, en proporción, al tamaño del cuerpo. Su simpatía y sentido del humor son desbordantes, lo mismo que la ironía que despliega, sin parar, para referirse a sí mismo o a su cultura.

Su esposa, Najaf, es una de las mujeres más hermosas que he visto. Es psicóloga y trabaja en el pabellón psiquiátrico de un hospital a las afueras de Jerusalén, precisamente en Deir Yassin, donde ocurrió la masacre del 9 de abril de 1948. Con ellos viene su pequeña hija Nay, que acaba de cumplir tres años. Una mujercita rolliza, de cachetes rosados y pelo castaño.

—¿Cuáles son las principales dolencias mentales en la comunidad árabe? —le pregunto a Najaf.

—La principal es que están todos locos —interrumpe Sayed.

Najaf le da un manotazo en el hombro y le dice que se calle. Luego responde.

—Hay mucha esquizofrenia —nos explica—, provocada por estados de tensión, nervios, pérdida de la autoestima y claustrofobia. El cerebro hace bum y se fuga a otras partes. También los israelíes tienen problemas similares. En la clínica atendemos a todos por igual.

Najaf, según nos dice, es la única árabe israelí en la sección, lo que quiere decir que es la única que puede tratar los casos de árabes que no hablan hebreo. Pero cuando hay bombas y llegan heridos o personas en *shock*, que por lo general son judíos, a ella le dan el día libre. A pesar de que habla perfectamente hebreo no ven con buenos ojos que trate a pacientes judíos.

Najaf, como Sayed, es del pueblo árabe de Tira, en Galilea, al norte de Jerusalén, muy cerca de Natanya (donde Jesús resucitó a Lázaro), y, como él, obtuvo la beca que los mejores internados de enseñanza hebrea dan a un estudiante árabe cada año.

La novela de Sayed cuenta en detalle la vida de los árabes al interior de Israel (caso muy diferente al de los palestinos que viven en los territorios de la Autoridad, insisto), ciudadanos de cuarta categoría, relegados por un racismo cotidiano, y por eso justifica su necesidad de convertirse en "israelíes" comunes y corrientes, como todos los demás en el país, al menos de fachada.

Árabes danzantes es la historia de un joven de Tira, educado por su abuela en el respeto de las tradiciones islámicas, y por su padre, un antiguo miembro del partido comunista, obsesionado por el sentido del honor. Por sus buenas notas el joven obtiene la beca hebrea y se va a estudiar a Jerusalén, en lo que resulta ser una experiencia de doble filo. En su pueblo lo despiden con grandes fiestas y demostraciones de orgullo (hay una sola beca para todo el país). Algunos vecinos predicen que será el primer árabe en construir la bomba atómica.

Pero al llegar, los compañeros de clase judíos lo humillan y se burlan de su origen, así que el niño, como estrategia defensiva, empieza a imitarlos, a copiar sus modos de hablar y de comportarse, aprende su música y se viste como ellos, hasta que logra mimetizarse, no ser reconocido. Consigue hablar el hebreo sin acento y, como dice en la novela, "ser el primer árabe de Tira que logra pronunciar la "p" con naturalidad", practicando horas y horas con un papel entre los dientes.

A partir de ahí, y a medida que la vida del personaje se desarrolla, van apareciendo anécdotas de todo tipo: un romántico noviazgo con una judía argentina revolucionaria, que lo abandona cuando sus padres le prohíben salir con un árabe; un viaje de peregrinación a La Meca que resulta ser un desastre por la afición del joven a la cerveza, que no se consigue en

Arabia Saudita; su matrimonio, el nacimiento de su hija, los cortes de luz a los que son sometidos en el sector árabe de la ciudad en la que viven y las dramáticas correrías en auto, con la niña enferma, a los hospitales de los barrios judíos, donde no cortan la luz, logrando pasar gracias a su habilidad para transformarse en hebreo…

—Yo sólo escribo sobre mí, mi esposa y mi hija —dice Sayed—. Si tengo suerte, algún día todo el mundo va a conocer Tira.

Analía le pregunta a Najaf por la influencia de todo eso en la vida cotidiana.

—El problema —dice Najaf— es que nosotros queremos ser ciudadanos comunes y corrientes, pero no tenemos los mismos derechos. Nuestra tarjeta de identidad es de color azul. Sólo podemos votar en ciertas elecciones, no en todas y, por supuesto, no en las más importantes. Tampoco es fácil que nos den permisos para construir en terrenos propios.

Esto es uno de los casos más claros del *apartheid* a los árabes israelíes. El noventa y tres por ciento del Estado se considera tierra judía, y esto quiere decir —nos explican— que a ningún "no judío" se le permite comprarla o venderla. Y si ya la tiene, se le prohíbe construir. No se dan permisos de construcción a árabes.

Edward Said, en una de sus crónicas, se refiere al tema, con el caso de un israelí palestino, Adel Kaadan, que quería comprar tierras y al que se le negó la posibilidad de hacerlo por no ser judío. Su caso llegó hasta el Tribunal Supremo y fue célebre en Israel:

El abogado de Kaadan ha dicho que, "como judío de Israel, pienso que si a un judío de algún otro lugar del mundo se le prohibiera comprar tierra del Estado, tierra pública, propiedad del gobierno federal, por el hecho de ser judío, creo que en Israel habría protestas" (*New York Times*, 1 de marzo de 1998). A esta anomalía de la democracia israelí, poco conocida y apenas mencionada, se añade el hecho de que, como ya he dicho antes, la tierra de Israel era inicialmente propiedad de los palestinos expulsados en 1948 (en ese año, sólo el 6% de las tierras de Palestina era de judíos). Después de su forzado éxodo, sus propiedades pasaron a ser legalmente tierras judías en virtud de la Ley de Propiedad de los Ausentes, la Ley de la Propiedad del Estado y el Decreto de la Tierra. Hoy sólo los ciudadanos judíos tienen acceso a dichas tierras (*op. cit.,* 180).

Este tema es aún más complejo, pues lo que los propios ciudadanos judíos compran no es la propiedad real de la tierra sino el derecho a habitarla durante cincuenta años, renovable a otros cincuenta. Ese derecho se puede vender o negociar o heredar, es un bien patrimonial, pero cualquiera de esas operaciones debe estar autorizada por el Estado, que es el propietario real. De este modo se asegura que no haya traspasos a no judíos, los cuales sólo pueden arrendar.

—Somos una minoría maltratada en nuestro propio país —dice Najaf.

—La discriminación está en todos los sectores de la vida —agrega Sayed—. Por ejemplo en la justicia. Cuando empezó la Intifada Al-Aqsa, trece palestinos israelíes fueron asesinados por francotiradores israelíes, y tres años después todavía no se sabe qué pasó, por qué los mataron y quiénes son los responsables. Si hubiera sido al revés esa misma noche habrían detenido a los culpables. En otra ocasión, dos soldados israelíes que mataron por error a unos palestinos fueron condenados a una hora de cárcel y al pago de una multa equivalente a un dólar. Es un insulto. Este es el peor momento para los árabes que vivimos en Israel, peor que la guerra de 1948. Hay profesores y grupos de trabajo universitario para los cuales los palestinos son un "problema demográfico" que debe ser resuelto. Eres ciudadano de un país, pero los ministros y el gobierno hablan de nosotros como de un cáncer, porque les recordamos que no son una verdadera democracia. No tratan a todos los ciudadanos por igual. Es natural sentirse incómodo o incluso sentir miedo cuando el propio Estado no sabe aún cómo tratar a sus ciudadanos no judíos.

De todo esto hablamos bebiendo vino de la región del monte Carmelo, entre Haifa y Nazaret, que los Kashua trajeron a la cena. Najaf cuenta que justo ese día acabaron de trastearse a un apartamento en el barrio de Beit Zafafa, pues con el recrudecimiento de la lucha israelo-palestina había en Tira muchos racionamientos de agua y luz.

Sayed, además de escribir novelas (acaba de terminar la segunda), es periodista. María Leonor le pregunta en qué periódicos ha trabajado y qué tipo de artículos escribe.

—Pues mira —dice levantando su copa—, comencé a los veintiún años y trabajo con la revistilla de *Haaretz* en la región de Galilea, en hebreo. He escrito sobre cultura palestina o sobre problemas de Palestina. Pero siempre quise escribir un libro, como les pasa a todos los que luego publican un libro. Antes publicaba cuentos en el diario y al ver que lo hacía bien empezaron a pedirme crónicas sobre las fiestas judías. Lo que aquí se llama "La narración de la Fiesta". Por ejemplo: "La narración del Purim", o el de Rosh Hashaná. Hay muchas fiestas y se puede ganar buen dinero con eso, pero es aburrido. Luego publiqué tres historias en algunas antologías y recibí buenas críticas. Tuve suerte.

Pero aún en la prensa israelí más progresista, como puede ser el caso de *Haaretz*, Sayed es encasillado como "el árabe que escribe bien". Los temas que le piden están siempre relacionados con su origen.

—Ahora quieren enviarme a cubrir un Festival Internacional del *Hummus* en Tel Aviv —dice—, ¿por qué no mandan a un periodista judío?

—Oye —le pregunto—, ¿y por qué escribes en hebreo y no en árabe?

—Porque es más fácil —dice, riéndose—. No, en serio, lo que sucede es que el hebreo es mi lengua de formación académica. Podría traducirlo al árabe, pero prefiero no hacerlo. Tal vez haya otro que lo haga, así dividimos el trabajo.

Sayed sabe poco de Colombia. Nos dice que recuerda haber visto un documental en la televisión sobre un célebre mafioso, un tal… "¿Ascobar?".

—Escobar —le digo—, Pablo Escobar.

—Sólo recuerdo que parecía mucho más simpático de lo que los policías decían, pero supongo que le habrá hecho mucho daño a Colombia.

—Mucho —le digo.

—La ventaja de ustedes es que son todos colombianos —agrega—. Se diferencian por lo que hacen, no por lo que son o el apellido que tienen. Y eso ya es mucho.

Supongo que tiene razón. La verdad es que los problemas colombianos, puestos delante del amasijo de odios y repudios que se viven aquí, parecen más solubles.

Al final de la cena, cuando Pedro ya va por la tercera narguile y casi todos por el sexto *whisky*, Najaf llama al orden, despierta a la niña y se apodera de las llaves del carro.

—Vamos —le dice a Sayed—, esta noche manejo yo.

—Bien —responde él—, pero recuerda que ya no vivimos en Tira.

De nuevo atravesamos el desierto de Judea y bordeamos la ciudad de Jericó en un taxi conducido por un chofer palestino para ir a Jordania, del otro lado del bíblico río Jordán. Para hacerlo se debe ir al puesto militar de frontera, el puente Allenby, que recuerda al capitán británico Sir Edmund Allenby, del ejército de Su Majestad, el primero en entrar a Jerusalén desde Tel Aviv, marcando la salida definitiva de los turcos de Palestina.

A pesar de que Jordania e Israel firmaron la paz (el rey Hussein e Isaac Rabin) y se toleran, la frontera está muy lejos de ser algo normal, un paso de crucero entre dos países amigos. Nada de eso.

El escuálido río Jordán, donde Juan Bautista bautizó a Jesús, no llega a los seis metros de ancho, pero para cruzarlo se necesitan cerca de dos horas. La explicación está del lado israelí: los controles y la obsesión securitaria —en Jordania viven tres millones de palestinos—, la manía de ver en cada persona a un asesino, hacen que todo adquiera una lentitud mineral. Hay que pagar un impuesto y pasar un control, donde de nuevo se deben responder preguntas reiterativas, y luego esperar en medio del calor la llegada de un *pullman* que viene del otro lado de la frontera, y que es el más lento pues trae a los que van a ingresar a Israel, lo que quiere decir que la batería de controles y preguntas y la detallada búsqueda entre el equipaje es infinita.

Del otro lado del río está el pequeño y amigable Reino Hachemí de Jordania. Ammán, su capital, está a menos de una hora de carretera. Si la frontera y las relaciones fueran normales, los ammanitas podrían ir a Jerusalén a rezar en la mezquita de Al-Aqsa, pasar el día con sus amigos y parientes palestinos, comer un *mansaf* y regresar a sus casas por la noche.

Pero todo esto, por ahora, es una improbable utopía.

III. EN EL REINO HACHEMÍ DE JORDANIA

Ammán

Las montañas jordanas que bordean el Mar Muerto son enormes moles de arena y pedruscos, con un color más rojizo que sus equivalentes del lado palestino, en el desierto de Judea. La carretera nos devuelve a América Latina: huecos, árboles que invaden con sus raíces el asfalto, desorden, carros viejos, estructuras móviles con chasis imaginativos.

La diferencia con Israel es notable.

Desde estas montañas Moisés le mostró a los hijos de Israel la Tierra Prometida, específicamente desde el monte Nebo, y se dice que en alguna de sus infinitas y áridas cavernas se escondió (o guardó) el Arca de la Alianza,[66] uno de los vestigios bíblicos más buscados en la historia de Occidente.

La carretera sube y sube desde las orillas del Jordán, y a los lados hay plantaciones de plátano y uva, campos de cultivo trabajados febrilmente por tractores, haciendas agrícolas, todo lo cual le da un aire familiar. A medida que vamos subiendo a la meseta, el color de la tierra se hace más rojo. De vez en

---

66 La otra teoría, ya mencionada, es que está en Etiopía, llevada por Menelik, hijo de Salomón y la reina de Saba.

cuando cruzamos *jeeps* militares con ametralladoras y carros blindados. El espectáculo de las armas es algo tristemente frecuente en esta zona del mundo.

Hacemos el recorrido en un taxi con aire acondicionado que una familia jordana nos propuso compartir desde la frontera. Es una pareja con una niña y vienen desde Ramallah, de visitar familiares. Vivieron veinte años en Florida (EE. UU.) y regresaron hace poco a instalarse en Ammán. Una o dos veces al año Israel les permite entrar a los Territorios a visitar familiares, y este fue uno de esos casos, aunque sólo les dieron 48 horas. Es la primera vez que la hija de nueve años ve la tierra de la que proviene. Estaba contenta, aunque algo impresionada por los controles militares.

Al llegar a lo alto de la meseta se desciende un poco y allí está Ammán, una ciudad de un millón de habitantes que parece un milagro en medio de la aridez y el polvo del desierto. La visión global es, paradójicamente, la continuación de ese desierto que la circunda, ya que todas sus casas y edificios tienen fachadas color arena, con relieves, igual que en Jerusalén y en algunos barrios de Damasco. En el caso de Jerusalén esto obedece a una ley impuesta por los ingleses en 1920, y es posible que también sea el caso acá, donde la influencia británica fue notable.

Ammán es sobre todo la capital del exilio palestino.

En Jordania (según cifras que varían), más de la mitad de los seis millones de habitantes son refugiados, muchos de los cuales están aquí desde 1948, e incluso antes. Esta situación hizo que muchos intelectuales europeos, amigos de la lucha palestina, se convirtieran en asiduos visitantes del reino hachemita. Fue el caso de Jean Genet, quien realizó innumerables viajes solidarios a los campos de refugiados, cuya causa abrazó con fervor hasta el final de su vida.

En Jordania tuvo amantes y fue muy bien recibido. Como André Gide durante su estadía en Egipto y tantos otros, Genet sintió la atracción por el varón árabe, algo frecuente en los viajeros o apasionados de esta cultura, desde los norteamericanos de Tánger hasta los franceses ya mencionados e incluso ingleses, como Sir Richard Burton o el propio Lawrence de Arabia.

Genet se sintió en Jordania como en su casa, tanto que el propio rey Hussein, quien por cierto no le caía muy simpático, lo invitó a tomar té en varias ocasiones a palacio.

En su libro *Un cautivo enamorado* (*Un captif amoureux*, Gallimard, 1986), Genet expresa su pasión por la causa palestina y esta zona del mundo. Así describe a los jordanos:

> Jordania en 1970 y aún en 1984 ofrecía una divertida disparidad entre su población. La parte más numerosa y con más problemas era y es aún la palestina; a continuación, más poderosa pero menos poblada, le sigue la comunidad beduina, multitud de tribus y familias de soldados devotos al rey Hussein; finalmente, por debajo de todas, están los cherkeses, población formada casi enteramente por oficiales superiores y generales, altos funcionarios, embajadores y consejeros del rey. Estos son los tres grandes estamentos de la población, coronados por supuesto por la familia real, cuyo rey, según dice él mismo, desciende directamente del Profeta, pero que a duras penas logra controlar lo que sucede en su propio hogar disparatado, con esposas oficiales que, en orden de aparición, han sido: egipcia, inglesa, palestina y jordano-norteamericana, y una hornada de hijos sobre los cuales ya se extravían los más perspicaces genealogistas (traducción propia).

Veinte años después de las correrías de Genet, palestinos y jordanos siguen compartiendo este pequeño país, vapuleado por los vientos de guerra que soplan en todos sus costados, desde la frontera israelí a la de Iraq, pero también de la saudí a la siria.[67]

En Jordania se refugiaron muchos iraquíes tras las dos guerras del Golfo (las hijas de Saddam Hussein), hasta que el gobierno del rey Abdullah, terminada la segunda, decidió cerrar sus fronteras. Este gesto fue interpretado como un acto hostil por la resistencia iraquí y poco después un carro bomba explotó en la embajada jordana de Bagdad, con un saldo de catorce muertos.

Los iraquíes consideran que una parte de la riqueza jordana es en realidad suya, hecha con el petróleo de Iraq, cuyo crudo, durante diez años de embargo, salió en camiones a través del reino hachemita a muy bajo precio, dejando pingües ganancias. Los palestinos tampoco apreciaron esta decisión, pues ellos respetan y quieren a Saddam por la ayuda que ha dado siempre a su causa.

El hotel Mármara está en un barrio residencial bastante elegante. De los antejardines rodeados por muros de piedra emergen plantas muy verdes, árboles y palmeras. Un riego mecánico lanza chorros que zigzaguean. Todo irradia frescura. En los techos las antenas parabólicas se levantan como gárgolas gigantes, pero lo que resulta verdaderamente imprescindible son las gafas oscuras: la retina puede verse afectada por el reflejo del sol en el amarillo de la piedra.

Sentados en el comedor del hotel (es mediodía), nos vemos en una típica situación de viaje. La persona que hizo las reservas y nos envió una invitación del Festival de Teatro de

67 Hoy con la revuelta siria en primer plano.

Ammán, para facilitar la visa (de otro modo esta puede tardar dos meses), Serene Huleile, una querida amiga palestina, no dejó ningún mensaje en la recepción, así que no sabíamos si debíamos esperarla. Tampoco teníamos una guía de Jordania (aunque esto es un problema menor), con el temor del todo injustificado de que al entrar a Israel podía causarnos problemas.

Sin amiga palestina que nos dé un consejo lo mejor es llamar un taxi y dar una vuelta al azar, pues al fin y al cabo Serene está enfrascada en dos nobles tareas: sacar adelante el festival de teatro de la ciudad y preparar su matrimonio, que será al día siguiente. Así que no insistimos con Serene y vamos a la puerta del hotel para encargar un taxi. "A una zona comercial", digo, mensaje que el botones del hotel transmite al conductor, quien de inmediato nos lleva al zoco, en la Ciudad Baja.

No es un zoco cubierto: está formado por callejuelas atestadas de puestos en un barrio que parece ser de los más viejos de la capital. Vale la pena decir que Ammán tiene un extraordinario aspecto de ciudad nueva, recién construida. No tiene ni las dimensiones ni el bagaje histórico de Bagdad, Damasco o Jerusalén, pues nunca fue el centro de un imperio, así que el conjunto de sus edificios es más bien reciente. No hay que olvidar que la tradición en estas tierras era el modo de vida beduino, al igual que en Arabia Saudita y algunas regiones palestinas.

En este mercado, a diferencia de los zocos visitados en otras ciudades árabes, hay puestos de instrumentos musicales: laúdes y guitarras, y unos bellos tambores de cuero con el resonador hecho en cerámica. En una esquina vemos una suntuosa frutería que nos recuerda las de Damasco, así que retomo mi vicio damasceno del jugo de naranja en vaso de cerveza, repleto de hielo. Hace calor y es difícil resistirse.

Al frente sobresalen los alminares de la mezquita al-Hus-seini, pero no podemos entrar pues es la hora de la oración. De lejos, desde la reja, se ven los fieles de rodillas, inclinándose hacia el suelo y golpeando suavemente su frente en la alfombra. Recuerdo la historia de los árabes devotos a los que les sale un callo en la frente, lo que significa que hacen las inclinaciones con suprema energía y vigor. Tener callo significa ser un buen musulmán.

De acuerdo a la Biblia, Ammán fue la capital del imperio de los amonitas, allá por el siglo XII a. C., encarnecidos enemigos de los reyes Saúl y David, lo que hace que al menos su asentamiento inicial sea contemporáneo a la fundación de Jerusalén.

Las referencias a la ciudad en la Biblia continúan hasta el 585 d. C. y contienen varios periodos bien diferenciados. Uno es el de los Tolomeos, que bautizaron la ciudad con el nombre de Filadelfia en honor al rey Filadelfo, en el III a. C. Luego fue tomada por los seléucidas de Siria y más tarde por los nabateos (los de Petra), hasta que fue conquistada por el gordo Herodes en el año 30 a. C.

En ese momento Ammán pasó a formar parte de la llamada Liga de la Decápolis, una "federación" de diez ciudades (con Jerash, Gadara, Pella y Arbila), aliada al Imperio romano, el cual, poco después, rompió la alianza y las tomó por la fuerza. Como solía suceder con las ciudades recién conquistadas, los romanos la transformaron a su clásica arquitectura construyendo templos y sobre todo un anfiteatro, que es uno de los símbolos de la ciudad.

Luego, con los bizantinos, Ammán fue sede obispal, llenándose de iglesias, hasta que en 1614 fue conquistada por los sasánidos, una tribu persa. Casi de inmediato los ejércitos árabes la reconquistaron, volviéndola a llamar por su antiguo nombre semita, Ammán, y la convirtieron en una de las estaciones de paso de las caravanas de comerciantes. Hasta ahí, más o menos, llega la historia antigua de la ciudad, pues luego se convirtió en un poblado menor. Durante la dominación otomana los turcos establecieron una colonia de emigrantes circasianos provenientes del norte, los cuales crearon el barrio de Salt (en 1878), que habría de convertirse en uno de los centros políticos y administrativos de la ciudad.

Es un hombre de edad indefinida, entre los sesenta y los setenta. Se llama Abdullah, como el actual rey de Jordania y el padre del fallecido rey Hussein, quien combatió contra Israel en 1948. Tiene ojos claros y acuosos y una *keffiya* blanca y roja, los colores tradicionales del turbante jordano (los palestinos la usan negra y blanca y los saudíes sólo blanca). Pero a pesar de su aspecto es cristiano, árabe cristiano, y nació en Jerusalén.

Es uno de los muchos guías informales que atrapan turistas a la entrada del centro histórico de Ammán para llevarlos al anfiteatro y los museos de artes y tradiciones. También es uno de los tres millones de palestinos exiliados en Jordania, y por los años que lleva —treinta y cinco—, supongo que fue expulsado u obligado a emigrar después de la guerra de los Seis Días, en 1967, cuando Israel anexionó Jerusalén Oriental.

Abdullah es culto y enérgico. Habla un inglés muy correcto, con elegantes terminaciones en un acento fuertemente británico. Mientras paseamos por el anfiteatro nos habla de la historia del lugar y sus diversas mutaciones, desde los romanos hasta los omeyas —la dinastía que vino de Siria—, los cuales usaron el anfiteatro como lugar de culto y oración y por ello le construyeron fuentes de agua.

O nos habla de los griegos y de Hércules, a cuya memoria Argos erigió un templo en lo alto de una colina, en el centro de Ammán, desde la cual se divisa toda la ciudad y donde está la *Citadelle* o Ciudadela, el fuerte militar árabe (de nuevo, como en Siria, aparece el nombre francés para el fuerte).

Pero más que las historias remotas, me interesa de Abdullah su vida, así que mientras lo seguimos en un agotador sube y baja por las gradas del anfiteatro, lo imagino más joven, recostado en el techo de una casa o apostado en un sector de la muralla, cerca de la puerta de Damasco, en Jerusalén, con un rifle en los brazos, tres cajas de munición y un cigarrillo colgando del labio.

Mientras nos habla de Apolo y Herodes lo imagino ajustando la mira y apretando el gatillo, una y otra vez, o disparando y replegándose por los techos de la Ciudad Vieja, con la camisa ensangrentada, y más adelante, mientras nos explica las maravillas acústicas del teatro o nos enseña la estatua romana al soldado desconocido, lo imagino caminando con las manos en la nuca en una larga fila de prisioneros, o a punto de subir a un camión militar israelí, tal vez dándose vuelta un instante para ver por última vez Jerusalén, los muros de la Ciudad Vieja que acaba de perder, la cúpula dorada del Domo de la Roca o la del Santo Sepulcro, siluetas recortadas contra ese atardecer en que debió partir al exilio, y no es difícil imaginar sus ojos acuosos, al borde del llanto, tal como los tiene hoy, mientras nos habla de Polibio y de Heródoto, sus lágrimas de indignación y de orfandad cuando la puerta se cerró y nunca más volvió a ver su ciudad, ni su tierra, para convertirse en un prófugo, un hombre con las raíces cortadas.

Cuando Abdullah termina su discurso y me estrecha la mano, también yo tengo los ojos acuosos, y lo veo alejarse hacia la sombra, solo, a la espera de otros visitantes, rumiando quién sabe qué recuerdos.

Nos encariñamos con esta pequeña y ardiente ciudad, donde todos son amables y generosos. La visión, más bien la impresión, es que se trata de un país laico, al menos en lo que tiene que ver con el vestuario de las mujeres. Se respeta la costumbre islámica del velo, pero al parecer es algo privado, que depende de los usos de cada familia, y no una imposición del Estado. Algunas van en jeans, con los vientres al aire y la ropa tallada al cuerpo, y al mismo tiempo se cubren el pelo con un velo o pañolones de colores oscuros, con poco remilgo a la hora de exhibir sus formas. Redescubro la sensualidad de la mujer árabe. Los ojos expresivos, las caras afiladas y las pieles cobrizas. Su belleza es realmente inquietante y aquí, en Ammán, prolifera.

Una belleza para mí familiar.

La sociedad colombiana, bastante clasista, en el aspecto racial tiene una ventaja y es que la nacionalidad nunca está en duda por el color de la piel o del pelo, ni por la forma de los ojos, pues hay de todo: oblicuos y rasgados, narices aguileñas y redondas. Casi cualquier ciudadano de este mundo, sea africano, pakistaní o danés, podría ser colombiano. En la enorme lista de pecados y complejos que padecemos, al menos este, el de no considerar "compatriota" a alguien por sus rasgos físicos, no se da. Un respiro entre tanto sobresalto, inequidad y barbarie.

Por cierto que los ammanitas sonríen y expresan entusiasmo al saber que somos colombianos, como si vieran en ello algo espectacular o milagroso. Como en Siria, es común que en algún momento de estas conversaciones salga el nombre de un pariente, e igual que en Damasco, surge también el de Shakira, nuestra bella y talentosa cantante.

He hablado de las mujeres árabes refiriéndome a su velo, a la segregación cultural y religiosa que padecen. Pero en Jordania, tierra de refugiados palestinos, noto que he omitido otro aspecto y es el de su papel en la guerra. Ellas han estado ahí, recogiendo cadáveres y llorándolos, manteniendo la ficción de un hogar bajo una carpa mohosa de Naciones Unidas e intentando, en fiera lucha contra la realidad, que sus hijos logren convertirse en hombres y mujeres normales, que no sean un número más dentro de la estadística de muertes jóvenes por desnutrición o enfermedad.

No recuerdo si en Medio Oriente ha habido casos de mujeres suicidas, como en Chechenia, pero sí las he visto en televisión alzando rifles y entrenándose. Tal vez en algún momento también ellas pasen al combate. Por ahora son sólo víctimas. Un episodio del libro de Jean Genet (*Un cautivo enamorado*) que habla sobre la horrenda masacre en los campos palestinos de Sabra y Chatila (en el sur del Líbano), perpetrada en 1982 por milicias pro-israelíes (enviadas allí, por cierto, por el entonces comandante Ariel Sharón), muestra hasta qué punto ellas están en el centro de la tragedia:

En la *Revista de estudios palestinos* quise mostrar lo que quedó de Sabra y Chatila luego de que los *falangistas* pasaran ahí tres noches. Una mujer fue crucificada por ellos cuando aún vivía. Vi su cuerpo con los brazos abiertos cubierto de moscas, pero sobre todo había muchas moscas en sus dedos. Diez coágulos de sangre ennegrecían las puntas de los dedos. Le habían cortado las falanges. ¿Será de ahí de donde proviene el nombre? (de *falangistas*), me pregunté. En ese momento, 19 de septiembre de 1982, me pareció que este acto era el resultado de un juego. Cortar los dedos con una podadora —pienso en un jardinero podando un árbol de tejo— convertía a estos hombres en bromistas, en alegres jardineros que quieren convertir un jardín inglés en un jardín francés. Cuando esta imagen se evaporó de mi memoria, se me impuso otra escena. No se cortan las ramas ni los dedos sin razón. Cuando las mujeres escucharon los disparos, con las ventanas cerradas, y vieron que todo el campo estaba iluminado por las explosiones, ellas se sintieron en una ratonera. Entonces volcaron al suelo el contenido de los cofres de joyas, y como si fueran a una fiesta, se colocaron los anillos en los diez dedos de ambas manos, incluido el pulgar, con cuatro o cinco anillos por dedo. Y así, cubiertas de oro, ¿intentaron huir? Una de ellas, creyendo comprar la compasión de un soldado, retiró del índice un anillo de zafir. Ya borracho, pero aún más ebrio ante la vista de los adornos, el falangista extrajo su cuchillo (o podadora, encontrada cerca de la casa), cortó los dedos hasta la primera falange y luego puso todo, falanges y falangetas, en el bolsillo de su pantalón (54).

La noche embellece a las ciudades árabes, rodeadas de desierto y, por lo tanto, cubiertas de polvo durante el día.

La imagen de Ammán de noche, desde la *Citadelle*, con las luces encendidas en todas sus colinas. Parece un gigantesco pesebre extendido en la arena, que a esta hora no es más que oscuridad. Es fascinante pensar que esas diminutas luces son casas habitadas por personas reales, y que al interior, en este mismo momento, tal vez ocurren grandes dramas, escenas de heroísmo o de dolor. Pero desde aquí, desde la *Citadelle*, son sólo puntos luminosos, y desde más lejos, hacia arriba, toda la ciudad será un solo punto, como vemos los planetas o las estrellas, sin imaginar o saber lo que vive en ellos.

Tras esta visión damos un paseo por el barrio de Abdún, el más exclusivo de la capital, y se ve hasta qué punto pueden llegar la elegancia y la suntuosidad árabes. Casas que son verdaderos palacios, hermosos jardines regados por fuentes, confortables árboles de sombra, palmeras, luces indirectas iluminando terrazas y pórticos, relieves sobre las fachadas, tiendas, servidores de librea que entran y salen llevando charoles.

A diferencia de otras ciudades de la región, en Ammán impresiona la casi absoluta ausencia de pordioseros. El nivel de vida parece bastante alto y eso que Jordania es uno de los países de la zona que no tienen petróleo. Dicen las malas lenguas (de nuevo) que la mitad de Jordania era de Saddam Hussein y que por eso hay tanto dinero: el del petróleo iraquí.

A la impresión de riqueza se une la de limpieza y orden. Ammán heredó esto de los ingleses. Una cierta asepsia la diferencia del resto del Medio Oriente, aun si en sus barrios periféricos el sabor de "país en desarrollo" vuelve a verse. Los baños de cualquier cafetería, restaurante o centro comercial, por modesto que sea, dan una grata sensación, son brillantes y huelen a limón.

Esto de los baños es una de las pruebas difíciles de los viajes y hay que acostumbrarse a todo. En Siria, es común encontrar al lado de la taza una manguera con una llave de agua para que uno pueda lavarse, algo que suena incomodísimo pero que, a la larga, resulta más efectivo que el papel.[68] En el desierto los beduinos se limpian con arena, lo que de inmediato me hizo pensar en escorpiones agazapados. Es curioso ver cómo el ingenio humano se ha prodigado inventando

---

68 Impresiona un poco, eso sí, entrar a un excusado chapoteando agua, pues por mucho que se haga con cuidado siempre algo se sale.

mil modos para bajar el agua en los sanitarios. No sé cuántas formas distintas habré visto en mi vida, pero a lo mejor me quedo corto si digo que un buen centenar. Extraños botones laterales, cuadrados engastados en la pared, llaves y obturadores a diferentes alturas, sensores automáticos que lanzan el chorro cuando uno se levanta, y en estos casos, valga decir, cuando uno se levanta enfurecido, pues al hacerlo ya ha uno desistido de encontrar el maldito sistema después de buscarlo durante minutos eternos. Ah, los baños. Vale la pena recordar, por si alguien lo ha olvidado, que fueron los árabes quienes enseñaron a los europeos la saludable costumbre de bañarse a diario. No hay más que ver sus palacios, en todos corre el agua a través de canales y fuentes —piensen en la Alhambra, de Granada—: detrás de los muros está la aridez del desierto.

El agua es el paraíso en el imaginario medio oriental.

Petra

De Ammán salimos muy temprano, en un automóvil alquilado gracias a las indicaciones de otro taxista, y nos dirigimos hacia el sur, por la extraordinaria autopista King Hussein, la ruta 1 que atraviesa el desierto y lleva a Petra, pero que unida a sus respectivos ramales va desde Damasco hasta La Meca, en Arabia Saudita. Las indicaciones son muy precisas y es realmente difícil perder la orientación.

A pesar de que Jordania no es un país muy turístico —menos ahora, con todo lo que ocurre a su alrededor—, la infraestructura está diseñada para orientar y acoger a millares de personas. El desierto es algo a lo que no es fácil acostumbrarse cuando uno viene de países fértiles. En Colombia hay pequeños desiertos, como el de Ráquira o el de la Guajira, pero su nombre responde más a una comparación con la hiperfertilidad de otras zonas que a una realidad. A pesar de ser un día entre semana nos sorpende no ver muchos carros por la carretera. Algún camión, de vez en cuando, pero muy poca cosa. ¿A dónde se fueron todos?

Petra es la perla de Jordania, la más preciada joya de su patrimonio. Esta ciudad tallada en la roca fue la capital de los nabateos, un pueblo árabe que dominó la región en torno al siglo VI a. C., cuando por aquí pasaban las caravanas de comerciantes del Cercano Oriente en viaje hacia el Mar Rojo con sus alforjas repletas de especias, seda, oro, incienso y mirra, y con jaulas llenas de esclavos.

Hay un episodio divertido en su historia, emparentado en el tema con *Crónica de una muerte anunciada*, de García Márquez, y es el siguiente: en los primeros años de la era cristiana, poco después del nacimiento de Jesús, Petra tenía comercio y buenas relaciones con Judea. Tanto que el rey Aretas IV de Petra ofreció su hija en matrimonio a Herodes Antipas, celebrando una boda con fastuosos festejos. Pero muy poco tiempo después, una mañana, Aretas encontró a su hija en el palacio, con todo su ajuar, y, enfurecido, quiso saber qué había pasado. Supongo que la jovencita rompió en llanto y no pudo explicar nada, corriendo a refugiarse en su pétrea habitación con las doncellas, pero alguien de la comitiva debió alzar la voz para decirle al rey que Herodes, apodado "el Gordo Antipas" por su jeta voraz y su estrafalaria panza, había decidido devolverla, no porque no fuera virgen, como en la novela de García Márquez (la habrían matado), sino porque Herodes, picaflor, se había enamorado de otra, nada menos que de la mujer del "tetrarca" Filipo, que además era su sobrina. ¿Cómo hacía Herodes, un hombre que debía ser transportado sobre una plancha de madera por cuatro esclavos a causa de su obesidad, para sentir tales pasiones? Lo cierto es que así sucedió, y entonces a Aretas no le quedó más remedio que tomárselo como algo personal, sumamente personal, y tras dar un golpe y quebrar con el puño una bella mesa de pizarra, obsequio de un príncipe persa, se dispuso a pasar a la acción.

Lo primero que hizo, para calentar los músculos, fue degollar a los emisarios herodianos (como hemos visto a lo largo del libro, la técnica del degüello estuvo muy en boga por esos siglos) y dar sus tripas a los perros. Luego preparó su ejército y lo lanzó contra Judea, propinándole una sangrienta derrota a Herodes en las cercanías del Mar Muerto. Que se sepa, Herodes no pidió disculpas, ni tampoco se conoció la suerte de la joven despreciada. Es una lástima que en esa época no se hubiera desarrollado aún la técnica de la novela, pues esta disputa habría dejado un buen libro.

La historia de Petra continuó y, a pesar de que fue atacada innumerables veces por el Imperio romano, los nabateos siempre lograron protegerse, más o menos hasta la derrota de Marco Antonio y Cleopatra y la reunificación del Imperio hecha por Octaviano, en el 31 d. C. En el 106, los romanos del emperador Trajano la capturaron, por fin, y esto, con el tiempo, marcó su declive. Con todo, Trajano le dio a Petra el título de "metrópolis", y el gobernador romano Sexto Florentino eligió ser enterrado en ella.

Tras los romanos la ciudad fue tomada por los bizantinos, quienes crearon un obispado, y luego pasó a manos de los reinos de Arabia. Pero una especie de conspiración metafísica se cernió contra la "ciudad roja" y fue devastada por un terremoto. Por eso la mayoría de sus habitantes se fue y su huella quedó perdida desde el siglo XIII. Se dice que durante siglos fue una ciudad fantasmal, poblada de alacranes, serpientes y buitres, cuyo paradero sólo lo conocían los beduinos del desierto.

Europa le perdió el rastro a pesar de que muchos exploradores la buscaron con textos antiguos en la mano, pero jamás dieron con ella. Hasta el año de 1812, cuando un joven explorador suizo, Jean-Louis Burckhardt, guiado por un grupo de beduinos, logró encontrarla.

Los nabateos excavaron su ciudad en los cañones y montañas de arena del Wadi Araba, y por eso a Petra se entra por una hendidura muy estrecha que parece un tajo de cuchillo sobre la piedra, una escenografía que lo traslada a uno, de golpe, a los misterios de túneles y ciudades perdidas de la infancia. La hendidura fue abierta por un torrente de agua, el Wadi Musa, que quiere decir "Torrente de Moisés", cerca del bíblico manantial que brotó de un peñasco para aliviar la sed de los hebreos en su éxodo de Egipto, liderados por Moisés.

Acercarse a esa hendidura, pasar por ella.

A medida que avanzamos se ven a los lados tumbas y antiguas residencias, en cuevas que se pierden hacia lo alto. Al revés de la arquitectura tradicional, que consiste en encerrar espacios colocando masa en el vacío —sea esta de piedra o de cemento—, en Petra la construcción se logra al contrario: generando vacío en la masa.

Las montañas fueron excavadas, talladas, cinceladas en exquisitas formas, de una suntuosidad y elegancia que no tiene nada que envidiar a griegos o egipcios. Su roca es similar a la de las geodas, de las cuales se extrae el polvo de color con el que se hacen los óleos (mezclados con trementina). De ahí ese rojo bermellón, que puede a veces ser púrpura.

Tras el paso por la garganta, las montañas se abren del todo y aparece una enorme ciudad implantada en un valle, con casas y templos laterales excavados, y en el centro una inmensa avenida de columnas romanas. Como en todas las ciudades de la antigüedad por las que pasó Roma, también Petra tiene un anfiteatro con capacidad para siete mil personas, algo que hace pensar en la dimensión y en lo que debió de ser esta ciudad en pleno esplendor.

¿Cómo sobrevivía una ciudad tan grande en medio del desierto, sin que por ella pasara un río o algo similar de consistencia líquida? El torrente de la entrada no parece suficiente para semejante urbe. Esta es una de las preguntas que uno se hace observando la aridez de la región, pero según nos dicen, en Petra llueve bastante, tanto en primavera como en invierno. Son aguaceros cortos pero torrenciales, lo que permitía a sus ingenieros hídricos almacenar cavando cisternas y canalizando el agua en la roca. De este modo la ciudad tenía suficiente agua para una población de cuarenta mil personas, a lo que se añadían los viajeros de caravanas y sus animales, es decir camellos, cabras y ovejas.

Algunas de las imágenes de ciudades futuristas en la serie *Guerra de las Galaxias* pueden estar inspiradas en Petra, y creo recordar que en el primer film de Indiana Jones hay algunas imágenes rodadas aquí, frente a la iglesia de "El Tesoro". Y es comprensible. Con un poco de imaginación no es difícil ver todo esto como una ciudad extraterrestre, una especie de antigua base de los marcianos en la Tierra. Cumple con los requisitos de estar increíblemente escondida y ser el reverso de nuestras ciudades.

De este suntuoso lugar, con el teatro, los palacios y los templos tallados a la vista, hay mil posibles caminatas trepando hacia lo alto de las montañas, así que decidimos ir hacia el Monasterio, con la reputación de ser el más elaborado edificio de todos los que hay en Petra. Nos ponemos en camino, sin saber que queda a una hora a pie, subiendo por un sendero que a veces es una escalera tallada en la roca.

Los paisajes son increíblemente nuevos (¿será así la luna?) y los veteados de la roca adquieren colores psicodélicos. Observándolos con atención parecen radiografías del cerebro: las tribulaciones de una conciencia agitada por el pecado o la sospecha.

A pesar de la sinuosidad y peligro del camino, hay personas que suben alquilando un burro. Es odioso ver estos pobres jumentos azotados por los guías, con un par de turistas obesos encima absolutamente impávidos, indiferentes a lo que sufre el pobre animal (por cierto que he visto mucha crueldad hacia ellos en la región). Cruzamos visitantes que ya regresan y noto en su mirada una extraña compasión. A alguno le pregunto si falta mucho y la respuesta que obtengo es algo así como: "ahora que ya subió hasta aquí, no sería razonable devolverse", y así, pasando entre cañones, cruzando pequeñas terrazas que, de resbalarse uno, daría con sus huesos a más de doscientos metros de profundidad, logramos llegar a la cima de la montaña.

La visión del Monasterio es sobrecogedora, intransferible, casi mística. Una fachada completamente extraída de la roca: sus dos torres laterales no son sólo una silueta en la superficie, un relieve, sino un "bulto redondo", con ese tono ocre que es el de la montaña.

Nasser, un joven beduino de 23 años, se gana la vida alquilando sus tres camellos en Petra a visitantes cansados, sin aliento para regresar hasta la entrada a pie. Por ser ya el atardecer —uno de los mejores momentos para visitar la ciudad, pues los colores del cielo son rojos y violeta—, y por estar al borde del desmayo aceptamos su propuesta, que consiste en llevarnos en los camellos hasta su casa, en un pueblo beduino a media hora de camino, para, de allí, ir al hotel en su carro.

Subir al lomo de un camello y recorrer una distancia relativamente plana no me parece cruel (entre otras, el camello es un animal enorme y fuerte), así que partimos los tres solos, cuando ya no queda prácticamente nadie en Petra.

Avanzamos por una colina de tierra reseca en dirección contraria a la de la salida, pues Nasser explica que los camellos no tienen derecho a llegar más allá de "El Tesoro", que es la parte reservada a caballos, coches de caballos o jumentos. El larguísmo trayecto está así dividido por el gobierno, para darles a todos las mismas oportunidades.

Por el camino, Nasser nos cuenta que hace apenas dieciocho años los beduinos de su pueblo vivían en las cuevas, y que él nació en una de ellas. Luego el gobierno les dio terrenos y ayudó a construir casas, para dedicar la ciudad exclusivamente al parque arqueológico, aunque permitiéndoles trabajar en ella.

—Antes —nos dice—, cuando venían diariamente dos mil quinientas personas, nosotros éramos ricos. Los beduinos somos poco ahorradores, nos gusta gastar la plata, invitar, somos generosos, así que yo organizaba fiestas o hacía viajes a Europa. Tuve una novia de Costa Rica, pero ella quería que yo me fuera a vivir a su país. Entonces la dejé. Soy incapaz de dejar Petra.

A los 23 años se comprometió con una joven beduina y piensa casarse el año próximo. Lo del compromiso es una cosa muy seria. Cuando lo deciden se hace una fiesta en la que los hombres y las mujeres están separados. Las mujeres, por estar solas, pueden no tener velo y vestirse todo lo atrevido que quieran; el novio es el único de los hombres que puede entrar al salón con ellas.

Estas fiestas se hacen en salones contiguos, ya que la música de la orquesta debe poder oírse de los dos lados, aunque sellando las puertas. También se oyen los gritos de júbilo cuando se baila, pero el único que puede ir a los dos salones es el novio, que, obviamente, se convierte en mensajero, llevando razones de lado y lado, haciendo descripciones de cómo están vestidas o inventando historias y chismes.

Después de este "compromiso" la pareja puede salir y dejarse ver en público, a condición de estar acompañados por un miembro de la familia que certifica el recato de la cita, algo indispensable para cumplir con las estrictas reglas del decoro. Mientras avanzamos mecidos por el lento paso de los camellos, el joven guía es muy explícito:

—No podemos tocar físicamente a la novia hasta el día del matrimonio. No es como en Europa —dice—. Por eso la noche de la boda es tan especial.

Nasser espera tener suerte con uno de sus camellos de carreras (el que monta Analía, para su gran preocupación), pues cada año hay una carrera en Petra que tiene premios jugosos. Un carro muy fino, en primer lugar, y 25.000 euros para el segundo. Nos explica que un matrimonio cuesta 7.000 euros, repartidos más o menos así:

—Mil para el padre de la novia y quinientos para la madre. Mil quinientos en joyas de oro con las que uno la adorna antes de sacarla de la casa paterna. Dos mil quinientos para arreglar la casa a donde uno la llevará a vivir y mil quinientos para la fiesta. Al menos quince corderos para el *mansaf*. Si no se sirve *mansaf* y se invita al pueblo entero, la fiesta es considerada mala. La familia de la novia pone sólo la pepsi cola y el agua (son fiestas sin alcohol).

Ya es noche cerrada cuando llegamos al poblado y Nasser, dejando sus camellos frente a la casa, nos *transborda* a una camioneta Subaru, y antes de dejarnos en el hotel insiste en ir donde su novia para que la conozcamos. No hay ningún afán por llegar, así que paramos frente a una construcción de cemento de tres pisos y él pita varias veces.

Por fin salen unos niños y él le dice al más grande algo en árabe que debe significar: "llama a tu hermana", hasta que aparece ella, cuyo nombre no recuerdo, una niña de dieciocho años de una belleza imposible, con una sonrisa que es a la vez de inocencia y picardía, rascando el brazo que Nasser tiene sobre la ventanilla. Nos la presenta, la saludamos y continuamos el camino.

Según nos cuenta, en el pueblo beduino hay una norteamericana casada con el hermano de su novia, y también una española, casada con otro beduino. Allí viven con sus maridos y nos muestra sus casas. Esa noche, por cierto, hay un matrimonio, y Nasser pregunta si queremos venir con él. Estamos cansados y sin ropa adecuada (Analía tiene un pantalón corto), sin contar con que, después de la primera experiencia, considero que el *mansaf* (como ya dije en su momento) es un plato no reconocido por la Convención de Ginebra ni por las leyes del derecho internacional humanitario (como la Fabada Asturiana o la Bandeja Paisa).

Nos habría gustado conocer a las dos extranjeras. En cualquier pueblo lejano al que uno vaya encontrará siempre casos de mujeres que adoptan culturas diversas y, en realidad, completamente contrarias a las suyas (si la idea de "contrario" es aplicable a las culturas). Recuerdo el caso de la joven belga que se casó con un campesino masái, en Tanzania, y vivió con él cinco años. En algunos casos puede tratarse de jovencitas caprichosas que están jugando a las muñecas, y es posible que así sea. Por lo general estas experiencias acaban mal. El caso de la belga con el masái es famoso, pues escribió luego un libro titulado *La Masai blanca*, de cierto éxito, donde cuenta los horrores que debió vivir, comiendo carne cruda y bebiendo sangre fresca con leche de vaca. ¿Por qué lo hacen?

En Bogotá, una amiga mortificó desde joven a sus padres con novios "no convencionales": indígenas arhuacos o amazónicos que no tenían absolutamente nada que ver con ella ni con sus costumbres capitalinas, y que en algunos casos (puede

que aislados) la sometían a un machismo y una violencia realmente aterradores (sobre todo en temas sexuales), pero ella
siempre se sintió feliz, auténtica y profunda.

Áqaba

El puerto de Áqaba, única postación jordana ante el Mar Rojo, es un pequeño villorrio de casas bajas, palmeras y ruinas históricas, situado entre un muro de riscos y el mar, y entre las fronteras saudí e israelí. Desde el centro hasta la frontera con Arabia Saudita hay diecinueve kilómetros, y nueve hasta la frontera con Israel, cuyo puerto en el golfo se llama Eilat, una especie de Miami Beach en el Medio Oriente, lleno de *resorts* y balnearios.

En Áqaba también hay enormes hoteles, como el Mövenpick o el Hyatt, pues la afición por el submarinismo trae a personas de todo el mundo. Las plataformas coralinas del Mar Rojo en esa zona están llenas de una fauna espectacular y rara. El otro país que comparte el golfo es Egipto y su puerto se llama Taba, aunque está un poco más al sur.[69] Un ferry comu-

---

69 Por un acuerdo con Egipto, los turistas que vienen de Israel podían pasar fácilmente a los balnearios de la zona del Sinaí, y especialmente a Taba. Fue justamente por eso que Al Qaeda, el 7 de octubre del 2004, lanzó un carro repleto de explosivos contra el Hilton, dejándolo derruido, con un saldo de 34 muertos y centenares de heridos. La madre y la tía de Analía, huéspedes ese día en el hotel, se salvaron

nica a Egipto con Áqaba desde Nuweiba, pero este debe dar un rodeo para no chocar con las lanchas motoras de la marina israelí, que vigilan cada gota de agua salada delante de Eilat.

En esta ciudad, la presencia de la Historia tiene que ver de nuevo con Lawrence de Arabia y su famosa expedición a través del desierto de Wadi Rum, durante la revuelta árabe contra el Imperio otomano (1917-1918). Fue suya la idea de atacar a los turcos en Áqaba por la espalda, algo imposible pues se debía cruzar ese desierto, considerado infranqueable y en el que ninguna caravana podía sobrevivir.

Los turcos tenían sus poderosas baterías de cañones dirigidas sólo hacia la bahía, dejando sus espaldas completamente descubiertas. Está narrado en su libro *Los siete pilares de la sabiduría*, y en él da muchos detalles de la travesía, de la aridez inhumana pero también de la belleza del desierto, de la descomunal majestuosidad y las fantásticas formaciones rocosas que lo componen. Rocas gigantescas cuyas superficies se han ido puliendo por la acción del aire y de la arena, dejando extrañas marcas, estigmas geológicos y erosiones misteriosas que parecen lenguajes de otros mundos.

Áqaba fue tomada por Lawrence y los árabes en julio de 1917, al tiempo que el general Allenby entraba en Palestina y progresaba hacia el norte, dando fin a la dominación otomana en la región, que había durado quinientos años. Para el Imperio británico, la toma de Áqaba y en general la

---

de milagro, gracias a que estaban en las cajas de seguridad, que es una habitación blindada detrás de la recepción. La tía Ángela, de cualquier modo, sufrió heridas en la cara y fue llevada en helicóptero a un hospital de Tel Aviv. Se hizo famosa su frase: "Muy bueno morir de bomba, uno no siente nada".

revuelta árabe (iniciada el año anterior en La Meca) eran de importancia estratégica, pues temían que los turcos atacaran el Canal de Suez. Los británicos no apoyaron al rey Feisal por darle la independencia a las tribus árabes, sino para distraer al ejército otomano. Lawrence, en cambio, sí creía en su libertad e independencia.

De cualquier modo, la fortaleza mameluca de Azraq, en Áqaba, fue el cuartel general de las fuerzas árabes de Lawrence (le decían "Orens"), y desde allí, en octubre de 1918, lanzó el gran ataque contra Dera, enclave fundamental desde el que partían las carreteras hacia Palestina, el sur de Jordania y Damasco:

> Todos los hombres sueñan, pero en modo desigual. Los que sueñan de noche, en los recodos de sus empolvados espíritus, despiertan al amanecer y descubren que sólo era vanidad. Los soñadores diurnos son los peligrosos, pues pueden vivir su sueño con los ojos abiertos, para hacerlo posible. Fue lo que yo hice.

El fuerte de Azraq, en el que se vivieron horas de gloria, es hoy una reliquia de dimensiones modestas al lado de los gigantescos hoteles que dan a la playa. Las murallas de piedra conservan cierta dignidad, lo mismo que sus torreones semicirculares. En su interior funcionan las oficinas de turismo de la ciudad y hay un pequeño museo con litografías de época y pinturas del francés León de Laborde, que pasó aquí una temporada en 1828. En ellas se ve el fuerte rodeado de un populoso mercado, con camellos, tiendas y soldados a sus puertas.

Hay poco que ver en Áqaba y hace calor. Por eso decidimos dar un paseo hasta la frontera saudí, encontrando grandes explotaciones de potasio y un ir y venir de camiones hacia el puerto.

En medio del arenal aparece una playa pública, así que nos detenemos. Grupos de familias árabes pasan el día y hacen picnics, pero lo que más llama la atención son las mujeres en el mar con sus túnicas negras, cubiertas hasta el pelo. Vamos a un muelle que sobresale en el agua, pero a los diez minutos estamos rodeados de jóvenes que miran a Analía con ojos exaltados. Ella no está en vestido de baño (no se atrevió y es muy friolenta), pero sí tiene un pantalón corto que le llega a la rodilla. Así que decidimos irnos, pero supongo que esos jóvenes todavía la recuerdan.

Tal vez alguno (como yo) aún sueña con ella.

Pasamos la noche en un viejo hotel de los años cincuenta, El Alcázar, propiedad de una mujer belga. Además de la horda de turistas norteamericanos y europeos que vienen a hacer inmersión, encontramos a un grupo de húngaros. Familias con niños pequeños, parejas jóvenes, grupos de ancianos. Áqaba es también un destino buscado por los europeos del Este ex comunista. Y ahí están. Por la noche beben en los salones y terrazas y hacen un ruido infernal.

Salimos a pasear al puerto y vemos la última imagen de este viaje: las luces de tres naciones encendidas sobre el golfo. En la oscuridad Egipto, Israel y Jordania parecen una misma cosa, una misma realidad.

Algo similar a la que produce verlas desde lo alto, tan alto que las fronteras se pierden y los odios se diluyen en el aire. Desde la altura se percibe muy bien la unidad de la región, que tiene un mismo color: el amarillo.

El color de los océanos de arena.